打狗鳳邑文學獎
2024 得獎作品集

市長序

豔日之城的敘事風景

　　高雄擁有山河港城、幅員廣袤的豐饒壯美，瀲灩陽光時刻溫暖普照，高雄文學與高雄作家的性格，也是如此包容多元，直率之中帶著細膩體察。

　　細數高雄作家猶如攤開整卷文學史，諸多文學家一步一腳印，以華、客、臺語默默耕耘這片文學土地，將對個人、社會、土地乃至世界的關懷化作萬千篇章，蘊藏文字豐沛的力量及作家溫潤的情思，展示出高雄文學繁盛豐美的面貌，亦對台灣文學發展有諸多決定性作為與貢獻。

　　本屆打狗鳳邑文學獎已經邁入第十四個年頭，在各方文學好手接力創作下，文學持續照耀島南之境。而打狗鳳邑文學獎徵稿不限制主題的開放性，恰好展現出高雄身為山河港城，面抱曠洋、面朝海風的自由性格，來稿的作品豐富多彩，不僅有高雄這座四季皆受日光鍍金的城市之中，所搬演上映的各種題材，更有走出國門的異國見聞。

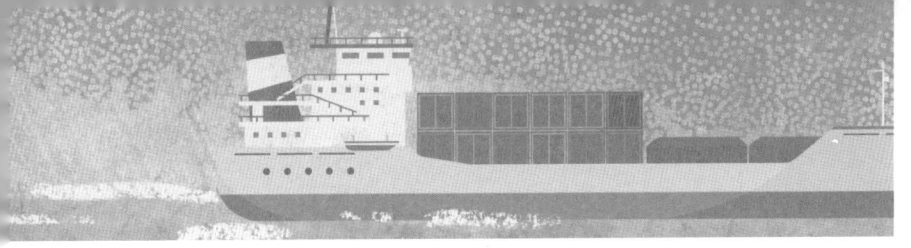

　　綜觀本屆投稿作品,有家庭倫理的複雜書寫,有身體與情慾的大膽揭露,有詩歌琅琅與豐美的南方意象,有散文與小說精彩動人的敘事構織。無論何種書寫風格或題材,皆透過打狗鳳邑文學獎的召喚,乘著文學之風,造訪高雄這座豔日之城,形塑本屆筆耕墨耘的風雲際會。

　　文學,是一座城市在漫漫歷史之中的定錨點。擁有文學的城市,傳承著跨越世代的文思詩意,是能夠不斷重新建構過往、雋記此刻、拓展未來的有機體。邀請您悠遊在今年的打狗鳳邑文學獎得獎作品,再一次抱持著新鮮與熱烈的目光,閱讀高雄此城的故事與風景。

高雄市市長　**陳其邁**

局長序

讓文學飄揚於島嶼南方

邁入第十四年的打狗鳳邑文學獎，徵稿不限戶籍、地域、題材、題旨，不但拓展文學創作的開放性，更印證一座城市海納百川的特徵。本屆徵得各方創作者近千篇的來稿，經過評審們悉心探究與討論，呈現這十六篇的珠璣之作！

小說組來稿踴躍，題材多元，最大宗者為由原生家庭經驗出發，探討「家」的各種面向。至於作為首獎的「高雄獎」，評審群也決議以更嚴謹標準看待，故本屆「高雄獎」從缺而增列優等獎，分別為書寫異地經驗與身心覺醒的〈殘暑見舞〉，以及有關長照議題，敘寫照顧年邁失智雙親的〈蟲〉。

散文組的參賽作品面貌多樣，反映了不同性別、族群、身份、年齡的生命樣態，表現出作者獨有的性格與感情。高雄獎〈環山道路〉描寫地景尤為細膩，以童年記憶的產業道路為主角，暗示親子間的人生循環。

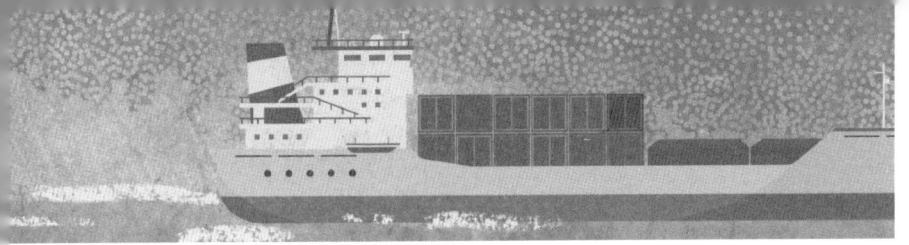

新詩組來稿猶如浪潮,多達 400 餘篇,其中涵蓋原生家庭經驗、青春經驗、高雄在地經驗等多方書寫面向,高雄獎〈河畔那場電影〉以高雄電影館為背景,融合河流、星空、月光等萬般意象,富含記憶之情及音樂之美。

而臺語新詩組則以〈慢板,咱的歌──寫予翁婿的歌詩〉拔得頭籌,題材以夫妻之間的鴛鴦繾綣,突破臺灣社會傳統的禮教囿限,善用譬喻、借代及象徵,意象豐美,詩藝精巧。

打狗鳳邑文學獎持續扮演著創作者揮灑才情、交流文思的舞台,以源源不絕的創作能量豐富這座城市,且讓我們在大海與豔陽的擁抱中,展讀文字篇章,使文學的馥郁芬芳飄揚於島嶼南方!

高雄市政府文化局局長　**王文翠**

目 次

小說組

優選獎／陳　靜
〈殘暑見舞〉　　　　　　　　　010
評審評語　　　　　　　　　　041

優選獎／陳麗珠
〈蟲〉　　　　　　　　　　　042
評審評語　　　　　　　　　　072

佳　作／蔡昱萱
〈鴿痘〉　　　　　　　　　　074
評審評語　　　　　　　　　　088

佳　作／許又方
〈曲球〉　　　　　　　　　　090
評審評語　　　　　　　　　　120

評審總評　　　　　　　　　　122
會議紀錄　　　　　　　　　　124

散文組

高雄獎／賴俊儒
〈環山道路〉 140
評審評語 149

優選獎／戴宇恆
〈在沒有星星的夜晚，站著〉 150
評審評語 158

佳　作／黃　婕
〈那兩個夏天之間〉 160
評審評語 169

佳　作／賴盈璋
〈愛是恆久忍耐〉 170
評審評語 181

評審總評 182
會議紀錄 184

目次

新詩組

高雄獎／游書珣
〈河畔那場電影〉 202
評審評語 207

優選獎／陳麗珠
〈我的家〉 208
評審評語 213

佳　作／黃暐恬
〈移情的青春史〉 214
評審評語 220

佳　作／錢子雋
〈黑膠唱片〉 222
評審評語 227

評審總評 228
會議紀錄 230

臺語新詩組

高雄獎／雅　子
〈慢板，咱的歌──
　寫予翁婿的歌詩〉　　　244
評審評語　　　250

優選獎／蔡秋雲
〈贖身〉　　　252
評審評語　　　258

佳　作／儲玉玲
〈盡磅〉　　　260
評審評語　　　265

佳　作／張宗正
〈母語〉　　　266
評審評語　　　271

評審總評　　　272
會議紀錄　　　276

2024 打狗鳳邑文學獎徵文簡章　　　292

小說組

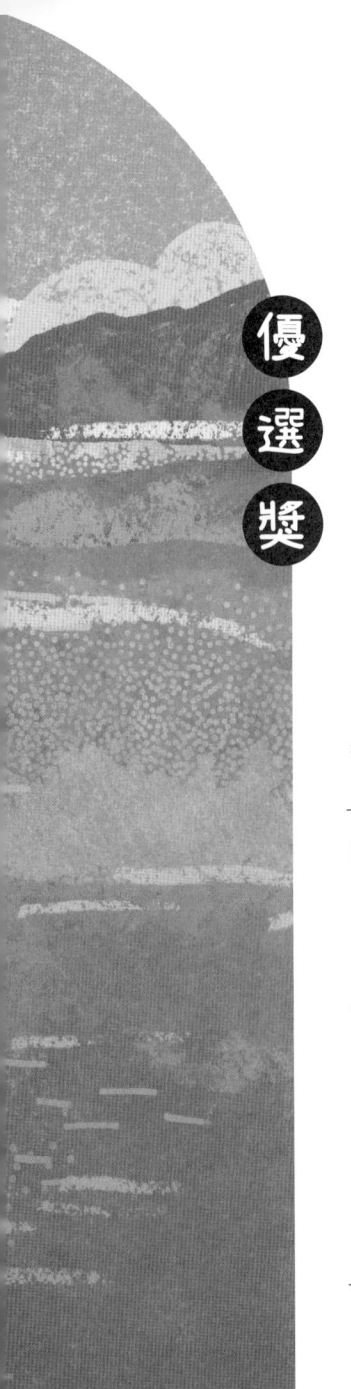

得獎人／**陳　靜**

簡　　歷／1999 年生，基隆人。
　　　　　現就讀東海大學中文所創作組。
　　　　　預計 2099 年（100 歲時）從冷凍庫裡被拿出來。

得獎感言／謝謝評審，謝謝打狗鳳邑文學獎。
　　　　　特別謝謝：老師、家人、愛人、同學、在友克鑫市集陪我吃早午餐的朋友。
　　　　　今年發生好多事，剛好還在南部待了兩個月、認識到島嶼的另一面。預感到未知的存在，躁動興奮孤獨焦慮期待。要學的還很多。
　　　　　我想寫的是關於幻滅的故事，獻給所有失落的人。

小説組 • 優選獎／殘暑見舞

殘暑見舞

小説組・優選獎／陳　靜

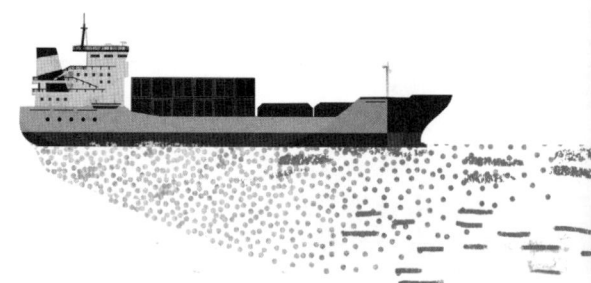

我在發呆的時候花笑已經全裸，她的一切都很巨大，並窮無盡地展開。

　　豐滿的腳掌，腿，臀部，胸部，乳頭，甚至是頭髮，陶瓷般的皮膚，還有那毫不在乎的注視。

　　她慢慢滑到舞台前方的半圓盆池（那是離觀眾最近的位置），在發著桃紫色光芒的地板上，撐起腰部，腦袋往後掉，質地粗糙的棕色髮絲垂落下來，脖子凹折。這個姿勢能展示她的雙腿之間，一個老人探頭去看，夢幻的色彩渲染了她的下方。

　　狹小的脫衣舞劇場在那一瞬，化作無比冷漠且廣闊的宇宙。霓虹照亮老人的面孔，像冬天一樣冰冷。

　　想必當時我的瞳孔，也映著那些桃紫色。

　　那是來日本的第五天，在東京池袋的小巷，進脫衣舞劇場之前，阿浚哥在簡陋的節目看板旁邊說，他沒有要看。

　　「想說放妳一個人進去就好。」他是不會隨意丟下我的，即便他總是包含了隨意以及丟下這兩種態度。他對我這突發的靈感有些訝異，甚至不是很認同我對這類場所的興趣，即便如此，他還是替我用最基本的日語，協助我購票入場。

　　「Nude！Nude！」票口大叔困擾地強調著。恐怕是我的臉或神情，一直維持著幼年的模樣。在一來一往破碎的溝通後，大叔終於在我手背上蓋入場章。

　　然後阿浚哥就要去便利商店坐著等我，票有點貴，他讓我使用自己的零用錢，可是我本來就打算付。

13

我便獨自走進這不安的空間，起初，我發覺自己瘦小得不可思議。

這裡是日本，我是個語言不通的觀光客，在劇場內，我東張西望的樣子早已暴露了生澀。奇怪的是，選定位置坐下後，這種異地的焦慮很快就消散，身體沒入黑暗。

舞者花笑穿著歐式晚宴服登場——不，應該說，那件裙子幾乎以俗豔五彩的蕾絲構成：綠、橘、黃、桃、白，如彩帶的薄紗掛在她腰間，隨兩手擺動，開始隨音樂，規律地搖晃著，那些薄紗底下，不時露出粉色荷葉邊內褲。

觀眾以中年以上的男子為主，各自帶著令人費解的神情，隨音樂舉起蒼白或枯萎的雙手打拍子，彷彿炒熱氣氛的行為不過是種義務。

不知為何我在這裡？為什麼要去看她？我對花笑一無所知，這輩子也不會和她有任何交集，但此刻彷彿穿透花笑的皮膚，與她的精神交會。

那還真是九月酷暑，一次暈眩失落的夜之旅。我像是從空中被擊落的鳥兒，思考著：最後就是這樣嗎？不甘的念頭在內心打轉。

這一切都是因為在阿浚哥身邊，那種精神被長久凌遲的氛圍導致的。

就在走進劇場前的幾個小時，我跟阿浚哥先去旅館放行李，他還未脫下外衣，便往後一仰，躺到床上一語不發，當時我剛掛好衣服，對著鏡子重新綁髮，化妝品零散落在桌上。

「我覺得我受不了了。」平靜地,他突然說,明明什麼事都沒發生。

我停下手上的動作,先是看了鏡子裡映出的他,再轉頭看著床上的他。

「什麼意思?」我問。

「有點想提早回去。」阿浚哥的上衣跟床單彼此擠壓成皺皺的模樣,背包被隨意丟在一旁,他將帽子拿下,頭髮變得鬆散。「我覺得妳還是比較適合一個人生活。」語畢,他從褲子口袋抽出手機開始滑。

我忍不住問:「你覺得我很無趣嗎?」同時放下手中的髮圈和梳子,突然意識到聲響有點大。

阿浚哥此刻的無表情,看起來像是充滿說的慾望,即使他一眼都不願意看我(似乎要說的是那種容易後悔的句子)。

接著,有些猶豫的語氣,他以一種不像是問題的方式說:「妳想回去嗎?」

這句話激怒了我,應該說,有點失落,一種微妙的什麼從胸口蔓延開來,使我誤以為那種強烈的東西是怒火。

「我不想。」我發現自己的聲音有點內縮,「我是因為你叫我來,所以才來的。」

「有一點我想不透,妳以前不是常常住我們家嗎?」阿浚哥說,語氣盡可能地輕鬆,他試著描繪自己的思緒,「妳也知道我媽很囉唆,不過,她一直在照顧妳媽,也借過妳爸錢。」

「是。」其實我並不知道伯母借過我爸錢。

「後來阿公過世了,我媽過世前生病時⋯⋯」

「別說了。」我打斷他。「就像你說的，確實，我爸從頭到尾都置身事外，而且他很幸運，一直有人幫助他，他必須爭氣點，我也是。」

阿浚哥抬頭，維持著他一貫冷靜的表情看著我。

「如果妳是這樣想的，有必要花那麼多錢買衣服嗎？」說完，他閉上眼睛。「說到底，妳身上的日幣是我爸給的。」

我感覺快氣炸了。

在陰沉凝結的旅館房間內，發現無處可去時，一種幾近驚覺的強烈的不知道，深深地抓住了我，這樣的不明白感，像雲霧一樣湧現。尤其是因為我的堂哥就在眼前，他使我意識到自己不是一個獨立的個體。

這跟我從臺灣出發前想像的不一樣。

就這樣擱置了剛才的對話，窒息而長久的沉默之後，我才慢慢開始整理桌面，綁好頭髮，起身背對著另一面全身鏡，將洋裝背後的綁帶束緊，披上新的薄外套，替嘴唇抹上顏色，反覆夾著睫毛。

我想著好吧，我可以獨自出門。檢查了左臉，檢查了右臉，嘗試對鏡子擺出一張熟練而甜美的微笑。

「走吧。」

後腦杓的方向傳來無奈低沉的聲音。

正當我專心且沉迷地看著鏡中臉孔時，視線一抬，阿浚哥早已站在我背後，坦白說我有點被他嚇到。

他高大的影子與我擦身而過，到門前去穿鞋。

阿浚哥是我堂哥，起碼大我十二三歲。我對他的印象是所謂的大人，而不是輩分相近的哥哥，只在過年、掃墓、喪禮等場合見面。

　　在我還小六時，他早是準畢業生，一個要出社會的人，並且，他的容貌從那時開始就一直沒變。那是正派之人才有的容貌，一種由於凜然而安全的價值觀、而不會被輕易摧殘的五官。

　　我的堂哥已在旅遊的繁瑣手續中展現了他的可靠，我一直信任，甚至臣服於他的成熟，也試著不要故作獨立。他無論哪個角度來看都是值得信賴的，阿浚哥永遠是個好人，但這就是我無法和他待在一起的原因。

　　令我困惑的是，這是場詭異的旅行。我說過，我和他是那麼遙遠。

　　關於真正交流，只能想起模糊片段：有段時間常去他們家住，平日放學後，總要待在一樓客廳寫作業。作為過於安靜的孩子，阿浚哥總是不厭其煩地問我要不要打電動、問我平常都在看什麼書。我曉得我的回應等同無效，反正他完全不明白我私人世界中的卑微嗜好。

　　他或許也沒特別想瞭解我的意思。

　　上高中後，我才勉強不是個醜孩子，卻還是一樣陰沉，他們說，我和我母親一樣害羞，或許是基於某種自卑，後來我很著迷於鏡子，經常透過反光的物體表面確認形象。

　　這使我想起，阿浚哥有次帶著意外的反對，問我為什麼要擦指甲油，我回他，沒為什麼。

　　他問我，妳覺得那個顏色好看嗎？我想了一下，搖搖頭。

　　「那為什麼要擦？」

無法分辨他的疑問中是否含有指責的成份。實在想不出我們之間有什麼，特別好的關係，只有微妙的對峙。硬要說的話，我總是獨自一人，而在如此漫長的孤獨中，雖然只有一段時間，但好像只要呼喚他，他就會出現。

母親上夜班時，我會被丟到親戚家，他會騎著破舊的摩托車出現在校門口。在後座的我不會主動說任何一句話。

高中畢業後我休了學，說要重考，但準備得斷斷續續。日子變得混沌時，我已經很久沒有讀書了。

阿浚哥突然問我想不想去日本玩，我便馬上答應。仔細想是莫名其妙，機票、伙食、交通，他一手包辦，而我只要尋找行程靈感或回答諸如，能否接受便宜旅館的問題即可。腦中出現了逃跑這個詞彙。

逃走、逃走、逃走，旅遊計劃使我整個人像是要飛起來一樣。

我的家人對於這件事並沒有太多想法，他們一直很沉默。結果，在搭往東京班次的的前一天晚上，媽跟我說，爸差點在熱到不行的廚房裡死掉。

我問，快死掉是怎樣？

媽說，整個人臉都黑的，差一點暈倒。店馬上關門。

回家後，媽把爸扶到床邊，但爸也不躺床，只是靠著坐在地上，頭低低的。他們當時沒叫醫生。我無法想像黑色的臉是怎樣的，無論怎麼詢問當時的細節，媽也講不出個所以然，矛盾的是她也沒隱瞞任何事情，只是語言極度貧乏，而我從來沒搞清楚家裏發生什麼。

我的體內，流著一種貧窮和責任的血，無論走到哪都是，成了觀光客也是，即便換上新買的衣服、讓眼睛吸入新的風景，藉此產生了新的記憶

或身分,也不能竄改這樣的事實。

　　這個世界實在太大了,或許永遠待在臺灣那個滴水的,充滿憂傷氣息的,凝滯的我父母所住的那個破房子也不會有任何改變。

　　起初我真是被沖昏了頭沒錯。阿浚哥提及關於家裡的事時,我隱約感覺到這場旅途有其代價,得到免費的東西,本身就是種罪惡。

　　但,我還是要不顧一切完成它。

　　走進那個逃離世界的旋轉門時,我感到冷。

　　在池袋,台上的花笑以生命,在黑暗中舞蹈。在臺灣,爸爸的臉就是黑暗,他以死亡勤奮工作。

　　前半段的舞蹈秀,體感上像是耗了三四十分鐘。但花笑只褪去兩條紗帶,接著,就像是抵達某個時間點,她解開了馬甲,露出她平凡的內衣,與內褲成套的淺粉色。與我的不同,那是一具成熟完全的身體,色澤健康暗沉。

　　我發現我的裡面正有什麼在膨脹,特別渴望溫柔與觸撫。還有我相較下如此年輕,營養不良。

　　微微脫線、材質粗糙、附有一層黑色薄紗覆蓋的吊帶洋裝裡面,我像是無法發育,也不懂替嘴唇塗上紅色的意義為何。我穿幼稚的學生皮鞋,它是用塑膠皮做成。

　　我害怕勞動,我渴望擁有滑順的雙手,我害怕。

爸媽是如何思考他們的生活的？為什麼不去看醫生？

眼前隨之渙散，那些燈光逐漸變成墨綠池塘中飄盪的條狀生物，以及半透明的碎屑，紛飛著，墜落著。

花笑搖晃著走進舞台左側，黑色布幕後的更衣間，那簾子後側透出正常世界的白熾燈，令人感到有些出戲。那個有些灰白的空間，使原本五光十色的劇場也變得像是隨意搭建的。她在裏頭換了很久，我意識到那具身體正在切換著什麼。

音樂變了，花笑穿著白色半透明的洋裝重新登場，宛如聖女，台下再次響掌聲。

這掌聲越發熱烈。我想起我所謂的「初戀」，恐怕對她而言，不過是更衣間裡的笑話。表演結束後，她會裸著雙乳，一邊褪下手臂上的華麗布料，換上可以走到車站的普通短衫，在置物櫃深處的皮包裡數著一張又一張的小費。花笑小姐只有在收錢和拍照的時候才會揚起嘴角，嘴巴微張，露出一半門牙，我其實很羨慕她。

我則是連那個初戀的男人的名字都不記得、卻被永遠地改變了，真是可笑。

阿浚哥在旅館講的那些在腦海中再次浮起，為什麼他要諷刺我？真不想咀嚼這些話語。

另個聲音，刺一樣從體內長出來：我想回家。

要是我揚言要丟下他，獨自在夜晚的池袋街上遊蕩，我可能會死。即便只要用手機定位，就能找到該回去的地方。

但如果阿浚哥馬上收拾行李，我們狠狠地拖著行李箱回到機場，一語不發地坐在飛機上等待降落，我又覺得受不了這樣！

少女的實體在觀眾席，逐漸成為心跳本身。她在她的洋裝裡，化作一雙眼睛，跳動著，冰冷著，像雨一樣掉落著。
很快的，她的形象就要熄滅，她渴求的是終究會背叛的幻影。

隔天，搭新幹線離開東京，花了整天的時間逛金澤城，兼六園，一路上沒聊什麼天，後來又匆匆趕去京都，我腿痠，眼睛因飽覽庭園造景的雄偉而疲憊不已。

這並沒有預期的滿足，甚至產生濃烈的鬱悶。漸漸覺得，阿浚哥帶我來日本，僅是基於他有一種天性的雞婆、擅自認為他的堂妹毫無謀生能力，年紀尚輕過於可憐。我一直覺得大人看待孩子的方式，似乎總是用物欲或新鮮感來概括，認為只要給他們想要的東西，他們就會開心。

確實是的，過去我從未想過出國旅行。我的周遭一直都只能以渺小來形容、限制於如監牢般的家庭，一對唉聲嘆氣的父母，與依賴他人的苦澀。

我不曾幻想外面的世界是什麼樣子，彷彿旅行是有錢人才有資格做的事。是阿浚哥將這遙遠的體驗帶給我，若是錯過旅行，恐怕一輩子平庸下去。我不願像家人一樣。

可漸漸地，日本之旅彷彿幻滅之旅，除了不斷地四處觀看、走動以外，我更是在對這所有迎面而來的一切事物的恨意與悲傷中，產生一種混沌的情感。

那時，我試圖向阿浚哥敞開。既然我是如此不成熟，至少還擁有表達的空間。可是我向他說的那件關於初戀的事，彷彿變成一個玩笑。

我們在京都車站附近的喫茶店吃飯，桌椅和吧檯全是木頭材質，靠窗座位有綠皮沙發，坐在我前面的人一臉漫不經心的苦澀。我遲鈍地整理著背包，又把左手邊的面紙和壓克力立牌塞到靠牆處。

　　「學校如何？」

　　正當我內心凌亂不已時，阿浚哥的臉突然轉正抬起。後方客人傳來的香煙味讓他咳了幾聲。

　　「我沒有在上學。」我說。

　　沸騰的安靜。

　　窗外閃過突兀的粉紅色人影。過了幾秒後，又一輛腳踏車的形狀從眼角邊滾了過去。我忸怩地閃避著他的視線，開始觀察桌面上的彩色檯燈，喝了幾口味道中規中矩的咖啡。服務生端來裝在瓷盤裡的義大利麵，阿浚哥的塑膠水杯已經飲空了。我拿起抹刀，安靜地在麵包表面抹上餐附的奶油。

　　「那妳現在在做什麼呢？」他問，語氣像鳥一樣輕盈，乾淨的下巴線條。

　　我搖了搖頭。

　　他閉上眼睛，溫柔地嘆了一口氣。我明白他想收回在旅館說的話，但沒人想主動提起。離開東京後我們就沒說什麼，一路上氣氛沉重，我反芻著阿浚哥言語中傷及我的部分，還有旅行中被破壞的那些。從某個時刻開始，他講的每一句話，彷彿只為了確認旅遊行程的下一步，這使我痛苦。

　　而他已決定與我和好，突然間，一股難過的衝動湧了上來，不知怎地，我差點要被店內的暖棕色調、他換上的寬容語氣給弄哭。隨之而來，對著眼前並不親密的他，我產生了一種錯置的，傾訴的渴望。

　　因為他是個大人，所以我信任他，毫無別的選擇。熟悉的衝動。希望

隨便誰也好,作為容器,承載我這些如水一般流過的,隱約的痛覺、欲望。

我明白這種信任是不理智的——這也和我將要傾訴的故事有關。

「我遇到了一個男的。」

「是追妳的人嗎?」

阿浚哥沒有動盤子裡的食物,但他從環住的面紙裡抽出刀叉時,發出了不鏽鋼的碰撞聲。

「不,只是一個男的。」我說,低著頭。

他似乎因錯愕而稍作停頓。「妳喜歡他嗎?」

我搖搖頭。我下意識地否認了這件事,或許就是哪裡不對。與其說喜歡,不如說,我從那男人身上感覺到了愛。

「有一天晚上,」我說著,「爸媽還在睡覺,我從家裡偷偷溜了出去,那個男人開車來載我,回到他住在萬華的家,那天晚上,我對他非常好奇。」

那天,雖然穿著睡衣,但還是化了淡妝,客廳很黑,陽台的地板很冷。媽躺著,我知道她知道我離開,但她沒有喊住女兒。沉默地,什麼也沒交換。就這樣我溜出去。

阿浚哥又沒說話了。在有開冷氣的喫茶店裡,我白色的背心,靠近腋下的兩側布料,卻感覺有點發燙似的,有點潮濕。

我看著桌上圓盤裡錯落的麵包屑和落單的銀色叉子。

23

小說組 • 優選獎／殘暑見舞

那個「初戀」記憶中的男人，我對他知之甚少。到他家裡，隨意地做了那件事之後，他又將我送回老家去，他開著車，答應我了些什麼，他說的每句話都是腥甜的謊言。

在副駕駛座，我彷彿聽見滴血，從內褲裡脹痛的，斷斷續續的，那種感覺不會讓你叫出聲。

天亮了，到家了，他溫柔地碰了碰我的頭頂，把我放下車。與我的朋友不一樣的是，所有人都在體驗新的校園生活，而我在一無所知的情況下，被遠遠地拋在後頭了。

男人說，他可憐我，他投射我，他也想起他自己的十九歲，惺忪的雙眼告訴我一切痛苦的歷史，然而照顧一個我這樣的孩子，大概也無法填滿內心的凹陷，即便在厚厚的棉被裡，他抱著我就像是我從未被汙染過。我想，會不顧一切地感覺到，那種好像是真實的愛，恐怕只是因為他說我長得可愛。可愛，扁平而幼化的說法，彷彿我的生長是為了退後。

他的悲傷太龐大，跟我的自毀相較起來，過於龐大。我想我是無法理解的。他在想的也是我不能跨過去的世界，是無法剝離出來與我共享的，屬於那男人的脆弱。

我被這些話語、他特地花錢請的宵夜、為我特地鋪好的床，所感動得不能自拔。待在他的身邊，我像是進入另一時空門作了他家的小孩，閉上眼睛，重新體會正常的被好好對待的方式。

最終回到老家的破舊大樓外的巷子口，我請求他帶我離開這裡，但他說不可以。於是問他，我們是否還會再見面。他說：有空的話。

好，我相信你。我說。

他的紅色汽車消失在朦朧的清晨雨中。回家就像是審判。

記憶駛過腦海，描述描述著，在喫茶店裡似乎已過了許久，再度喪失了時間感，我察覺自己正以望著那台紅色汽車的空洞，注視著阿浚哥耳朵後方的沙發椅背。

回神過來，這則輕佻的故事使我感到羞愧。瓷盤裡的義大利麵已經少了一半，他的叉子尖端沾著肉醬的紅色，阿浚哥等著我把話說完。

我說：「當時恐怕只是，想找個人撒嬌吧。」

阿浚哥停頓了一下。「妳可以跟媽媽撒嬌啊。」

我將視線垂落至他粗大鎖骨下方平整的 T 恤圓領，沒有陷入沉思，只是生澀、直覺地應了句：「我辦不到。」

「下次不要再那麼做了。」他嚥下一口過燙的咖啡，聲音聽起來像是灼傷。

接下來，他幾度詢問我想去哪裡。我原來沒特別想去的地方，道路四散的徬徨淹沒了我。

造訪各種百貨公司、博物館以及神社後，腳掌一直是腫脹狀態，這些去處是多麼漫無目的。

25

可就算是我這樣不討人喜愛的後輩也知道，這趟日本之旅花的是阿浚哥的錢，他更沒有任何理由該帶我出來──甚至我還不是他最好的旅伴，即便如此，我應該得表現出一種對玩耍的熱衷，就像所有的孩子一樣。

並且將來，等到我再長大些，極有可能，我必須償還慷慨的阿浚哥，或是他的父母親，兄弟姊妹，未來的子女，否則就是忘恩負義。

可是我累了，那天吃完飯後，我直接在旅館睡了一整天。

這些對談的某個時刻，阿浚哥的情緒彷彿陷了下去。恐怖。或許他想懲罰我。也許他已經偽裝得疲憊到不行了，關於扮演一個負責任的大哥。

我跟他躺不同張床。他躺著時總是背對著我。而我，總是臉對著天花板。不知不覺中，我穿著外出服直接在床鋪裡睡著了。

但醒來時我穿的，卻是旅館提供的睡衣。

混亂的思緒中，想要獲得同情、第一次流血、離開我的男人、漂浮的生活、鏡子裡映照的我，虛弱的裸體、錢包裡整齊躺著的日元，它們全部攪在一起了。

我撐起上半身，發現阿浚哥已經不見，他的床鋪整理得潔淨無比，棉被摺得方方正正。

沒有開燈，黑暗中，我看見一台紅色的家用電話，獨自發著幽微的反光。我伸手去接電話。

我以為電話離我很遠，可一伸手，話筒就被拾了起來。

「有聽見嗎？」

是媽的聲音。

「妳怎麼知道旅館的電話？」

「阿浚告訴我的。」

「怎麼了？」

「妳爸過世了。」

沉默。

「怎麼死的？」

「妳爸已經很自由了。」媽平靜的聲音說著，「很多人幫助他。從此以後我們就相依為命了。」

「媽。」

「妳要認真一點，否則我隨時都有可能會走。」

嘟嘟聲……電話掛斷了。

隨即是刺破眼睛的光亮。我蜷縮在棉被裡，軀體被輕輕地晃著，壓在我臉頰底下棉被跟髮絲濕答答的。

阿浚哥收回放在我肩膀上的左手，看來是被他搖醒了。我看見使人安定的紫色鬱金香的壁紙圖案。

他說，我咕噥了一堆夢話。他將雙手交疊在彎曲的膝蓋上，目視前方。他輕柔地要我告訴他是夢到了什麼。

門口的電話是灰白色的。我很用力地揉了幾下眼睛，慢慢坐起身。阿浚哥看起來一副洗漱完畢，準備好要睡覺的樣子，他大概累壞了，眼皮看起來特別厚。我睡了很久，我不知道作夢時阿浚哥是不是一直醒著。

「可以關燈嗎？」我低著頭拒絕光。

阿浚哥把燈拉熄了，如此具體的暗，有著與夢中房間不同的氣息。我躺回去，把棉被拉起來，在裡頭將作為外套的襯衫脫掉，現在，我穿著那件今天外出的白色背心，感覺心臟貼這個世界更近。

他鑽回他的床裡頭，繼續那平穩的呼吸聲。

「我可不可以……」

「不。」我悲傷地打斷他，把頭藏在棉被裡，感受著從口中吐出的熱氣。我隱約聽見他翻身，床單摩擦的沙沙聲。

「我說，看著我。」

彷彿有什麼在他體內大膽了起來，於是莫名地，我接收他的呼喚，把濕潤的眼睛和鼻子稍微從棉被裡頭挪出來，空氣變得清晰了。

阿浚哥平躺，胸膛面對天花板，脖子扭了過來，頭側著靠在枕上，兩眼直直地望向我。沒頭沒尾地，或許是為了回應今早在喫茶店未完的話題，他也提起了他的過去。

我恍恍惚惚傾聽著，他的眼球彷彿流出藍色的反光，閃爍著某種不可明白的感情，這使他看上去不像我認識的堂哥，也使那扭過來的頸部呈現男性的僵硬。

「我曾有個女朋友，本來打算和她結婚。」

他說的女朋友我有依稀印象，矮小，屁股有點扁，但胸很大，頭髮染成咖啡色，眼線化得又深又長，導致我想起這個形象時，就快要只剩下眼尾那條黑色上揚的線，那是個彷彿有點虛榮的女子，又有點像城市裡的流浪貓。

問及女友的職業時，阿浚哥總含糊其辭。

「是嗎。」我淡淡地問：「你還愛她嗎？」

「大概三個月前，」阿浚哥說，黑暗中他的五官線條顯得十分清澄，「有次我自己叫了救護車，住院後，她來看我。」他敘述那時他一個人在地板上喘不過氣。

「為什麼後來不結婚了？」我將身體向他挪近，頭髮從床沿落下去。

「她後來嫁給一個四十幾歲的客人……客戶，已經結婚一陣子了，那個男的離過婚，還有小孩。」

「為什麼？」

「你覺得她拿我跟一個四十歲的人比較是合理的嗎？」阿浚哥問。

「不合理。」

我很快地回答，然後聽見阿浚哥的一聲輕笑，雖然是溫和的，但像是包著一層薄膜那樣，稍縱即逝。兩張床靠得很近，他的臂膀很長，溫潤的手掌即將覆上我頭頂的髮。

不知道為什麼，我忽然吐出這樣的一句話：「我覺得好可怕。」
他像是理所當然地，正等著我繼續說。
「你帶我來日本是因為伯父叫你帶我來，」我壓抑地說著，「我沒有辦法還你這些錢。」

他短促地「唔」了一下，有些錯愕：「妳在說什麼？妳不用還。」

「我就知道你會這麼說，但事實上你是個騙子，顯然你不知道自己是騙子。」

「笨蛋，妳不需要……」

「我爸就快要死了，」我的聲音無法停息地顫抖著：「等回臺灣之後，

你就會忘記你今天對我是什麼態度,你會變得像以前一樣恨我,你繼續說那些有的沒的,我們家狀況會變得更糟,我沒辦法去賺錢,我媽也還不起,這些根本不是我敢拿的,可是我來了,我跟你一起來日本,就像你講的,我為什麼敢花錢買自己想要的東西?」

語畢,我爆炸般地大哭起來,將臉埋進兩隻手掌心裏,什麼也不願意思考,整個世界像是變得又濕又溫潤,流逝的時間糊成一片。

阿浚哥的左手懸在半空中,還沒抵達這邊就收回去了。

我在自己的殘喘中恢復了平靜,一片狼藉的寧靜中,時鐘顯示十點半,我跌跌撞撞、極為笨拙地摸黑起身,背向我沉默的堂哥,自顧自地前往旅館附設的簡易澡堂。女湯內空無一人,散發著蒸氣和澡堂獨有的香氣。我坐在塑膠凳上,讓蓮蓬頭的水沖刷背部。

好累。

我的身形在滿是霧氣的鏡子被映出,像是模糊的不幸化身。不禁想起像花笑那樣一個徹底的女人,她的肉體像是為工作而生。發覺那是種無法企及的美,因此產生忌妒,她,一定也知道許多我不知道的事吧。

妳是如何,抱持著覺悟,使用僅有的身體呢?

她不會回答我。即便有人向我說,比起真正的童年時期,我的五官早已走出某種風格,已經像是在準備成為女人——我口乾舌燥,精神緊繃不敢妄自行動。一切都太陌生,但陌生,是如此令人著迷而恐懼。

關於家庭的那些事務,不會因為來到日本而消散,更不會被那些未見過的所淹沒。

我將自己清洗乾淨,將自己所有的肌膚清洗乾淨,直到它開始變得有些紅腫。我一腳踏進熱湯,慢慢地,我將所有的自己都浸到裡頭,皮膚有點痛。

關於阿浚哥的前女友離開的原因，婚姻、金錢，這些人們所重視的事物，我未曾明瞭，可它們就要迫近。在我不曉得自己的身體時，它就成長了。逐漸加速的活著，找不到跟這個世界的連結，儘管說到父親與死亡，能想到的只有自己的可憐。

　帶著乾澀而紅的雙眼，小心翼翼地從澡堂走回房間。

　在這種昏沉的絕望中，我想念那個不記得名字的唯一給過我擁抱的男人，於是在沉睡的廊道間，拿起手機翻找到他的社群帳號（資訊很少，用的也不是真名），恍惚中我傳了一則訊息給他。

　我說，我想見你，我在京都，快受不了這裡了。

　下一秒他便讀取了訊息，在還沒反應過來時他就回傳了。

　「可以打給妳說嗎？」

　可以，當然。

　留有濕氣的毛巾還掛在脖子上，頭髮沒有吹乾，在黑暗中我快速地按著手機打字。手機震動了，按下通話鍵，我將螢幕緊緊挨著臉頰，霜的觸感如此真實，是他，是他，明明已經下定決心不要再連絡那個男人了。那些熟悉的、矛盾的記憶將我淹沒，我處在陌生的浪潮之中，快要站不穩腳步。

　「我明天就走了，要見面嗎？」他的聲音輕輕的，就跟我在他的紅色汽車內聽過的一樣。

　「好的，你在哪裡？」

　我快速踏著木頭地板，回到房間，手裡拿著盥洗用品跟滾燙的手機，

小說組 • 優選獎／殘暑見舞

沒有理會阿浚哥，便開始收拾行李，把身體塞進外套裡，打算只帶了錢包跟手機就出門。

我想著，和阿浚哥最後一次的真正的對話結束了，就是這樣了。因為當時我是如此瘋狂地信任著那個給我希望的男人。

但是，那晚，阿浚哥抓住了我的手腕。

他叫我冷靜一點，可我只是帶著急著出門的心情，僵直地站在門前，因為那男人說：對不起，我之前太忙了，現在因為案子的關係正好在京都。妳願意原諒我嗎？所以我腦袋輕飄飄地對那男人說好。

阿浚哥的表情就像是在說我怎麼會那麼傻。「妳看起來不太正常。」他是這樣說我的。「妳需要幫忙嗎？」嘆氣，換上寬容的態度問道。

我搖頭。

我知道為什麼他會攔著我。雖然已經和那男人約好要在車站附近的商場見面──他會與我走一段路，聽我旅遊過程中的委屈及迷茫。但神奇的是，他握著我手腕的力道使我逐漸平靜下來了。

「不去了。」

我裝作有點在賭氣的樣子。一滴淚在臉上半乾。

一陣沉默後，他鬆手。「乖。」然後將靜止於門前的我摟入懷中。在他那像是命令的聲音裡頭，我一動也不能動，甚至無法分辨自己皮膚的觸覺，不能給予任何回應。他的體溫變得不似真實。那個擁抱的方式，彷彿是在哄嬰兒。

不能明白他的意圖，那種亟欲確認什麼的心情再度湧上，使我變得扭曲，悲傷且著急，因此輕輕推離了他。

半濕的毛巾落在地上。旅館附的睡衣和一條帶子落在地上。我卸掉所

有遮掩的，只穿著內衣站在他面前，或許是以一種極度困惑的姿態。

「該睡了。」他稍頓了一下說。「明天的行程是妳排的，不是嗎？這是妳自己說想去的。」他將手撫過我的耳際。我們相互凝視了幾秒，接著，我主動挪開了視線，混合著失落和順從，我將睡衣蓋回自己肩上，默默鑽進棉被裡。

已經止息了，看著他也準備結束今日、上床睡覺，我似乎已經沒有任何惱羞成怒或更進一步的必要。現在想起來，這段時間裡我有太多不可預測的衝動行為。另一方面跟過去相比，我對阿浚哥更是毫不認識了。

這是妳自己說想去的，不是嗎？阿浚哥是這樣說服我的。

阿浚哥下了床，進入了我的床鋪。厚實的、隨呼吸起伏的他緊貼住我的背部再度擁抱著。也不知怎地，從每個動作裡，都能感覺到他過去既膚淺又專屬的傷痕——他輸掉的前女友。

「可以嗎？」

他讓我翻過身來，正面朝向彼此，他的體溫像是要把我殺死一樣，或說這炙熱的死亡就在我體內。

我感到一種詭異的幸福，終於，找到了那個男人的替代品。

在與阿浚哥的腹部終於重疊時，我訝異於這場旅行為我帶來的昏厥。

這些夜晚將會不斷被汰換成新的夜晚，他的手指伸進我的髮中，想起在大伯家裡那些對話，或者眾多刻意為之的語言傷害，我逐漸成為女人時，他逐漸轉為閃爍而悲哀的眼神。

他摸過的地方最後會變成新的嗎？比如說，他手滑進我的胸口，我再次重疊起脫衣舞劇場裡的影像，雙乳突然柔軟起來，腰部也開始顫抖。覺得這好不像我，更像是一隻緊揪的蟲。

表演最後一個階段，花笑更賣力地跳著，做出更大膽的姿勢。她將整個身體拱起來，乳房自然往兩側擴張，在燈光下，她胸口的中央，滲出涔涔的汗珠。

台下的人將對折的鈔票遞給她。我在旅館的床上，模仿花笑一樣擺起無所謂的姿態來，去除了表情、多餘的衣物、以及我想像中她那既被瘋狂注視，卻又統治著觀眾的奇怪墮落。

阿浚哥還是恨我。他儘管吻或作些更糟糕的事，甚至再給我些零用錢，他也不會原諒我。

他的愛情是混雜著性慾與無法稀釋的過往悲慘的假象，就像我遇見的那個男人一樣。

「不行。」我試圖從他的憐惜，因而持續獲取的快感中，從這黑暗的夾縫裡將自己拔出來，但雙腿仍在半空中僵直地飛翔。

我無法克制地向他打開，但突然間，這房間襲來的冰冷，使我不再感受到任何東西。

在這樣如同死灰般的氣息間，阿浚哥在我上方的喘吁聲，他低等的慾望變得如同耳鳴，極致的安靜，聾，窒息。

很快地，他變得疲軟，毫無抵抗之力，有什麼已經消逝。

感受到我肌膚從阿浚哥的溫度中抽離的瞬間，我再度流淚了。意識過來後，小口小口地喘著。他將對我的一切惡意、愛情，全都殘忍地發洩掉了。

透過與他做，我痛苦地清醒。終於，在日本之旅中的這個照顧者、抑或哥哥的身上，我看見了失敗。

我看見我仍然脆弱與半熟的軀體，自卑與自憐，對他而言是如此誘惑。而這樣的誘惑，使我與他變得同樣可笑。

　　並且，在那刻如同復燃一般，我帶著報復且下定決心的態度，拒絕他事後的擁抱，「不行。」我甩開他的手。我甩開他對我的呼喚，獨自擦拭他在我身上沾黏的汗水和任何體液。那晚我們沒再講任何話。

　　儘管這樣的孤獨讓我頭痛欲裂──我還想再重複無數次那樣劣質的性愛，藉此遺忘許多事情──我仍把手機給關機，並決定在這段時間內不要去碰它，按照我自己排的行程，在回臺灣前要去嵐山搭船。

　　任性地，我將熟睡的阿浚哥丟在旅館，就這樣自由行動去。

　　隔天早早到了保津川，在這種內心不算舒適的情形下，船啟動了，坐在最前方的老船夫悠哉地擺動船槳。

　　雖然頭上有棚子，但陽光恰好直射在我的右臉上，稍微抬頭就什麼也看不見，那光芒使人眩暈，像是被狠狠賞了一巴掌。

　　粼粼的河中飄著水草，夏日的峽谷展現著它晶瑩剔透的身體，每顆石頭都美得像是有名字那樣，遍布著大自然獨有的紋路與光影。

　　陽光幾乎要燒傷我的右臉頰和耳朵，但這樣灼熱的景色卻是一片寂靜，我因為目光的飽和而無法聽見後方遊客的驚呼。

　　老船夫承受著烈日，臉不紅氣不喘地講述著景點，視線朝下（我有時以為他快睡著了）。

　　按照導覽所繪的路線圖，將行經許多奇形怪狀的岩石：烏帽子岩、鏡岩、青蛙岩、屏風岩、圖書岩……我的想像力已提早枯竭，除獅子岩還能

看出一點獅子的形狀以外，完全看不出來這些石頭有什麼差異。

　　行經湍流時，整艘船左右劇烈晃動，並往下朝更低處流。船夫又故意用槳打了幾下水面，水珠濺到我的眼睛裡。我緊閉著嘴不發出聲音，但其餘遊客尖叫著，後方又傳來了高呼「好刺激」的聲音。

　　對我來說只是晃動而已，不至於有趣到讓人尖叫的程度。但活潑過度的遊客們，還是要用盡全身去愛他們所經歷過的一切，去愛所有旅途中各種散落的元素，那怕是一片葉子，一片寫有異國文字的購物明細。

　　遊客總是懷滿過剩的愛，儘管他們自己早就愛過各種令人疲憊的東西。而這樣的風景總有一日會隨著我們靠近死亡而褪色。
我思考著回臺灣，甚至是更遙遠的以後，這趟旅行，我所記得的，終究會像藏進抽屜那樣被掩蓋。

　　前幾天緊抓的，關於旅行的委屈感蕩然無存，此刻心中像是什麼也沒有，對於昨日的擁抱，也已經放棄了延伸它的意願。
平淡無奇的是，終究意識到那男人是不可信，而我的信任又是如此荒唐的。不過是從脫衣舞劇場那日起陷入的混亂，或搖搖欲墜的父母帶來的，毫無支柱、也難以掌握未來的這種無依感，加上逐漸與同齡人脫軌的生活，使得我傾向依附於一種想像中的愛情。

　　再一下就結束了，再一下。那天在脫衣舞劇場待了一個小時之後，我便離開。
票口問我會不會回來，我說我不會再回來了。

　　我在東京的那晚穿著最漂亮的洋裝。
　　門口抽菸的大叔竟向我微微鞠躬，講了一串聽來有些恭敬的話，我愣了下對他點頭，走到對角處等待阿浚哥。那時我才意識到大叔可能把我誤認為舞者了。

左邊就是賣電器產品的大樓，右邊則是粉紅色招牌的不尋常旅館，我看到女孩和穿西裝的老人從裡頭走出來。人變得越來越少，漸漸地，我開始覺得夜晚黑得可怕。那是一種開放的黑色。池袋的小巷裡還留有許多鬼火一般的光，每一盞燈都宣示著城市的荒涼。垃圾在地上滾動，菸蒂四散，經過的路人看起來都有毛病。阿浚哥找到了我。

　　他問我怎麼看那麼快，我說我在裡面待得想睡。我是說實話，脫衣舞劇場裡的空氣可能不太流通，令人缺氧。其他觀眾也開始昏昏欲睡，甚至開始低頭。

　　阿浚哥遲疑地問：「不好看？那為什麼有那麼多人走進去？」

　　我想，那些人應該只是想要待在裡面吧。

　　他們只是想要待在那裡，因為那裡很好睡。阿浚哥帶著不解的神情看我，不發一言轉身朝車站的方向走去。

　　我只好跟上他。

　　純潔的旅行，一塵不染的旅行處女的旅行，重生的旅行，大自然的淨化氣場的神的旅行。

　　沒有孤獨，沒有責任，沒有愛，我再也沒有，只剩下我自己，只剩下河面上幾近透明的波光，洗滌著層次分明的森林與高聳的峽谷與各種被過去的人所想像的形狀色彩各異的石頭。

　　船夫有時會講些什麼來逗乘客開心，我一點也聽不懂。如果阿浚哥在這裡，他將輕輕地，對著那些笑話勾起嘴角。

　　如果這一切記憶都將沉入河川，那就只能笑。

我們經過一個又一個湍流，每一次搖晃都讓船上的人發出聲音，船夫早已深黯此道。

其他乘客在船上擺動、笑著、像是暫時又贏了場賭局，像是在度過醜陋的童年之後，終於換回一點美麗的事物似的。

我感覺與他們相差甚遠，卻又些微相同。

畢竟我從未想過能夠擁有這樣的旅行，但對我這樣平庸的，即將回到日常的人而言，目睹這樣耀眼的瞬間還不夠嗎？

想起昨晚阿浚哥的手在我皮膚上滑行的方式，我心中浮現伴隨作嘔的複雜快樂：就將那顆心放入抽屜裡，隔絕城市的，高高的煙囪，柏油，水溝，塑膠，汗水，朋友的離去，家族成員，黑色面孔，破舊的房子，在臺灣的濕氣中逐漸變皺，混亂的電視，自殺意念，十五層高的公寓大樓，老舊的區間車，紅燈區，汽油的黑，排水孔的黑，張開的雙腿，阿浚哥以袖子隔著的男性臂膀，紅色汽車，他的吻別的黑，行李箱，雨中佇立著他的高大影子，雨中佇立著我的影子，尚未凝固的傷口，在後座，在他家裡，掌心在大腿間滑行，壁癌，發育失敗的乳房，瘀青，唇跟唇，白色的碎屑，幾近暴力地渴求著，而背後就是我灰色的，骯髒的家，胸前是早已忘記名字的男人，我說再一次，他親吻我的額頭。

列車從懸在高空中的橋上疾速駛過發出如震的轟鳴。

有幾次，山間的樹林中還能看見紅色的火車，還有其他艘小船從反方向滑過來，我們用力向著那些將要看見相同景色的陌生人揮手，揮的弧度很大，是為了讓那些陌生人看見我們。

他們以同樣的力道揮手呼應，直至小火車隱入林中、直至船尾隨距離變得越來越小，就深怕這裡的訊號——深怕我們曾經存在於此的證明，無法傳遞到遠方。

保津川已快游到盡頭，一艘滿載食物的船漂了過來，販售一些可以在

船上食用的小吃。一個男人正在翻動烤魷魚,金褐色的表皮冒出濃濃白煙,旁邊是浮滿關東煮的高湯,熱騰騰的糰子,船上掛著五顏六色的旗隨風搖曳,那艘船,跟這艘船用帶子釦在一起,並行前進著。

船上遊客趣之若鶩,零錢聲音傳來傳去。

不久後,裝在小紙杯裡的白色甘酒,和一盤關東煮送了過來,紙盤上有一些白蘿蔔、灰色蒟蒻、黑輪,我拆開免洗竹筷,在極為艱難的狀況下努力維繫所持物的平衡。

我在心中驚呼,這蒟蒻實在是太好吃了。啊,這簡直就是我這輩子吃過最好吃的蒟蒻,而且我從沒想過蒟蒻可以煮出這種味道,日本,實在是太厲害了。

在吃到這麼好吃的食物之後,眼淚就要奪眶而出。

這趟船遊時長將近兩小時,重複性過高的壯麗景色使人疲累,頭也被曬得有點發昏。

於是在嚴暑高溫帶來的暈眩之中,我就這麼稀哩嘩啦哭了出來。汗浸濕了身體。

後來,我幾乎忘了保津川的景色。包括炙熱的右頰,也在與阿浚哥於機場分道揚鑣之後,逐漸冷卻下來。

過了一年,我始終沒和阿浚哥聯絡。就這樣,隨著往後幼稚且任性的、殘忍的新生活,我的旅行記憶、尚未釋懷的那些,似乎都拋到遠處去了。

我們最後一起抵達了機場,各自拖著行李箱的他與我,在一條長長的、人來人往的通道上,倚著冰冷的大理石牆。

他會替我把伴手禮帶回去給伯父,而我會離開這卷軸一樣在眼前攤開

的新奇風景，美食，工藝品，日式庭園，山與河還有綿延不絕的森林，以及作為一名遊客的膚淺理解。

我沒有抬頭，只是像往常一般注視他耳朵後，延伸出去的機場的模糊空間，周遭的人影依舊起伏不清——卻莫名感覺他的視線裡尚有酷暑殘留的餘熱。

阿浚哥往這裡靠近了一步，我能清晰地察覺他將要吻我。我想像瘦弱的自己受到他強健的手所支撐，癱軟在他的擁吻中。

「再見了。」我趕忙說，扯了一下行李箱的手把。

「別走。」阿浚哥說。他那未完的，如今聽來是如此膚淺的情感，灼燙的聲音說：「我愛妳。」

突然間，各種輪子交錯的噪音與不同語言的交談聲，海嘯似地掩蓋著一切。

彷彿這是種可怕的愛的權力，我拖著自己沉甸甸的行李，邁開步來，近乎暴力地轉身而去。

評審評語／陳雪

　　這篇小說描繪人的崩壞與卑微，透過一趟日本行詳述女主角的內心變化。她與堂哥之間微妙的關係也寫得很細膩。描繪貧窮而弱勢的女主角，在情慾面前也是卑微的，所以她去看日本的脫衣舞秀，彷彿在逐漸裸露的舞孃面前，看到自己逐漸裸裎的心。

　　一趟女主角自己不可能負擔得起的日本行，再再顯露她的窘迫與無力，可是她還是讓自己走出去，在陌生的國度，異國街道，一步一步探勘自己的混亂與傷感，「我的體內，流著一種貧窮和責任的血，無論走到哪都是，成了觀光客也是，即便換上新買的衣服、讓眼睛吸入新的風景，藉此產生了新的記憶或身分，也不能竄改這樣的事實。」小說如此寫道，文字非常美，意象也營造得很好，絕望哀傷，結局卻充滿了力量。

小說組

優選獎

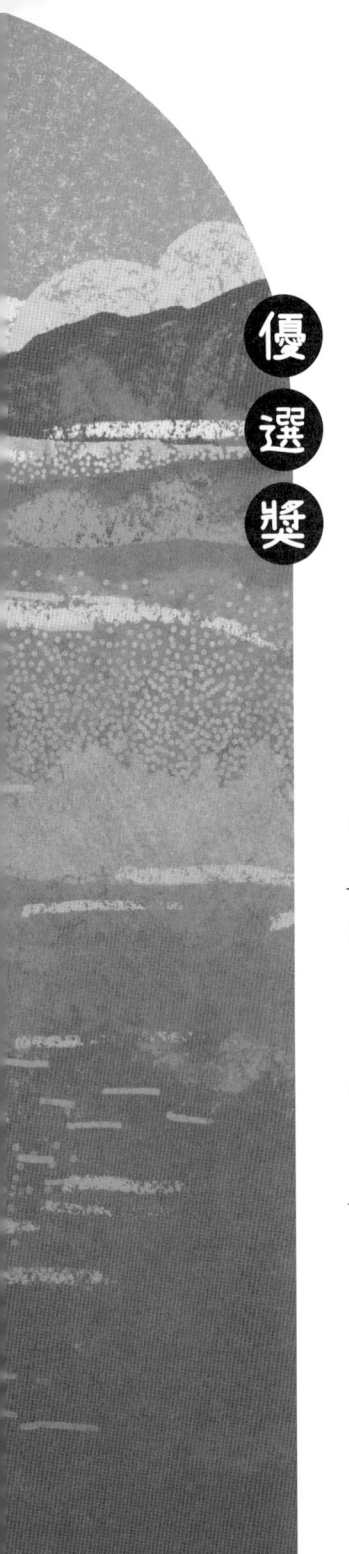

得 獎 人╱ **陳麗珠**

簡　　歷╱ 嬰兒潮世代臺北人。旅遊、觀光、服務業，進出口公司文書、專案等部門退休老兵。加州大學英文系畢業。

得獎感言╱ 感謝高雄打狗鳳邑文學獎提供的園地，讓執著於筆耕的人有塊土壤播種。
榮耀獻給我天上的父母及天下所有無私的愛。

小說組 • 優選獎／蟲

蟲

小說組・優選獎／陳麗珠

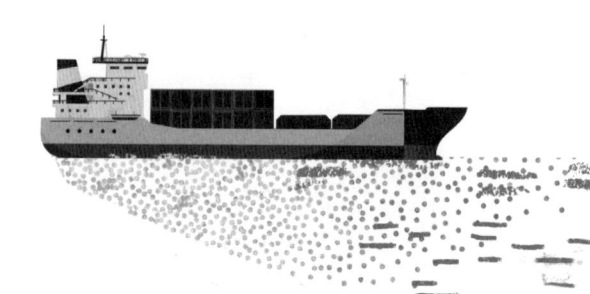

黑暗裡看不清男人的臉，秀枝靠在他厚實的胸膛，任他的手一遍遍輕柔地順過她烏亮的頭髮。男人的每一個細微動作、每一吋肌膚、每一次呼吸，都流露著深深愛意。她緊緊圈住他的腰，要牢牢掌握畢生追尋的情感。抬起頭迎向他溫柔的目光，滿溢的溫馨讓她承載過度的心微微抽痛，甜蜜的痛。他低下頭，柔軟的唇輕輕印過她的額頭、兩頰、鼻尖……可是他的面容越來越模糊，她睜大眼要用力抓住他的容顏，卻發現自己離他越來越遠……

秀枝在雙人床上醒來，滿室陽光逼她瞇起眼。旁邊凌亂的枕巾、被套仍留著床伴的淡淡體味。閉上眼，想再重溫夢裡的柔情，但夢境和男人像被陽光蒸發的霧，了無蹤影。濃情蜜意只是春夢一場的事實，像根細針輕輕刺痛心底久藏的傷痕。夢中人似乎像過往的無緣戀人，又似乎素昧平生。然而那關愛和默契卻真實得讓她不自主想伸出雙手去擁抱。

再度張開眼，她起身開窗，讓清風吹散昨夜所有的夢及床單上的汗味。

床頭櫃上擺張紙條：「去看牙醫」。浴室裡仍留著刮鬍水味，天花板的水氣還沒乾。丈夫退休後通常比她晚起，這時應還背向她打呼。他習慣側睡，先面向，再背向她，夜夜酣睡如嬰孩。不像她這些年開始失眠，聽著他的鼾聲，從暗夜睜眼到天明。

梳洗後循例先到父親房間。看他張嘴仰天躺著，仔細觀察胸口起伏，確定他仍在呼吸才離開。

小說組 • 優選獎／蟲

老父天生自由派，行事、作息完全隨心所欲，忘記考慮別人。昨晚在房裡敲打，說是抽屜卡住。床頭電視綜藝節目的罐頭笑聲、掌聲塞滿房間。她拜託他快睡，不然別人沒法睡。

「你們睡你們的，跟我什麼關係？」老爸臉上寫著「不爽」。

秀枝說他太吵，人家無法睡。半夜不睡，肚子餓了又要翻東翻西吵人。老爸喜歡深夜出來到處搜尋，如入無人之境，享受百分之百的行動自由。不像白天處處受限：這個不行；那個不好。

「你就不讓我用瓦斯爐，我自己煮麵。」老人趁機抱怨。

「不行！你每次燒到忘記，很危險！」鍋子燒壞就算了，幾次瓦斯熄火，還好秀枝發現，不敢讓丈夫知道，只說是安全考量，硬不准老父再碰爐火。

「聽你在講！橫直我就是沒自由，要被你控制到死！」又不歡而散。

秀枝望著沉睡的老爸，心想今天又不知要睡到幾點。

母親和妹妹秀葉睡隔房，厚重窗簾蓋住陽光，房間幽暗像洞穴，兩張單人床塞到洞口。老太太坐在床邊兩眼茫然，看見秀枝像遇救星：「我肚子好餓！」

隔床被窩裹著秀葉，要掀開棉被才能看到一張雙眉緊皺的臉和捲曲的身體。這兩年妹妹拋夫棄子長期進駐秀枝家幫忙處理兩老。

「好，你稍等，我馬上來。」她知道老母餓意急如星火，半刻不能等，煮飯菜已緩不濟急。熱過現成豆奶加牛奶，再加兩片吐司就不會乳糖過敏瀉肚。

婚後先接父親來同住，母親留在兄弟家帶孫子。幾年後孩子長大，母親也跟著來。上個月秀枝生日，粗枝大葉的丈夫送了一束乾萎的敗柳殘花給她，才驚覺已陪父母走過了近二十個年頭。鏡裏和秀枝對望的女人早已滿頭霜雪，眼皮、眼袋浮腫下垂，體力像鬆垮的老內褲，一直往下滑落。初老的自己要為老老的父母堅強挺住。她摘下眼鏡，前途正如視線一般模糊。

　　大家都說秀枝丈夫真好，容忍岳父母鳩佔鵲巢；熟朋友不客氣指謫她得寸進尺。她不想辯解，其實一切都非預謀，只是順著路走，就到了這裡。就像和丈夫中年成家，雙方都非彼此的意中人，只是時辰對上地緣，也就無可無不可地湊合了。

　　暫時解決母親早點，轉身料理父親餐食。老爸食量小又挑嘴：要濃稠合度的稀飯和口味合意的配菜。多數費盡心力做出的菜都被嫌棄：太硬、太爛、太淡、太熱、太涼、或昨天吃過了，買的比較好吃⋯⋯下場都是進了垃圾桶。

　　「你到底要怎樣啦？」有時秀枝氣極，想到好友阿蘭在社大學油畫，每週和同學開讀書會喝咖啡。自己早想參加，但被父母綁住，尤其老爸簡直刻意找麻煩。

　　老先生喜歡「豬腳滷爛爛」、「控三層肉」、貝類海鮮如：毛蟹、紅蟳、明蝦、蛤蚌⋯⋯。

　　「你痛風又高血壓、膽固醇，不能常吃這些。」

　　「我愛吃什麼，就吃什麼。」老人低聲倔強反駁。

　　醫師也是這麼說：「都這把年紀了！隨他啦！」

　　但秀枝仍下不了手，覺得好像在蓄意謀殺。

不知是重聽還是夢境太沉，秀枝在床邊叫半天，父親才勉強睜開眼睛。等他聚焦回神，她繼續張大嘴巴讓他讀唇形：「起來吃飯。」老人沒反應，她又連續喊了幾次，老人才正式抬眼看她。

「現在是暗時還是早時？」老人常睡到日夜不分。

她指著窗外陽光：「早時九點。」老人沒說話，她再喊：「起來吃飯！」

「稍等啦！」老人不耐煩揮揮手，仍躺著。她知道這一等又沒完沒了，拉開窗簾，站著不走。

「起來吃飯。」她再重複。

「稍等再吃啦！現在不餓。」

又來了！秀枝開始不耐。老爸的隨興，害她得三不五時帶他跑急診，都是長期生活習慣不正常引起的急症。她鐵了心不再遷就他：「不餓就少吃點，三頓要正常。不然等你睡到高興才起來，飯菜都冷了，又要幫你熱菜。我哪有力氣跟你24小時打轉！」她扯著喉嚨，費力把每一個字講進老人耳朵裡，對方卻一副充耳不聞的表情讓她更氣：「好心起來啦！吃過飯還要吃藥，拜託！我很忙！」她用力壓住火氣。

「你越來……越像……你老母，一支嘴……碎碎念，我得……被你煩得……神經錯亂……」她知老爸像貓，要被人順毛摸。這樣嘮叨像梳子倒刷，怎能不張牙舞爪？但她已失去力氣和耐心。而老人聽到那越吃越病的「毒藥」，更發怒翻臉，鬆脫的假牙把他的話咬得支離破碎。

「你若沒我老母，今天沒這麼好命！」她對老父至今仍在消費老母很反感，一腳踢翻床邊字紙簍，一把藥粒滾出來跑進床下。「啊！你實在……」老爸又偷把藥丟掉，她快氣瘋：「這麼貴的藥……你到時再破病，我一定不睬你！」老人閉眼轉頭面牆不理她。

秀枝嘆口氣抬眼看到牆上的老照片。五歲的自己和三歲的秀葉各抱一個布娃娃坐在小凳上。她還記得照相那天的情景，阿母在廚房抱怨拿照相機的阿爸：「孩子的衣服都沒換好一點的就要照……」

　　布娃娃是阿爸做的，他還用不同顏色毛線給兩個娃娃編長辮、戴帽子。妹妹的娃娃穿長裙；她的穿蓬裙。阿母說阿爸別的不會，就是手藝好。但那時秀枝最盼望的是進口的洋娃娃，眼皮還會上下眨動。

　　「你不覺得爸爸做的布娃娃比買的珍貴嗎？」德寬曾問她。

　　「也對啦！不過小時候哪懂！」

　　前些年秀枝向母親抱怨老父任性。老母道歉：「失禮啦！當初就目睭糊屎，今日才害到你。不過你既然頭都洗落去了，就忍耐點，好歹他也是你老爸。」

　　「唉！」怨歸怨，總不能把他丟下不管。氣不過時就向秀葉訴苦：「我用我的生命來照顧他的生命，換他來找我麻煩，讓我日子難過，這是什麼道理？」

　　「我覺得是你在自找麻煩，當初如果你沒接他來，你自由；他也自由，你們關係也比較好。當然，沒有你的照顧，他也許早幾年就走了，那又怎樣？反正他也不高興你現在為他安排的生活。」秀葉說。

　　聽說祖母驕寵兒子街坊有名。秀枝有時氣極，會下意識望天，對天上未謀面的祖母無言抗議：「你看！你寵壞兒子，拖累這麼多人！」她也怪母親是共犯，捧茶奉水服侍，說男人是天，讓他更自大膨脹。

　　然而德寬總是有另類看法。每次她抱怨老爸時，他只淡淡地說：「想想他做給你的布娃娃。」

　　的確，比起撙節的阿母，阿爸「人性化」多了，他會買玩具、零食，

49

小說組 • 優選獎／蟲

還會偷偷塞零用錢給孩子,這些都是不可能從阿母那邊得到的,也是不斷被阿母抱怨「不會打算」的缺點。

「我肚子好餓。」母親走到秀枝身邊。她整天喊餓,不停吃飯。

「不是剛才(吃的嗎?)……」秀枝嚥下要講的話,「先吃跟香蕉,好不好?」

「不要!香蕉吃不飽,沒飯嗎?」老母眼裡出現不安。

「有有,稍等,馬上來。」她扶老母坐餐桌旁,順便偷放根香蕉。

她學很久才習慣不和母親說理或爭辯,也不斷提醒秀葉:「要順流而下,隨風轉舵;不要逆流而上,頭破血流。」

母親的腦袋裡有一隻叫「阿滋海默」的蟲,慢慢吃掉她的記憶、認知等細胞,使她逐漸失去生活和行為能力,思想及情緒上變成一個熟悉的陌生人。

回想起來,秀枝終於領悟那隻狡詐的蟲其實早已潛入母親腦裡作怪,不動聲色地唆使她做莫名其妙的事,例如:每天摸黑起床把衣櫃每個抽屜搜索一陣後倒頭再睡;早課膜拜時將紗窗紗門全部打開,說這樣神明才能進來。秀枝記得母親當時在回答詢問時的眼神空洞茫然,可惜自己忽略了。

直到母親不斷千百次重複相同問題時,秀枝才驚覺狀況不對。秀枝的情緒被蟲的工作進展左右。有時撐到崩潰邊緣,就躲到浴室打開淋浴,和嘩嘩的蓮蓬頭一起痛哭。

有一次，老母摸索找到躲在臥室裡偷哭的秀枝，拉住她的手道歉：「對不起！我以後會乖了！」秀枝看著老母無辜又驚懼的臉，痛、恨、不捨，把她的心撕扯碎裂。她抱住母親，說不出任何話語來安撫她。一股氣堵住喉頭，她忍住哽咽，卻止不住眼裡不斷滾出的淚。

　　這場和隱形蟲的爭戰，她知道老母和自己都注定遍體鱗傷。

　　日子跌跌撞撞地過著。秀枝仔細觀察老母、摸索找資訊，冀望醫學、科學界早日發現殺蟲神蹟。帶著母親經過繁複的測試、檢驗。MRI 透視過的腦袋內情被分析、判斷，列印在一疊厚厚的報告裡。頭髮花白的醫師拿著人腦模型對她解說各腦區功能及老母萎縮的區塊。她看著報告上白紙黑字和錯綜複雜的線條，注意力漸漸渙散，醫師的聲音像從外太空傳來般飄渺：「……就這樣一個個被關掉，語言、認知……最後是心跳及呼吸系統……」

　　像迷失在荒漠的旅人，秀枝竭力搜尋脫困的方向。日子如流沙，母親、妹妹和她都被捲進去，相互拉扯，越陷越深。許多和阿茲海默患者相處的撇步，沒有一步能真正解決她的困難。病人每天吞一堆藥粒，有的要降低蟲的食慾，有的要消極對抗蟲的破壞力，但沒有一種可以把蟲殺掉，修復母親的腦子。秀枝知道終究蟲會關掉母親的維生系統與她同歸於盡。

　　秀枝把熱過的飯菜給母親，老母困惑：「我不餓啊！」她瞄向垃圾桶，見香蕉皮趴在裡面。

　　「啊！不餓就別吃。」

　　「現在是吃早頓還是晚頓？」老母問。

「吃點心啦！」秀枝答。

「我沒吃早頓呢！」

「有啊！你剛吃牛奶麵包。」

「亂講！有吃我怎麼不記得？」老母反駁。

「好啦！沒要緊！飯菜在這裡，你想吃就吃。」秀枝不想爭辯。

「我想放尿……在哪裡？」母親以眼神徵詢，秀枝牽著老母走進洗手間，確定馬桶乾淨，等她完事教她清潔。

「往後擦，丟掉。」秀枝教母親善「後」，再提醒她洗手：「先抹肥皂。」

「免抹肥皂啦！」母親雙手在水龍頭下沖過，抓毛巾擦乾轉身要走。「啊！我想放尿！」

「你才剛放過。」

「可是我想要放……」母親摸著下腹，「還是再放一下……」又坐回馬桶上。

秀枝吸口氣，盡力壓下勞累和不耐，白天總比夜晚折騰好。母親整夜跑廁所，妹妹還沒來幫忙前，她累癱了。心悸、失眠、頭痛。時序脫軌，太陽月亮都掉入無神的眼睛，好像兩個嵌入臉上的黑洞。日子像條鎖鏈，腳鐐手銬使她舉步維艱，無力掙脫。後來乾脆吞安眠藥，眼不見為淨，任母親在臥房及浴室間迷失、摸索。那隻蟲不斷捉弄母親，唆使她整天喊餓、尿急。

「啊！真正沒尿。」老母說。秀枝再覆誦一遍清潔程序。老人拉著褲頭躬身站起來，兩隻不斷抖動的手慢慢順著腰間鬆緊帶，好把褲子穿正。

「阿滋」是她和妹妹給蟲的簡稱，用來方便交談或分辨藥品種類。「阿滋的藥快沒了，要補。」秀葉常提醒她。

然而阿滋的巨大陰影也罩上秀葉。她變得易怒、無精打采、昏昏欲睡、頭痛心悸，甚至厭世，撐不住壓力時就抓狂：「我死死算了！」

醫師說她得了憂鬱症。

秀枝扶老母走出浴室，「摳！呸！」母親大聲清喉嚨，一口痰吐到磁磚地上。

「哎喲！你怎麼⋯⋯」秀枝驚叫，彎腰把痰擦掉。「拜託啦！不要呸土腳。」雖知母親不可能記住，仍忍不住重複說了千百次。

「不然要呸哪裡？」老母眼神茫然。

「呸衛生紙，包起來丟垃圾桶。」千百次的相同答案。

「我下次就知道了。」

「吃飯吧！」秀枝說。

站在廚房，秀枝望著枯黃的後院。自從阿滋入侵後，老母以前栽種的蔬果就只能任它們自生自滅。她每次看到日漸荒蕪的庭園，心頭就卡著一

塊疙瘩。本想妹妹來後多了人手，再來整頓一番。可惜秀葉困在流沙裡掙扎，而她每天忙得像不停打轉的陀螺，屋後的荒土蔓草只能像許多積壓心底的事，被擱置一邊了。

　　丈夫常說她愛吹毛求疵，鼓勵她多培養嗜好，別浪費精神在小枝節上。秀枝猜他多少想藉此轉移她的注意力，免得老盯著他的行動。剛結婚時，她盡量配合他的興趣，陪他上電子城、看科幻電影，都是她不喜歡的。而他對逛街、上超市乏味，掛著臭臉走兩步念三句，兩人當街就吵起來。

　　「這都是你吃的、用的，我花時間在幫你買耶！」她真受不了他的自我、自私和自以為是。

　　「幫我買？」他誇張地提高聲音，不理會旁人的眼光。「你不是在買，你在決定終身大事。每一個蘋果都要比很久，想很久。」他厭煩她老是強調自己的付出，標榜自己的美德。

　　「當初就是沒比、沒想才會犯下天大錯誤和你結婚。」秀枝差點衝口而出，硬咬牙嚥下，恨透他明知她臉皮薄，還故意當眾羞辱她。「我陪你看電器、電腦大半天，從沒抱怨過。」

　　「你自己也喜歡去啊！」他理直氣壯，不了解這女人的邏輯。

　　「我從來就不喜歡！你沒看我每次都想辦法找椅子坐下等你。」秀枝怨自己竟然瞎眼到跟了這種白目人，不禁懷念起從前幫她提購物袋、陪她逛街的男友。

　　「那你可以不必勉強啊！」他不會讀秀枝的心事自顧走人。

　　漸漸，彼此各走各的，反正沒有小孩牽絆。秀枝覺得兩人關係比較像室友，除了睡同床外，連蓋棉被聊天都談不上。他一上床就呼呼大睡，想說點枕邊細語的機會都沒有。這不是她要的婚姻生活，盼望的浪漫變成天

方夜譚。婚前和他的親密時刻雖然草率粗糙，總以為婚後可慢慢培養。磨了幾年，終於徹底放棄。

　　丈夫常坐在電腦前，聽到她的腳步聲就立刻跳開網頁。她幾次瞥見螢幕快速轉換，或丈夫盯著電腦桌面，知道其中必有隱情。有天趁丈夫不在，開了他的電腦，發現一堆男男戀的圖片和故事。她早就懷疑丈夫性向。可是她最不能原諒自命誠實的他，竟然如此欺騙她。

　　那晚，她單刀直入：「你是同志嗎？」

　　「我對女人有興趣。」她感覺他回答得像外交官。

　　「但你對我沒興趣。」

　　「因為你很難取悅。」他掛下臉轉身走開。她失控飆了一串髒話，順手飛出兩個心愛的日本磁盤，盤子碎落那刻，她就後悔了。畢竟，於事無補。

　　她對閨蜜傾訴女人苦悶。密友根據自身見聞認為他不一定是同志：「可能只是男人的好奇。」

　　「我不懂。」
　　她始終沒懂。

　　父母剛來那幾年，她怕和丈夫劍拔弩張的關係被他們知道，費力粉飾太平。等下定決心離開時，發現房價漲得比天高，她帶一對老父母，寸步難行。

　　這樣進退維谷的日子，秀枝覺得自己的心已經被一隻惡蟲日夜啃蝕得脆弱虛空。

小說組 • 優選獎／蟲

　　老先生睡得很沉，無論怎麼叫、搖都沒反應。秀枝再三察看，明明呼吸正常。會不會血壓降低又昏了？叫來丈夫，他用力呼喊：「爸爸！爸爸！」老人仍沒反應。「叫救護車吧！」他拿起電話。

　　想起昨天和老爸的過節，秀枝火又冒上來。給他吃藥，他又拒吃，還自扮醫師分析藥的「毒性」：阿司匹林是「藥王」，有命吃到沒命；痛風藥吃到腳趾骨突出……

　　「你拜託別鬧了！」秀枝想到跑急診就從心頭累到腳底。

　　救護員來了，一陣撥弄，老人忽然大喊：「我不要活了！死死算了！子孫不孝，人生完了！」眾人傻眼。

　　秀枝更是氣結在心裡罵：「給我演這種鬧劇，嫌我不夠忙嗎！」

　　看似胡鬧，血壓飆到198，體溫也偏高，還是得送急診。秀枝匆匆交代妹妹，要丈夫隨後來。跟老父上了救護車。

　　「我嗚！我嗚！」救護車在車陣裡穿梭，她暈得想吐。擔架上的老人對救護員抱怨：「我真歹命，不快樂！不想活……」

　　「阿公，我看你命不壞啦！我載你好幾次了，你的生活不錯啊！」年輕救護員回答。秀枝轉頭看他，確實覺得眼熟。

　　秀枝坐在急診室一角，挫折感壓過怒氣。老父沒有阿滋，卻三天兩頭耍脾氣。醫生說是常見的老人憂鬱，可是他和別人聊天吹噓就談笑風生。

丈夫叫她到候診室休息。老爸還要照電光、斷層，他會守著等醫生。老人身上接了好幾條管子，對著他尿濕的床單懊惱地向她瞪眼抱怨：「哎呀！都濕糊糊了！」好像是她害的。

「濕就濕了，讓看護換就好了，唉什麼！」她沒好氣頂嘴。

想起老爸予取予求她就生氣。渡假、娛樂，只要老爸喜歡，女兒就盡力滿足他。但他似乎永遠不滿足，兄弟姐妹好幾個，只有她自願照顧父母。老爸反而當她眼中釘，說她態度壞、口氣差，三天兩頭鬧脾氣。自己的健康千瘡百孔，老爸神智清楚卻故意視而不見。就算是近廟欺神也該有個分寸。丈夫雖缺點很多，對岳父的容忍、盡心沒人能及。

但老爸表面假笑敷衍，背後訕笑，連名字都不屑提：「『那個』去哪裡？」

「『哪個』？」她明知故問。

「後面『那個』。」他指著丈夫的臥房。

「『那個』有名字，他叫德寬。」她特意放大聲音，老先生把頭轉開。

父母看醫生的次數逐漸頻繁後，秀枝辭去工作專心照料，不再蠟燭兩頭燒。他和丈夫都是一般薪水人，收入不夠負擔外勞，只好自己土法練鋼。畢竟沒受過專業訓練，遇到狀況無法客觀處理又容易夾雜情緒。還好丈夫冷靜，可在紊亂中提供穩定力量。「畢竟不是當事人才能旁觀者清。」秀枝總結。

小說組 • 優選獎／蟲

　　候診室的椅子空出許多，秀枝抬頭看掛鐘，三個多小時過了，丈夫仍在裡面。老爸愛搞怪，不是拒絕吃藥就是把藥丟掉或藏起來。若盯著他吃，又要惱羞成怒，尋死覓活。等到症狀發作，他就哀叫跑急診，不外是便秘腹痛、痛風腫痛或攝護腺腫大而尿滯留的老人病。

　　兄弟說她活該寵壞任性老爸：「不聽話就不理他，讓他痛幾次，看他以後還敢不敢？」

　　「萬一痛到休克怎麼辦？」秀枝反問。她最氣這些事不關己的「屁話」。

　　「那也是他的命！」兄弟說。

　　她也氣老爸吃定她心軟，厭煩透了醫院的藥水味和老爸的屎尿騷臭。

　　丈夫和醫生一起出來時，秀枝正昏昏欲睡。報告說老爸是腎臟發炎，原本已差的腎功能這下更糟，需住院治療。醫師說老爸的腦部斷層顯示他的腦已經退化得厲害，「現在無論他說或做什麼，都已經是他所能做的最好狀況了。」

　　「可是……」她想說：「老爸看來正常，也沒有阿滋海默啊！」

　　「他腦袋的那個片子，唉！」醫生搖頭，「已經亂糟糟了……」擺擺手，往走道盡頭走去。

　　原來老爸的腦袋也有蟲在作怪，難怪他越來越老番癲，不可理喻！這也解釋了他有時在睡夢中憤怒地醒來或對空氣說話的失常行為。

　　老母的蟲叫阿滋海默，那老爸的蟲又是什麼呢？這接二連三的事件，秀枝覺得自己的腦子也快斷片了。

走到老爸床邊，老人兩眼無神，被針管折騰了半天，臉頰似乎瘦了些。她想起早先的怒氣，心底浮上歉疚，畢竟也日薄西山了，就隨他吧！

回到家還沒開門就聽到屋裡隱約傳出的爭吵聲。

「又怎樣了？」她很想轉身逃開，嘆口氣插進鑰匙，高亢的噪音像激烈撞擊的鍋碗瓢盆，錚鎗鏗鏘地衝出打開的門，罩得她滿頭滿臉。

迅速趕到戰場，只見兩個蓬頭垢面的女人劍拔弩張對峙床邊。老母拄著拐杖的手不住顫抖，怒火燒得她兩眼晶亮，看到秀枝進來，眼眶紅到鼻頭：「我快要做乞丐了，剩下一點點錢，被摸得空空。」老母眼睛掃過秀葉，「我沒說是誰拿的，橫直錢沒腳，不會自己跑。」

「沒人要拿你的錢啦！」秀葉回應。

「你是講我白賊？我吃齋拜佛的人不會黑白講，不然佛祖也不容允……」老母情緒又激昂起來。

「好啦！好啦！」秀枝拉住老母。

秀葉眉頭打結：「已經亂了整晚，快瘋掉！」

秀枝從手提包裡拿出一個小布袋，掏出裡面的紙幣給老母看：「你的錢寄放在我這裡啊！你又忘了。」丟錢的戲碼不時上演，秀枝帶著布袋隨時應付。

「我什麼時候寄你的？」老母一臉困惑。

「就……大概好幾個月了。」

「可是我早上還看到錢在褲袋裡。」

「喔！對啦！你早上也有寄一些，我都放在一起。」順流而下，見風轉舵。

老母狐疑地望著秀枝：「敢有影？我怎攏毋知影？」

「你毋是毋知影，是忘記了。」秀枝覺得這樣「栽贓」老母其實蠻罪過，但又想不出更好辦法。

「可是我明明看到有人……」又意有所指地眼尾掃過秀葉，「趁我睡覺時在我口袋裡摸來摸去……」

「那是做夢，你睡著了怎麼知道有人摸口袋？」秀枝說。

「我裝睡。」老母說。秀葉忍不住笑起來。

「跟你講幾百次了，就是別讓她亢奮，不然她的情緒失控，心跳又超速，很危險！」秀枝臉有慍色轉向秀葉。

「我有什麼辦法？你只會怪我！她整天亂，整天喊餓，一天吃十幾次，尿幾十次，還整天吐痰，講也講不聽，我已經要崩潰了！」秀葉火氣又上來。

「你腦袋正常都講不聽了，」秀枝迅速瞄過老母，刻意壓低聲音，「還期望腦袋失常的講得聽？就好像馬拉松選手要跛腳人跑快一點一樣不合理。」

「你講得簡單啦！你自己還不是受不了就跟她大聲。你單獨跟她搞一天看看。」

「我單獨跟她搞好幾年了。」

「所以你受不了啊！所以我現在也受不了啊！」秀葉幾近歇斯底里。

這時老母突然「摳！」一口痰吐到地上。

「啊！」秀枝和秀葉同時大叫。

「你怎麼痰涎呸土腳？」秀枝瞪著老母。

「騙肖！自己的厝哪不能呸？我又沒肺癆。」老母反嗆。

秀葉看到地板上的痰，胃裡一陣翻攪，低頭抓了字紙簍，嘔嘔嘔清空了腸胃。秀枝快要昏去，勉強抓住床頭站穩。鼻內餘留的醫院藥水味、污穢味和病氣，加上秀葉的嘔吐讓她反胃，趕緊打開窗戶驅散滿室噁氣。

「你還好吧？」秀枝虛弱地問病懨的秀葉。

「唉！」秀葉轉頭看老母，老人雙眼迷茫，對眼前景象視若無睹。「我們在和她互相折磨。」她面容蒼黃，抓把面紙抹淨嘴角，清理完字紙簍穢物，爬上床把自己埋進被窩。

日子不能這樣過，秀枝咬緊牙。

「你的目標是什麼？」心理醫師問秀枝。

「希望母親在生命的終點前不會進入阿茲海默的末期。」秀枝聽過很多末期病人的例子：社工阿良和水電工大原，都說他們的父母親最後變得暴力，六親不認，排泄物當食物⋯⋯好在母親已年邁了，讓她躲過末期折磨，如願在睡夢中安詳歸西吧！

心理醫師沒法指導她完成目標，只能教她要先照顧好自己。

小說組 • 優選獎／蟲

　　精神科醫師開了處方讓老母「安靜」，秀枝幾經權衡得失，把藥交給秀葉：「睡前一粒。」她說。

　　轉入病房的老爸像奄奄一息的老病獅，完全失去平日稜角。雪白被單裡的身形明顯小了一號，身上連接的針管卻更多。他一張口就從氣管拖出一條細細的雜音，說句話得喘半天。

　　醫師指著 X-光片上的白色光影告訴秀枝：老人染了肺炎，肺部積水。

　　「啊！我的天！」秀枝搗嘴低呼。老爸雖常掛病號，但從不曾如此虛脫。她湊近老人耳旁鼓舞：「爸，你要勇敢，快好起來，我們來去渡假。」老爸一生愛遊樂，出門最開心。

　　「要……儉……」老人閉眼吃力地吐出兩個字。秀枝心頭縮緊：老爸的字典裡從沒有過「儉」，難道……

　　雖然明知生命的終站沒人可躲，但真正被迫面對時，才發現自己還沒準備好。尤其，幾天前老爸還生氣勃勃對她嗆聲。

　　不行！他不能這樣走！秀枝心頭浮上焦躁：一定要帶老爸回家。

　　「爸，免煩惱！我講的話你要記得，一定要趕緊好起來，咱來去旅行。你愛去的所在，咱都來去。東京、京都、富士山⋯⋯」她一字字大聲說，又重複了一遍，確定他有輕輕點頭。這輩子從沒和老爸如此接近過，忽然覺得周遭有種荒謬的蒼涼。

　　態度親切的醫師約 40 來歲，站在病房門口對秀枝和德寬示意有話要說：「老先生的生命正在衰敗中，我們不確定他能再活三個禮拜、三個月

或甚至一年半。但不管他如何復原,健康仍然繼續走下坡,醫療對他的必要性就值得商榷。你們家屬可以決定要讓他『舒服』———不必治療,或讓他不斷進出醫院忍受針藥痛苦。」

「我爸有簽字過,緊急時他要急救。」秀枝立刻回答。

「那他大概不知道急救的可怕,尤其他這麼老了,經不起強力急救或肋骨斷掉的痛苦。」醫師搖頭。

「要是我就一定不急救,太痛苦了!」一旁的護士也插進來附和醫師的觀點。

「既然我們不知道他還有多少時間,假設他還有一年半,我們不能現在就讓他躺著,見死不救。」秀枝表態。

「他要繼續治療,必要時需急救,除非他變成植物人。」德寬簡短結論,「我們要尊重爸爸的意願。」他對秀枝說。

回家路上,秀枝沉默望著夜空,拜託老天再給她和老爸一次機會,讓他過一段順心滿意的日子:「我一定不會再和他爭論了。」

丈夫建議在老爸出院前先去購置一些必備用品,例如:警鈴———老爸有急需時可按鈴呼叫;監視系統———萬一老爸出狀況,可及時處理。

「可是⋯⋯老爸現在還⋯⋯」秀枝覺得丈夫有時樂觀得天真,不過這也是現在她需要的力量。

「他應該會康復,這老傢伙生命很韌。」德寬說。

「也好。」重點是老爸必須先回家,老人現在氣若游絲,無法下床。醫生說即使出院也還有一段復健長路。

小說組　●　優選獎／蟲

百貨公司的嬰兒用品專櫃擺了好幾種監視器，有高畫質、廣角度、鏡頭能錄影存雲端；有的可在 200 尺內遙控監視器，監控室溫還兼放搖籃曲⋯⋯秀枝看得眼花撩亂，感覺沒一種適合老爸需求。德寬說他會繼續尋找評估。

回家時經過菜市場，路邊的破舊小貨車吸引住秀枝的視線。後車斗上的幾盆鮮綠樹苗在陽光下安靜站著，有如置身嘈雜街市裡的禪僧。她站在車旁端視良久，光燦油綠的枝葉似乎多少掃去了些心上的滯悶。

「大姐，愛哪一叢？品質保證！」體格黝黑壯碩的小販聲音粗啞。秀枝指著中間那盆枝幹清爽挺拔，葉片像星星的植物。「啊！那是木瓜，上好品種，肉甜籽少。」販商俐落推薦。

秀枝想著阿爸、阿母都愛吃木瓜：「好照顧嗎？」

「不太需要照顧，木瓜好水果，木瓜酵素現在最夯的健康食品。」

秀枝小心抱起瓜盆，像懷抱著初生嬰兒。

屋後牆邊的一小方空地正好可種木瓜。「一年生，全日照，水分、肥料充足，排水良好，背風⋯⋯」秀枝綜合幾個網站的栽植資訊，戴上草帽在烈日下又蹲又跪，奮力把硬土挖出個一尺見方的洞。額頭的汗水從睫毛滴進眼裡，她忍著刺痛的眼睛和濕透的上身，趴在洞口確認土壤裡沒有蟲豸（至少肉眼看不到）。根據資料：土裡的爬蟲可能危害幼根；鄰近枝葉上的昆蟲也需阻絕。她照本宣科把肥料依比例倒進洞裡攪和，再把樹苗小心放入。剪完越區過來的藤蔓花葉，再仔細檢視蟲跡。秀枝起身伸展酸麻筋骨，想像明年此時黃澄澄木瓜爬滿樹幹的光景。

深夜從醫院回家，推開門，屋裡靜寂幽暗。秀枝料想老母和秀葉大概睡沉了，連夢話都無聲。走到房門口，看見老母臉色慘白靠坐床沿，一手支頭；一手撫胸，呼吸急促，眉眼鼻嘴糾結，狀極痛苦。看到秀枝，微弱擠出語絲：「我⋯⋯快死了⋯⋯頭⋯⋯好痛⋯⋯」

　　秀枝三兩步趨前，發現老母渾身濕透，額頭冷汗直冒，顯然老人的心臟又作怪亂跳了。她趕緊抓條毛巾擦拭老母，扶她躺平，在她的額頭和人中抹萬金油，再按摩肩頸讓她舒緩。這些動作對實際病症沒幫助，但對老母有心理上的安定作用。血壓計上的心率高到180，汗水不住沁出。她的手在老母的耳後輕輕揉搓，腦中急速思考送急診的必要性，這心律亂彈的症狀最近發作次數更頻繁、嚴重，心跳在60到200間高低起伏。他她猜老母大概像被雲霄飛車卡在高空飛甩般的暈眩。醫師分析過藥物治療正反考量，要秀枝自己做決定。不吃傷心；吃了傷肝肺腎。她輕輕擦去老母額頭和脖子上的汗水，感覺自己的雙手掌握著母親脆弱的生命，拿捏之間無比沉重。

　　心跳漸漸回到一般軌道，老母安靜下來，慢慢睡去。秀枝轉身看隔床蓋頭蓋臉酣睡的秀葉，生氣她竟讓老母獨自對抗痛苦。

　　「秀葉！」她對著棉被叫。

　　「幹嘛！」秀葉露出一張愁眉苦臉。

　　「你知道剛才老母心跳又發作了？」秀枝質問。

　　秀葉沉默了幾秒，嘆氣：「我有什麼辦法？我自己頭痛得快炸掉。」秀枝看著秀葉疲憊的臉，眼圈灰黑，嘴角潰爛。醫師說都是壓力、失眠的產物。「我就說我們在和老天對抗，再這樣下去，她沒倒，我們先倒。」秀葉面無表情地盯著床頭櫃，昏黃的燈把她髮絲蓬亂的側影放大，印出牆上一片迷茫的黑暈。

小說組 • 優選獎／蟲

　　木瓜葉軟軟垂著，一看就知缺水。最近忙著跑醫院，忽略了小木瓜。秀枝就著根部撒上肥料再緩緩注水，看著水流迅速滲入土壤，猜想土裡的鬚根大概正飢渴地吸取養分，如同抱住奶瓶的飢餓嬰孩。

　　「快快長大！」秀枝在心裡對樹苗說。大家都說木瓜韌性強，頂過冬天的風，明年夏天結實纍纍的瓜就會在樹梢等著採摘。

　　後院走道崎嶇不平，老太太緊跟秀枝身旁，好似她會忽然從視線中消失。

　　「秀枝，你是不是我生的？」老太太的眼睛迷茫，神情卻專注等待答案。

　　「你想想看。」

　　「我就想不起來，你是我的女兒嗎？」

　　「幾個女兒？」

　　「三個。」

　　「哪三個？」

　　她依序說出三姊妹的名字，再加上三兄弟的名字。這是每天都要跟老母複習好幾次的功課。

　　「阮尪是什麼款人？他對我好不好？」老母的眼睛越來越迷惘，秀枝看著西斜的夕陽，又是日落症狀時刻。日頭是老母的光明燈，照明不足，她的神智就陷入混沌。她想起從前母親習慣每年到寺廟為家人點光明燈，卻從不曾為自己點一盞。

　　「去看阿保。」在外面奔波了一下午回來，看到飯桌上丈夫留的紙條。

「他好像常去看阿保。」秀葉淡淡地說。

「誰知道。」秀枝聳肩，順手把紙條丟進字紙簍，坐下來整理兩老的藥包藥瓶。

丈夫在婚前就和阿保是哥倆好。婚後阿保仍天天來電閒聊，一聊就是個把鐘頭。她最氣新婚時他們正在親密，阿保「鈴鈴」過來，丈夫竟然立刻放下她接起電話，半秒前的溫存立刻被鈴聲切得煙消雲散，彷彿迅速換過佈景的舞台，劇情隨即轉進另一幕。

聊得忘情的丈夫似乎早忘了枕邊人的存在。秀枝在幾次忍無可忍的干擾後對丈夫發飆：「阿保幹嘛夾在我們當中？他正在干擾我的生活！」

「阿保無意干擾你的生活，他只是太孤單。」丈夫說。

「我就是同情他孤單才讓他常來家裡吃飯，但他卻這樣報答我！」

「阿保只是個老實人。」丈夫說。但秀枝堅持再也不要看到阿保。

阿保不來之後，換成丈夫去看他，並且堅持一定要至少每月見一次。「我們是好朋友，結婚前我還每禮拜和他碰面。」秀枝聽出丈夫的話裡有藏不住的無奈與惋惜。

多年來，彩虹運動漸成風潮。秀枝和德寬都自認是自由派知識份子，支持人權不在話下。不過德寬每次看到相關新聞報導時便眼眶泛紅的情景，秀枝都默默地裝作沒看到。

阿保因工作被調到外地，丈夫再也無法每月去看他。不久他告訴秀枝說要加入一個科幻迷的團體，每星期六下午聚會，大家聊天、交換心得。有幾次秀枝忙不過來，拜託丈夫缺席一下幫她。但丈夫非去不可的態度超出常情。趁閒聊時假裝若無其事問丈夫聚會地點，丈夫似乎一時語塞。

事後，秀枝在 Google 地圖裡找不到丈夫講的地址。

「你都沒問他嗎？」秀葉說。

「問了做什麼？」秀枝把整理好的藥收進盒子裡。

老爸可以下床從臥室走到浴室時，木瓜已長到半牆高。細瘦挺拔的樹幹撐住一層層墨綠的星型葉片，在微風中輕輕搖曳。粉綠的嫩葉繼續從枝幹上長出，躲在老葉下，避開艷陽過度曝曬，也同時分沾雨露。秀枝每日午前澆水，初一十五施肥，像養貝比般小心翼翼。

「來！練頭腦！」秀葉要老母排積木，老人聽話坐下。似乎吃了「安靜」的藥以後，老母虛弱許多，連挑剔發怒的力氣都沒了。看她蒼白的臉和不斷抖動的下巴，秀枝忽然懷念起她吵鬧的日子。「哇！你好聰明！」秀葉稱讚老母的表現。她最近情緒明顯好轉，秀枝猜也許是老母的安靜無力而讓她有所喘息。

「哪有，我最憨！」老母說。

「你若憨，哪有法度生我們這種聰明女兒？」秀葉笑著說。

老母抬頭看兩姊妹，想了一下：「你們是我生的嗎？」

姊妹倆對望一眼：「是啊！」

「有影？我這麼好命生你們兩個？」老母興奮地笑起來，不可置信地高興。

「對啊！你有夠好命！」健忘也不全壞，正常人能這樣每天重複高興幾次嗎？秀枝想。

「來,唱歌!」秀葉像個幼稚園老師。

「もし もしかめよ,かめさんよ,世界のうちに, お前ほど……」老母像個孩子,拍手唱起她的童歌,秀枝記得那是關於龜兔賽跑的故事,小時候阿母教過她。

「奇怪,這兒歌八十幾年前學的,反而不會忘。」秀葉這問題也重複了很多次。

坐在輪椅上的老爸笑咪咪地被推出醫院大門,德寬開車在門口接他。

「你看!我說的沒錯吧!老爸的生命力很強韌,你不能小看他。」德寬總是對岳父有無比信心和耐心。

秀枝抬頭仰望天際,默默感謝老天聽許她的祈求,又給了她和老爸一次機會。

「起來吃飯!」秀枝叫醒老爸。

「稍等啦!」老人轉身繼續睡,那個任性的老孩子又回來了。

然而德寬說這是好現象:「你寧願他耍賴,還是躺著被『舒服』?我們有夠幸運!」

德寬建議全家出外度假幾天,這也是老爸住院時,秀枝對他的承諾。

「可是老母一直要尿。」秀枝頗遲疑,後悔沒早些帶老母出遊。

小說組 • 優選獎／蟲

德寬說一定有解決的辦法：「只要我們有創意。」

「那就你發揮創意，想好細節再說吧！」秀枝把習題交給丈夫。

老太太坐在屋簷下望著木瓜樹邊發呆。秀枝注意到老母最近更加虛弱，臉色蠟黃黯沉，胃口小了許多，不再吵肚子餓，即使正餐也吃不多。那隻在她腦裡的蟲到底吃到哪裡？秀枝很想知道答案。母如同蒼白的雕像，木然面對荒蕪的庭園，任夕陽的霞暉灑滿她花白的頭髮。

秀枝凝望沉默衰敗的母親，知道自己正在見證母親的生命終程───正如所有的醫療預言。強烈的無力感罩滿全身，她下意識地抓住老母的椅背穩住腳跟。多年來，倔強的自己一次次挺過困境。但現在面對啃食父母生命的蟲，她卻完全無招架之力，只能眼睜睜地看著他們日漸衰敗。

「我只是希望父母如他們所願的好老，而不是像這樣被各種莫名其妙的蟲把腦袋咬得面目全非，然後失憶、失智、失能、失禁、失……這樣算奢求嗎？」一股深沉的無力感夾雜著憤怒從心底升起，她咬緊牙，用力深呼吸，眼看著日頭無動於衷地沒入山凹，晚風習習沁著涼意，她拉上衣領。

「阿母，咱入來厝內。」秀枝扶起母親。

木瓜樹枝幹上開出了許多小花，粉白花瓣、金黃花蕊點綴翠綠枝葉，秀枝和秀葉站在樹旁觀看許久，捨不得離去。秀枝說後院總算多了些生氣；秀葉說這正是布料的好圖案：「做裙子最漂亮。」

「你是說你孫女的裙子。」秀枝揶揄。

「她穿熱褲。這種花草的裙子是咱們現代阿嬤穿的。」

春日的陽光和暖溫馨，秀枝和丈夫今天要帶兩老遊日本兼賞櫻。小巴司機忙著搬行李、抬輪椅，老先生興致勃勃，早幾天就把老相機、私房錢及小學日本老師的地址放進行李袋。

　　「有沒搞錯？他的小學老師不早就……」秀葉翻出皺黃的破紙片，「我的天！你看這日期，三十多年前同學會和老師重聚寫的東西他還留著。老天真不公平！他的記憶比我們還好，而老母卻連我們都記不得。」

　　「不過他的邏輯很差，他的小學老師如果現在還活著，就打破金氏記錄了。」秀枝想起醫生說老爸的腦袋已經亂糟糟這事。

　　旅程的細節經過精心安排，全程專人接待。秀枝和丈夫都同意兩老的（可能）最後旅遊不能在費用上計較。

　　醫師對老人的長途旅行持開放態度：「到了這年紀，反正（壽終）隨時隨地都可能發生，不如樂觀點，只要他們高興就好。」

　　秀葉自願留守顧木瓜樹，秀枝知道她其實寧願獨自在家休息一陣。

　　送往迎來的機場大廳人聲雜沓。秀枝請小巴司機為他們行前拍照留念。

　　「伊———」攝影師裂嘴示意，眾人跟著「伊」開笑容。「恰！」全家的笑容定格在秀枝的相機裡。

小說組 • 優選獎／蟲

評審評語／鍾文音

藉由小人物秀枝寫出內爆力強烈的家庭劇場，也擊中目前島嶼面臨老人國困局，擔任長照者多半是女性，於是她們成了夾心餅乾，想保有完整的自我家庭，卻又不忍心離棄原生父母的漫長老病路徑，無法蛻變成蝴蝶的蟲，永遠只能是蟲嗎？小說看似通俗，但也正因為這個通俗性寫出了共情性，且作者的語感不俗，寫女性心境幽微，時間流逝，丈夫的冷漠成了無解的傷口，而這傷口又時時被上一代病老人生折騰。

以全家的笑容合照作為收尾，似乎讓讀者感到悵然，因為太圓滿的和解了，讓小說的力道銳減。但我以為此看似缺點，但若不走到這一步，小說的秀枝將無以為繼其人生，我們或可看成是作者的溫潤，讓小說的人物的存在處境獲得舒緩，回歸普羅大眾的渴望。小說不以文字取勝，而以流暢敘事為體。且將老小一家的心理在情節之中埋藏細膩爬梳，由此逐步帶出掙脫困局的微光片刻，全家的笑容定格。

小說一路平淡無奇，但其成功恰恰也是如此的不鑿痕，彷彿是生命現場的直白轉播，正因如此而有了帶引讀者也來到現場的渲染力，使我們也感受到被召喚的兒女之情，我們永遠也逃不了的家庭圍城，但這是甜蜜的逃不了，人子在父母面前甘願成「蟲」的渺小衷心所。

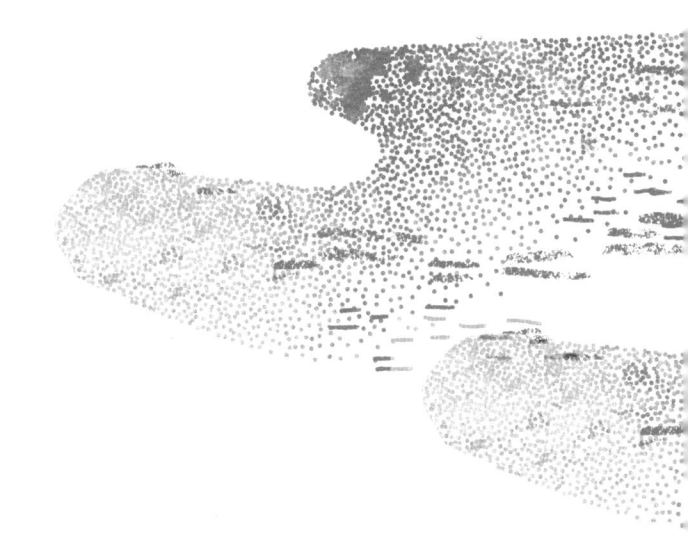

打狗鳳邑文學獎

小說組

佳作

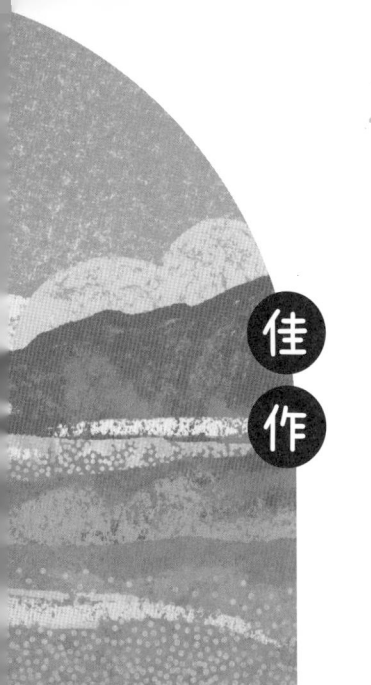

得 獎 人╱**蔡昱萱**

簡　　歷╱1999 年出生，就讀臺北藝術大學文學跨域創作所，寫小說、詩和繪本故事。
作品集：https：//aletterfromyuhsuan.mystrikingly.com/

得獎感言╱感謝評審和打狗鳳邑文學獎的工作人員，此作獻給姑姑們，以及所有照服工作者。

小說組 ● 佳作／鴿痘

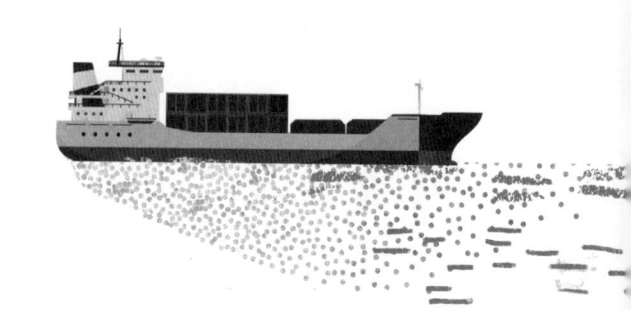

鴿痘

小說組・佳作／蔡昱萱

阿嬤家位在一個三棟樓合併的社區，每戶的坪數去掉公設，大約二十到三十坪。從社區大門走進去，是一條寬敞的廊道和挑高天花板，左右兩側分別有通往前兩棟樓的電梯，走到底就是後門了，阿嬤住在有花園圍繞這棟，電梯外的半圓型魚池，數了數那八隻魚兒都還在。社區清潔隊在花圃裡新種了白色的火鶴、孤挺花、桃粉色杜鵑和其他我不認識的花種，總之，顏色亂糟糟的——因為是阿嬤家，所以這一切俗氣的景觀，在爸媽眼中是可接受的。每一次阿嬤和爸爸通話，開頭第一句就是：「干欲搬來遮蹛[1]？」爸爸總會變出不同理由：「老婆在台大醫院上班啦，這樣她上班比較近。」

媽媽在醫院做行政，是應徵進去的，不像舅媽是通過競爭激烈的國考，分發到會計部。爸爸刻意省略，目的是讓阿嬤知道媽媽並非只是一個喝高粱不臉紅、在婚禮上替丈夫擋酒的妻子；一個台語不輾轉[2]的媳婦；一個只讀到高職的女人，縱然不完全同意爸爸半欺騙阿嬤的行為，卻微妙地屈服於此。爸爸還有另一個說辭是：「這邊學區的學生比較有競爭力，遷戶口……哎，素質就差一截，我們家 Ellen 未來要當律師呀，Helen 在那種環境會太得意。不要啦。」阿嬤一聽到更好的升學、教育環境，就會屈服，爸爸深知這一點，於是拿小孩當擋箭牌好幾次。過了華中橋，全家就可以住在更大的房子、選擇有管理員的社區，我不理解爸爸為什麼堅持一家四口擠在溫州街的小公寓——噢，忘了說，我超討厭他在親戚朋友面前叫我的英文名字，平常在家，這個令人羞恥、引起情緒的名字根本不存在。之所以取 Helen，是因為媽媽在書局翻《女生英文名字大全》，她讀到：據說 Helen 是世界上最美的女人。古希臘神話中，特洛伊戰爭就是因爭奪漂亮的斯巴達女王 Helen 而引發。

「媽媽偏愛妳嘛。」

---

1 台語，要不要搬來這裡住？
2 台語，流利。

老實說我並不認為,媽媽不過是以她的方式平衡爸爸對孩子的期望差異。聊到相關話題姊姊就會提起,如同人們一經過就嗡嗡作響的烘手機。她每說一次,我的負疚感連帶迸發,幾乎形成一套固定的流程:我會捏捏她的手肘試圖安撫——好推卸掉母愛失衡加諸在我身上的責任——區區一個額外的名字,算什麼特權?

她一定會回嘴:「沒有啊,我不介意。我不會把希望寄託在爸媽身上。」我不會。

言下之意,就是妳會。有時,對話就像被迫加入的競技場。

「那妳為什麼要說?」我撇開眼神,才敢反擊。

接著她的上唇將會斜向右上方,那是抑制憤怒的預備動作,她冷笑道:「呵。哪有?這樣叫作很常喔?」

生氣就輸了——我以為那是孩提時期,僅僅存在我和姊姊之間的潛規則。

「我只是講而已……難道我不能講嗎?家裡都沒有人想聽我說話了嗎。」

相較「諷刺」,我寧可承受攻擊性相對分散的「控訴」。

　　阿嬤拿嫁妝和阿公的遺產換來這兩間房子。兩戶打通,從右邊的門進出,左邊的門封起來,冰箱正好放在左玄關,門外停了一台電動代步車,把手、後照鏡和車頭的塑膠籃全部吊滿娃娃。

「大姐是去哪裡弄來這台?」媽媽天真的語氣,裝作隨口問問,環顧有如米香餅的石粒地磚和牆壁,天花板低到有些壓迫感——我知道媽媽故作輕鬆是出於對夫家的禮貌和姑姑身心狀況的寬慰。我知道她每次都在努力抵抗內心排斥姑姑的感覺,我猜爸爸也是……所有人,都是吧?

這是多殘忍的話!

當然行為背後有各種複雜的因素:媽媽是出於社會化後懂得不該歧視待人,爸爸是出於稀薄的兒時記憶。爸爸家族裡沒有人不知道,姑姑在國小五年級以前,不是「這個樣子」。爸爸說他小時候住金城,馬路上車子不多,都是姑姑牽著他到處走走逛逛,某次從姑婆家離開的路上遇到阿兵

哥,他們給那兩個瘦小的孩子饅頭吃,只有一粒是黑糖口味,姑姑喜歡吃黑糖,但是讓給他。他記得很清楚,一路上經過豬圈和幾棵覆蓋艷陽的大樹,以及姑姑口齒清晰地道謝聲。伯伯們分別和他年紀差八歲、十一歲,準備考大學聯考的大伯和去臺灣找工作的二伯,不曾擁有受姑姑照顧的「特殊」記憶,姑姑是大姊,國小畢業後就到皮件工廠工作了,回家有另一份工作:打理全家人的晚餐。
「噢,妳不用管她。」爸爸的語氣有些頑皮的無奈感,彷彿姑姑仍活在世上。那句話在我心中升起沒有哀怨對象的悲傷。

　　阿嬤家客廳掛了橫幅的牡丹花水墨畫,旁邊兩張是大伯的畢業證書,聽說是阿公生前特地騎機車去裱褙店訂做。電視左右側各放了一個瓷花瓶,裡頭的萬年青原來有好幾株,枝條吃力地攀向紗窗,細長的葉面覆滿薄薄一層灰。電話旁的筆筒插滿國旗和競選扇,裡面的原子筆應該都沒水了吧?現在已經不需要手寫電話簿,阿嬤也不會再看煮飯節目抄寫食譜了。未拆封的榮民報和掉頁的《婦友》月刊整齊地疊在客廳矮桌下的層架,以前姑姑會把報紙和廣告單折成丟骨頭或魚刺的梯形紙盒,一邊對齊紙張、一邊自豪地說明關鍵步驟,即便沒有人向她詢問。我的反應太遲鈍,除了「是呀、嗯嗯」以外沒想到可以回答她什麼,尷尬感使小時候的我有些抗拒和姑姑講話,當她默默回房間,把房門半關,面無表情地蜷縮在床,緊抱鴿子娃娃,就表示她意會到我或其他人並不想接她的話。然而,下次見面時她依然對我笑呵呵地說個不停。
當時年紀還小,卻能隱隱感受到姑姑在家的「地位」,自從升上小學二年級,姑姑從基隆打包來阿嬤家過除夕就沒再「回去」,大人們並沒有表示驚訝,似乎都有共識,只是在孩子們面前不提,那一年我發現姑姑和所有親戚打招呼時,大伯只是使個眼神,態度敷衍。
那年除夕晚餐前,姊姊問爸爸「為什麼姑姑『回來』了?」爸爸露出做虧心事的表情,齒縫中勉強擠出離婚二字。姊姊起了頭,我便有膽量追問,

小說組 • 佳作／鴿痘

為什麼分開？她的老公長什麼樣子？怎麼沒看過他來阿嬤家？現在男女平等，怎麼可以這樣……爸爸努力壓抑怒氣地回答：
「姑姑被欺負啊，難道要繼續待在那裡嗎？」
欺負姑姑的人並不是我呀。
「被誰？她老公嗎？還是……」爸爸面目猙獰，揮手作勢要打人，我下意識後退幾步，緊緊閉上眼睛，嚇得都忘了用手肘防護，那是我四歲的人生當中，第一次被爸爸責罵。勉強睜開一點縫隙，爸爸用手指彈了我的額頭，我第一次領略到人類指甲的威力。爸爸急步回到客廳，加入大伯和二伯的談話，電視重複播報有關總統大選的新聞，兄弟之間的政治立一致，那幅熱鬧烘烘的景象給我爸爸家庭很團結的錯覺。
一起坐在圓桌的姊姊，頭壓得很低，假裝在寫數學習作，自動筆上的小鴨吊飾不停晃動，當時的我多麼希望姊姊看我一眼。
當眼淚擠壓眼球滿溢而出，姊姊和在廚房和客廳來來回回的媽媽，都看到了吧？她們沒有反應讓我更加羞愧，容身之處似乎只有廁所了。我故作平常的輕聲扣上喇叭鎖，抽泣聲越來越急促，雙掌合十、緊緊摀住鼻子。

難受的時刻往往使思緒變得清醒、抽離。以外人的眼光，或是難聽一點的說法，是平時只顧自己的我，突然有了關於「正義」的思考。我當時在想：不管是西洋或日本動畫片，經常設定主角是「醜小鴨」或是被排擠的「邊緣人」，過程中經歷各種訓練，最後蛻變成外表光鮮亮麗或是有能力的強人，當皆大歡喜的背景音樂播出，我還真為主角難過——他是如何遺忘受辱的記憶？既要忍受孤獨、又要擁有原諒他人的胸襟……偉大的人格在那幾分鐘帶過的影像裡，變得相當容易。

《玫瑰瞳鈴眼》或《藍色水玲瓏》之類的深夜狗血劇集裡不忍卒睹的暴力場面，女演員有亮麗的外表，被欺侮仍能美麗地散髮落淚——姑姑不同，她的、我的鼻型，幾乎跟風獅爺一樣，沒有景匡攔住人生。心情稍微平復

後,我死盯廁所門,既希望有人來敲門關心,又渴望獨處。反覆揣測爸爸的憤怒:是我逼迫他說「兒童不宜」的事,讓他難堪嗎?一定是這樣吧。當我重述這段過去,姊姊露出懷疑的表情:「當時妳年紀那麼小,會想這麼多嗎?這是妳後來補加的詮釋吧?」原本我想反駁:抒發一下情緒嘛!為何老是質疑我⋯⋯

回想孤立無緣的辯駁模樣,好難看。

在家裡想為自己爭一口氣,是沒用的。

或許姑姑也有同感?——臆測被當作現實,也像一篇虛構故事。

每年小年夜到阿嬤家,我和姊姊自然地待在餐廳,如果堂哥們回來,我們就會移動到廚房。這兩個地方可以放鬆把布偶拿出來玩,沒有尷尬的問候或英文隨堂考——花瓶的英文是什麼?電視機怎麼拼?知道日文要怎麼念嗎?——通常是姊姊應對大伯出的題目。爸爸家的成員,我只聽其他遠親會稱讚大伯在芝加哥大學取得博士學位、現在在台大會計系教書,甚至在其他公司擔任獨立董事,像是二伯、姑姑甚至是爸爸,不會有人提及他們在從事什麼工作、在哪裡求學。從二伯的節日送禮可尋出端倪,他幾乎都送紅麴薄餅、紅麴捲心酥和紅麴沙琪瑪,三款循環著送,都是菸酒公司出品。姑姑則是送阿嬤和伯伯們許多市面上沒看過的蘆薈牙膏、效用不明的保健食品和標誌「天然葡萄酸」成分的清潔水,爸爸如果會打掃廁所和廚房,他肯定也會對這款商品頗有微詞。媽媽不習慣蘆薈牙膏的味道,而且包裝上沒有標示有效期限,或是製造日期,所以她拒絕使用,對此爸爸沒多說什麼。對此,媽媽誤認為爸爸包容她偶爾使得小性子,其實不然,爸爸對姑姑的任何作為,懷著無限的包容。讓我舉個例子吧:某年爸爸因為尾牙很晚回家,沙發沒坐熱、領帶還沒解就接到阿嬤的電話,媽媽也一起匆匆忙忙出門了,說是去把姑姑接回阿嬤家,兩人直到半夜一點才回來。那是智慧型手機還不夠聰明的時代,手邊沒有 google map 讓他們

小說組 • 佳作／鴿痘

很頭痛，姑姑在公共電話亭向阿嬤求救，經過轉述的街道描述太通泛，線索不足——那天姑姑把錢包裡所有的錢貢獻給湯姆熊的夾娃娃機，只剩兩個一元銅板，她沒錢搭車、找不到回家的方向。

　　自從姑姑過世，阿嬤不太願意開口說話，我幾乎要忘記她宏亮的嗓音。回溯午後的客廳記憶，只剩「修理紗窗、網仔門，換玻璃」的廣播聲捏塑幾年前廢棄的竹板凳和木質傢俱。爸媽來阿嬤家拿阿嬤先前買好的紙錢、更換用的尿布和乳液，阿嬤囑託媽媽幫姑姑準備草仔粿——市面上越來越難買到手工製作的草仔粿，媽媽特地搭車去土城買，雖然對伯伯們有所不滿，爸爸礙於面子還是買他們的份，明天爸爸會開車到醫院載阿嬤去祭拜阿公、姑姑，伯伯們在新店區會合，結束祭拜儀式，換二伯載阿嬤回病房，其實醫生有囑咐不可以去太遠的地方，至多到日光室曬太陽，但是阿嬤非常堅持，護理師只好睜一隻眼閉一隻眼。

　　爸爸打赤腳走在前面，直接打開姑姑的臥室門。四面白牆上滿是鉛筆描繪的鳥兒：山雀、夜鷺、紅鳩和八哥，而小水鴨游過的水波紋則是炭筆淡淡勾勒，筆畫非常輕。我和媽媽跟在爸爸身後，姑姑的房間沒有想像中的腐臭氣味（電視劇看太多，總會有種「模板」在現實狀況之前預演）。「順道把姑姑的遺物清一清吧」——爸爸摘下眼鏡，轉述大伯在 line 群組傳訊息，手機燈光照得他的眼珠剔透如玉。在爸爸戴回眼鏡的視線掃到我之前，我先蹲下來，拿手機拍下牆壁上梳洗羽毛的小水鴨，要不是為了躲避爸爸的眼神，我平常可耐不住性子仔細觀看靜止不動的圖畫。在低矮的視角，我清楚看見左側床下和便利商店集點的贈品和公仔，通通收在包裝盒裡、陳列整齊，乍看下沒有拆封——噢，應該說，看不出來拆封的痕跡，盒子如磚塊整齊堆成矮矮的牆面。

　　「怎麼清呢？大哥也真是的，一天到晚出國。有錢還不買車，存心把接送的事丟給弟弟們。只會指揮大家訂餐廳啦、天天在臉書 po 照片啦……」因為爸爸越來越不喜歡大伯，所以媽媽能放心地替爸爸出氣。有時幫腔得太激動，媽媽會沈迷在（她自己認為的）正義情緒裡，眼目所及都是訓斥

對象,譬如在街上看到綠燈秒數太少,政府是怎麼規劃的?對行動緩慢的老人很不友善;某間公寓大門前有一坨被人碾過的狗屎遲遲未清,難道沒有住戶注意到嗎?現在的人喲,自掃門前雪⋯⋯媽媽平時幾乎不關心過交通平權或市容改善之類的議題,她的忿忿不平,其實不完全是為了伸張公道或批判——只是想一再確信自己是站在(她認為的)良善的立場。

「吼!也只有這堆啊!」如果沒有語尾的「啊」,爸爸的口氣依然讓我渾身響起警報。

他指的「這堆」是房間裡唯一雜亂的部分:紙箱堆,上面放滿大大小小的玩偶,有幾條盜版的 kitty 毯子遮蓋。

怕娃娃被灰塵吃掉,所以,「為他們蓋被子,姑姑很細心」我自語著。

「姑姑也會對著一塊布說話說不停喔,」我嚇了一跳,背脊呈現鋸齒狀,應該沒被爸爸看到吧?他最近學著卸下嚴肅的姿態開玩笑,「她也很常講狗飛機、鴨鴨虎,哈哈哈⋯⋯」。我的思緒不停地分析那句話夾帶的多重含意:一、爸爸對我的了解停留在童年。二、「跟娃娃對話」對他來說到底是褒是貶?三、爸爸在姊姊結婚後離家,脾氣火力從五星減到三顆星,姑姑過世後降到兩顆星,在我面前再少一顆。

親人離世、離開之類的外力使得爸爸愈來愈寡言,生氣的頻率降低,他安靜,卻衍伸出另一種不安——假若我不在家,他是不是會罵媽媽呢——「妳不是該慶幸嗎?阿瑞是抖 M,喜歡被虐呀」——半年前我到姊姊新家借住幾天(天哪,我居然使用如此生疏的詞彙),她不懂爸爸的改變讓我時時刻刻畏懼的「點」在哪。

早知道就不要講出來!當時我在心裡吶喊。因為姊夫當時也在,當著「外人」的面被否定,更加困窘。不久,姊姊突然迸出一句:「哈哈哈阿瑞真有趣。」大抵是因為姐夫在,還是說話柔軟一些比較符合姊姊對自己的期待。

「真有趣」背後的語意是「好奇怪」吧?一定是這樣。

姑姑生前常常做一些被稱作奇怪的行為,好比拿廚房裡的鐵夾到街上撿垃圾,商家以為她是沒穿制服的清道夫或是拾荒老人,那晚她雙手提了七大袋垃圾回家,社區主委氣炸了,但是看在阿嬤的面子上也拿她沒轍;阿嬤

小說組 • 佳作／鴿痘

某段時間在搜集塑膠盒，為了當盆栽盤，姑姑知道後便挨家挨戶討來三十幾個塑膠盒；姑姑在巷口遇到一隻縮著頭不動的鴿子，她立刻打電通知鳥類協會，請專人來治療，等待的同時坐在鄰居的機車坐椅，速寫那隻喙和雙爪長了好幾粒膿包的鳥──「淑美怎麼這時候就變聰明了？」經過爸爸轉述，大伯不只是一次背地調侃姑姑，爸爸和阿嬤通常只是噤默聆聽。明明是那麼地刺耳，我卻落入「息事寧人」的圈套，連阿嬤都沒出聲，媽媽、我和姊姊「更」不敢多嘴──事後回想，除了阿嬤以外，大家很自然地受親疏關係和年齡排序的制約，不發話制止變得合情合理。

「我可以拍姑姑畫的鳥嗎？」
我鼓起勇氣詢問爸爸。想像自己的眼睛是錘子，爸爸的是釘子，一旦鎖定就不要任意移開目光。
「嗯，拍那些要⋯⋯啊！妳看外面那一幅，是姑姑畫的，」爸爸指客廳的方向，「她最喜歡的鳥竟然是那隻醜鴿子。」爸爸左眼皮上細碎的瘜肉引起名的憤怒。就只有那一瞬間，他眼中閃過一絲畏縮──有了那次憑感覺的臆測，對以後的我來說非常「有效」，那幾乎是一顆「自信的基石」。
「欸！真的很醜耶，疊在大哥的畢業證書上，他沒生氣嗎？」媽媽一轉眼就移動到客廳，細碎的拖鞋聲像雛鳥振翅。
「牠生病了沒辦法呀，這樣說太殘忍了。」我只敢反駁媽媽，目前還沒有充分想好應對爸爸的方式。我這麼做，其實對媽媽感到抱歉，爸爸的威嚴使他免於聽取任何異議，他沒機會面對人的真實情緒。
「可是，就真的很難看嘛。」她搖搖頭，往廚房的方向走去，爸爸探出房外瞻望那隻鳥兒，彷彿那是他錯過的遺容。
「喂喂！還有那堆不知道什麼碗糕要清耶，妳怎麼跑掉了？」
「我去廁所，順便拿掃把和垃圾袋啊！不然怎麼清理！」媽媽喊道。話中流露出些許浮躁使我捏一把冷汗。害怕爸爸會突然爆炸的我，依然存在。
只留下我和爸爸在房間裡。尷尬的感覺，讓地上的橡皮擦屑、炭筆灰和牆

面的裂痕看起來特別清晰。姑姑畫的鳥非常寫實，羽毛是一條條線畫上去的，如果我要查到相應的學名，應該不難。

阿嬤開始坐輪椅後，姑姑便辭掉動物園的清潔工作，這些生動的鳥兒應該是那段時間所畫，每次來阿嬤家和她打招呼，姑姑的微笑裡有個我不熟悉的頓點、某種欲言又止，她每見到姊姊就會誇她「姊姊混天才耶，好會掛掛！」為了公平，她沒忘記稱讚我「阿蕊也素，噢！會幫阿嬤買洗澡椅，足³乖。」正當姊姊竭盡所能和姑姑解釋她的工作是重新設計公共場所的圖標，讓標示更易讀，並不須具備繪畫能力。姑姑和伯伯們一樣，延續阿公阿嬤對學歷和職業的價值觀念。不過，我不怪她，至少姑姑會記得我，給我鼓勵——外貌和學業不出色的我啊，在踏入職場後，在姑姑身上找到共鳴。

我很猶豫該不該提示姊姊，請她別再解說了，同樣的情況不是重演好幾次了嗎？哎，坦白說我也是只在心裡埋怨，並沒有做出實際的改變，有一道情感上的「檻」攔住我——姊姊不厭其煩地說明，是因為她不相信姑姑沒有能力聽懂：「爸爸不是說過嗎，姑姑只是小時候發燒給庸醫誤診……姑姑還有機會，我不想和家裡的人一樣，放棄她。」

她所說的「家裡的人」這個集合名詞，究竟有沒有把我包括在內呢？這是她結婚後，不想回家、不想再來阿嬤家的原因嗎？

回溯有關姑姑的記憶，不自覺地想到死胡同裡去。

姑姑把她想說的說完以後繼續捻菜，姊姊講一句話，她點頭一次，時時刻刻掛在胸口的房間鑰匙，在她豐厚的胸膛前擺動。

將近兩年的時間，姑姑把她的房門鎖了起來，不管白天夜晚。阿嬤要她打開門透氣，她當作沒聽見。大家都說，拜託！誰會拿妳的東西？誰會想知道妳在房間做什麼？

她做直銷帶回家的保健食品也從櫥櫃撤走。爸爸以為她「改邪歸正，沒再

---

3 台語，很。

小說組 • 佳作／鴿痘

做那個」沒料到貨品全都儲藏在她房間。

她整理了陽台雜物，清掉廁所鏡面的水漬，客廳茶几上換了新的塑膠墊，墊子下不再有早已移址的診所名片、過期的集點貼紙，和各種曬得黏答答的瑣碎紙張。阿嬤家變得煥然一新，大家有目共睹，唯一有反應的是阿嬤，她淡淡的說老總統的剪報也丟掉了。

為何是姑姑擔起照顧的責任呢？

那場協議過程，並不是一群人坐在客廳討論，大家都很忙——甚或是通訊軟體的便利性，三五條訊息就這樣拍板定案。

「要不要請看護？」

「讓外勞照顧媽媽，不妥吧。」大伯說。

「我們有自己的事業和家庭要照顧⋯⋯」二伯說。可是這不足以說服阿嬤。「事業」二字出現在這裡，實在令人作嘔。

「大姐覺得呢？媽媽應該希望大姐陪在身邊吧！」常常幫姑姑「善後」的爸爸出聲了。阿嬤隔天回覆，發一張 ok 貼圖。

群組成員裡沒有姑姑。阿嬤曾經給她買一隻智慧型手機，可是姑姑不會使用衛星定位，也就是不知道怎麼回家那一次，爸爸氣得給她換回翻蓋式手機，他沒有當姑姑的面發飆，是把怒氣轉移到阿嬤身上：「讓大姐顧媽媽吧！這樣她才不會一天到晚去不熟悉的地方！」

「明明好手好腳幹嘛跟人家借代步車！媽媽妳有罵她嗎？」這一則不在群組，而是在一對一的聊天室的訊息，阿嬤已讀沒回覆。

我是如何知道這些對話細節呢？

爸爸小心翼翼地把姑姑的娃娃放在地上，撣撣灰塵、一一挑掉布上的毛球，塵埃在窗外的陽光照射下，形成一道渺小的銀河。

「妳媽怎麼去那麼久啊？我去看看。」爸爸拋下這句話，起身離開。

「喔。」我背對他，持續手邊的動作：把公仔紙盒拆開，攤平，拆開，其實注意力全部灌注在爸爸獨有的鈍重腳步聲。媽媽在儲藏室找到被遺忘的老舊電鍋和磅秤，兩人正在懷戀老物的興致裡，駐足一陣。

我幾乎快聽不清他們的談話內容，心肝頭呸噗跳[4]——爸爸的手機，大喇喇留在床墊上。

我緩緩把屁股放在地上、挪動到床邊，我知道家裡所有人的手機密碼。點開螢幕，輸入爸爸的生日。

　　狹窄的電梯空間容不下媽、爸和我三人，以及我們手上的垃圾袋，電梯連續在四個樓層停下，媽媽和幾位社區住戶說「不好意思、不好意思」。抵達一樓，電梯門一開，媽媽似乎忍了這句話很久：

「大姐很會畫畫耶。好可惜喔，如果以前給栽培她一下……」
爸爸依然走在前方，沒有回應。
「不知道她去哪裡了。」
「是啊。」
我們從社區回收場離開時，媽媽問道：
「阿瑞拍姑姑畫的畫，是要做什麼？」
「……」
「哎！妳管人家要做什麼。做紀念，哪裡需要理由。」
「好啦好啦。那……阿瑞明天確定不跟我們一起去掃墓嗎？」
爸爸突然回頭，四隻眼睛貫穿我的思緒，腦海一片空白。

只見爸媽身後是夜色披覆的花圃，雜亂的花朵顏色變得不再明顯。離交通主幹道有些距離的社區，依稀能聽見啁啾聲，抬頭望向傍晚的天空，卻不見一隻鳥的蹤影。

---

4 台語，心臟噗通噗通跳。

小說組 • 佳作／鴿瘟

評審評語／吳鈞堯

　　以離婚後回返娘家的大姊為主要觀察對象，以孩童般腔調敘述，有一股看不透、但也漸漸清晰的，關於離婚婦女被家族的對待問題。小說以日常生活為導向、為出口，比如姑姑被委以照顧媽媽，幾乎是無可商量，因為姑姑等於是家裡的失意人口，在金錢至上、父權第一的環境下，也只能默默做出她應有的「貢獻」。必須等姑姑離世，關於她的一切才能慢慢揭曉，原來房間沒有預設的腐敗氣息、原來姑姑喜歡畫畫。無奈漸漸深化為悲涼。

打狗鳳邑文學獎 2024

小說組

佳作

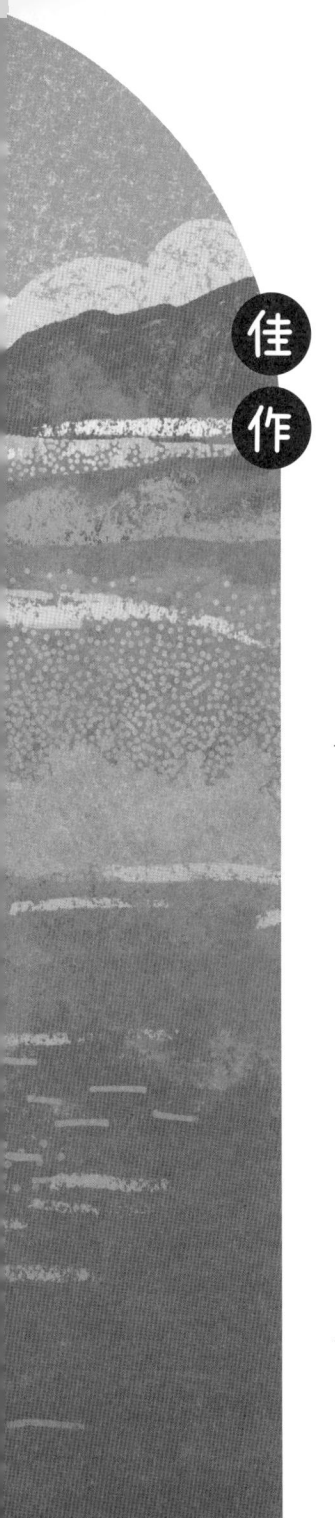

得獎人／**許又方**

簡　　歷／1966生於高雄市。現任教於東華大學華文系，並兼楊牧文學研究中心主任。研究古典文學及楊牧詩學。

得獎感言／這篇是七年前的舊作、生涯第二篇完成的小說（第一篇遠在大學時代）。原先創作的想法，純粹只覺得在文學系教書，好像應該具備一些創寫作的經驗與能量，所以就試著練習寫。寫完後，自覺實在不怎麼樣，不僅離我的同事吳明益甚遠，也比不上自己的學生，所以就靜靜擱在電腦中不見天日。前陣子整理電腦檔案發現，或許是年紀大了不怕出醜，所以拿出來報名文學獎，不意竟獲得評審的青睞，真是感謝。這也給了我未來繼續寫作一點信心。

小說組 • 佳作／曲球

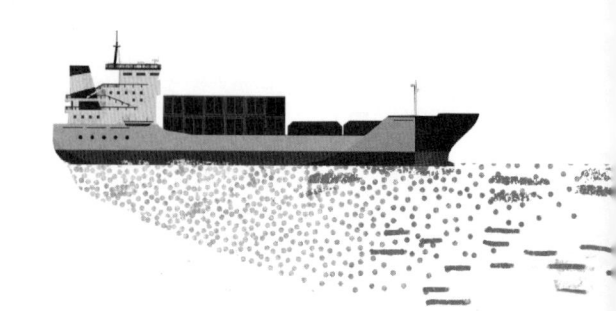

曲球

小說組・佳作／許又方

一

球 在手中轉著轉著,李區總覺得這顆球似乎比較輕,至少不是他之前熟悉的重量;又或者,不是比較輕,而是……,反正就是說不出來的怪。球皮上用特殊顏料做了一個記號,他知道這跟即將走進打擊區的對手有關,因為這名已在大聯盟打滾 19 個球季、宣布本季結束就要退休的老將,生涯全壘打記錄已經來到六九九支,且即將創下單季七十四轟的記錄,接下來只要輪到他打擊,聯盟就得換上做了記號的球,以免差勁的球迷佯稱撿到他擊出的破記錄全壘打,拿顆一般的球魚目混珠兜售騙錢。

愈是轉動,李區就愈是確定這顆球不尋常。今年球季伊始,聯盟每場比賽的平均全打壘數較去年足足多了 0.6,換句話說,每天十五場例行賽會增加 9 轟,按照這種速率,今年球季 2430 場比賽打完,聯盟的全壘打總數將比去年多出 1458 支。這個數字引起很多「看門道」球迷的注意,有人甚至把本季撿到的界外球拿去做科學分析,信誓旦旦地說今年的球比去年聯盟用球的彈性係數增加了 0.03;這個數字若在平常比賽條件不變的狀況下計算,將使球的飛行距離至少增加 5 公尺以上,全壘打機率則提昇近 3 成。他們說這是聯盟的「陰謀」。當然,官方對這些質疑與指控一概否認。

李區邊轉動手中的球,邊想著網路上那些關於球的論辯,原本緊張抖動的雙腿此刻竟因想得出神而不再感到疲軟。打者緩緩走出休息區,伴隨著出場樂──老電影《虎豹小霸王》(Butch Cassidy and the Sundance Kid)的主題曲,觀眾席上引起一陣騷動,有人高喊他的名字,有人大叫「全壘打」,當然也有敵隊的球迷不斷發出噓聲,一位身穿李區球隊 T 恤的小球迷甚至用力抖動手中的海報,上頭寫著「你用類固醇,騙子!作弊!」但知名球星架勢就是不同,他對喧鬧聲似乎充耳不聞,似笑非笑地踏進打擊區,先用球棒輕觸捕手的護膝示好,同時向身後的主審微微頷首,然後用左腳鏟了鏟打擊區內的紅土,右腳跟著跨進打擊方格內,熟練地踩在框線的最後緣,輕揮幾下球棒準備打擊。

93

小說組 • 佳作／曲球

　　李區停止轉球，雙眼凝視著本壘板。捕手側過頭去看了看一壘邊的休息室，投手教練摸了摸臉頰，又摸了摸鼻子，傳達總教頭的指示。捕手回過頭，右手藏在胯下，略顯遲疑地伸出食指與中指。李區覺得納悶，這是下沉球的暗號，他最不得要領的球路，最多只能偶爾當配球用，混淆一下打者的節奏。教練團理應有他投球的所有數據才對，那麼他們必然知道，他投這種球被安打率高達 3 成 8，其中有一半是全壘打，而且幾乎都是遭右打者轟出的。

　　就在遲疑的剎那，打者似乎看出了什麼，舉起右手向主審喊了暫停，左腳稍微退出打擊區，銳利的雙眼則仍盯著投手丘上的李區。李區像是上課偷吃糖菓被老師逮到的小孩般，心虛的表情從髮尖到腳底徹底暴露，原本停止抖動的雙腿此刻又開始不聽使喚。雖然他今天才忽然被叫上大聯盟，但其實他已在小聯盟磨練了快六年，根本不算是「菜鳥」了，但面對全場超過四萬名球迷，將近一百分貝的吵雜聲依然令他不禁頭皮發麻。

　　打者重新站定位，捕手依然堅定地比出二根手指，並且蹲得更靠近打者內側。李區無從抗拒地舉臂、抬腿、跨步，用盡全身力氣揮臂投出一顆下沉球。球才出手，李區便覺不妙，這顆球根本沒有下沉，彷彿底下裝了浮板般平平滑向本壘板的正中央，清脆的一個木頭敲擊聲後，這顆球在全場驚呼聲中痛苦地朝著左外野的全壘打牆疾飛而去。李區呆望著天空那道灰白的影子，一顆心幾乎跳出嘴巴，接著是全場的嘆息聲，站起來的觀眾慢慢地坐了回去，三壘審則高舉雙手，大喊「界外！」

　　「原來球速慢也是有好處的。」李區邊喘口氣，邊在心中自我調侃，「如果他揮棒速度放慢點，我的名字就要跟他的全壘打一起寫進歷史了。」驚魂未定的他拈了拈手中的止滑粉，刻意繞了一小圈才重新站回投手丘，藉以緩和一下緊繃的感覺。一切重新再來，球數是一好球。打者依舊冷峻地盯著他，捕手還是先看了看休息區，還是比出了食指與中指，還是蹲到打者內側。李區的困惑更深了，但既是菜鳥，他別無選擇，只好又奮力投出一顆下沉球。不同的是，這次他出手時，刻意加重手指的壓力，希望讓球可以旋轉得更有尾勁、更會跑。

94

目的似乎是達到了,這顆球的確出現明顯橫移的軌跡,但並不怎麼下沉,反而愈靠近本壘,它卻愈是向打者頭部疾馳而去,李區幾乎驚駭到想用手套遮住自己的眼睛,他腦子在千分之一秒內已閃過無數次可能的結果:「準名人堂的打者在可能是生涯的最後一個打席遭到球吻,永遠失去締造單季七十四、生涯七百轟歷史記錄的機會」;「球評甚至認為這是『世仇』T隊的報復陰謀,因為打者在國會調查使用禁藥的聽證會上為求自保,咬出T隊的主砲長期施打類固醇」……。他甚至想到將近一百年前那個才剛結婚且準備退休,卻不幸被一顆觸身球擊中頭部身亡的查普曼;而李區自己則是被球迷攻訐、比擬為用球砸死查普曼的「獵頭者」梅斯一類的棒球敗類,故意攻擊「偉大」的打者,從此在棒球史上留下惡名。

　　一幕幕恐怖且誇張的畫面向他襲來,李區差點因此腿軟而跌坐在投手丘前。但他忘了,他面對的打者是個已在大聯盟闖蕩近二十年的老手,現在的球場也早已不是百年前那種沒有照明的昏暗景況,更別提不可能再有投手會吐煙草汁在球面上了。老鳥對手彷彿有先見之明般,就在球即將打中自己頭盔側緣前,他身體迅速後仰,像貓一樣極致展延身軀向後輕躍,在全場驚呼聲中,優雅、輕鬆地躲過這看來劇力萬鈞的一擊。

　　打者故意用不悅的神情斜睨著李區,主審在第一時間已經熟練地快步跑到本壘板前,順勢擋住投、打之間的路徑,以避免可能的衝突;捕手則是輕輕拍了拍打者的背,示意他別放在心上。同時間,三壘看台上傳來一陣罵聲,一名體重看來足足有一百五十公斤的胖男還來不及吞下口中的熱狗,邊噴肉渣邊大聲咆哮:「他X的,你想殺人呀!你媽媽沒教你怎麼投球嗎?滾回小聯盟去吧!娘……」最後一個字還來不及吐出,胖男便慌亂地用左手猛捶自己的胸口,圓滾滾的臉頰則在瞬間漲成了豬肝色,表情扭曲痛苦已極,顯然是被熱狗噎到了。身旁一位看來更肥壯的男子趕緊重拍他的背部,有人則急著向球場安全人員喊叫,頓時間看台上鬧成一片。

　　李區緩緩走回投手丘,每一步都顯得吃力。他並不在意,或說根本完全對胖男的叫囂毫無知覺,他只是驚魂未定地想著先前腦海中浮現的畫面,特別是他似乎清楚看到百年前查普曼倒地瞬間的實況。關於查普曼的

事，李區全得知於他那熱愛棒球的父親。他的父親原是一位老師，妻子過世後遁隱鄉間務農為生，在自家穀倉前整理出一小片空地，剛好足以用來跟李區玩傳接球與打擊練習。小學三年級，李區加入學校的棒球隊，由於天生協調性佳，立即被教練視為值得栽培為主力投手的璞玉。某次在學校模擬比賽時，李區不慎對一位隊友投出了觸身球，造成對方鎖骨破裂，心裏因此非常沮喪難受。

「孩子，我相信你不是故意的，別把這件事放在心上。」回到家後，他的父親這麼安慰李區。

年僅十一歲的李區天真地問：「爸爸，難道球場上有人故意拿球丟人嗎？」

父親於是跟他說了查普曼的故事。

「那個投手為什麼那麼壞？他害死了一個人。」

「我不確定他為什麼要這麼做，他的名聲一向不好，大家給他一個恐怖的外號，叫『獵頭者』。因為當年的比賽規定投手不能將手舉高超過肩膀，因此他便採用下勾方式投球，球路會往上竄；加上當年球場還沒有像現在堆高的投手丘，所以為免球在重力的牽引下太早下墜，他出手時的角度就會刻意拉高，這樣一來，球就很容易接近打者的頭部。」

父親接著說：「我猜他當時可能只是想嚇嚇查普曼，讓他退開本壘板一點，現在很多投手也會這麼做。可惜的是，當天天色較暗，場地沒有照明設備，那時候的馬皮球又十分昂貴，必須用到破損不堪後才會換新球，而且每個投手都習慣在球面上吐菸草汁，使得球變得非常髒。你可以想像，這麼髒的球在昏暗的光線下不容易看清楚，等查普曼發現時，已經來不及閃躲了。」「哦，對了，那時候打者也還沒有像現在的頭盔可以保護他們呀！」

「他可以不必這麼做的！」李區澄澈的藍眼中射出一道既疑惑又憤怒的精光，「他為什麼要這麼做呢？」「而且，他一定是故意的，因為爸爸你也說他的名聲並不好！」

「孩子,我不確定他是否故意用球丟查普曼,雖然他曾經多次對打者投出觸身球,包括在跟一位非常有名的打者互罵後,直接把球丟到他的手腕上。但那是因為打者的名聲也一向不好,他擅長跑壘,經常故意用釘鞋刺傷守備球員。所以兩個人對上了就互看不順眼。至於查普曼,也許只是一個意外,我並不確定。」

李區憤怒的眼神中乍現幾絲迷惘:「為什麼他們要故意用球丟人或用釘鞋踢人呢?打棒球可以這樣嗎?」

父親伸手摸摸李區的頭:「孩子,也許他們是為生存才這麼做吧?他們必須靠打球生活,也許認為這樣可以讓自己看來強悍一點,就像森林中的獅子與老虎,必須強悍才有辦法存活。」

「那你覺得我也應該這麼做嗎?」

「不,孩子,別人這麼做,並不表示你也該學習他們。球場如人生,有善也有惡,雖然善惡有時未必容易分辨。如果你覺得某些人的行為是不好的,那麼就隨時提醒自己不要那麼做。忠於自己的信念。」

讀大學後,李區偶然讀到一首詩,知名的詩人將他認為值得懷念的往昔職棒明星,依英文字母順序排名,一一予以頌讚,其中那位愛以釘鞋刺人的球星赫然在列。詩人這麼歌詠他:

C is for Cobb (C 代表卡布)

Who grew spikes and not corn,(他生於釘鞋而非玉蜀黍)

And made all the basemen(且令所有的守壘員)

Wish they weren't born(後悔走上世間路)

這樣具爭議性的球員應該被歌詠嗎?其中有著善或惡的意蘊嗎?攻讀哲學的李區忽然有點迷惑了。

小說組 ● 佳作／曲球

「忠於自己的信念」，這句話雖屬老生常談，對李區而言卻甚具激勵性，因此多年來一直奉為圭臬。他早已看慣球場上那些光怪陸離的事，從小學一直到大學，乃至加入職棒，李區始終堅持打「好球」的信念，不用禁藥、不在球上動手腳，更別提蓄意用球砸人了，這些事在他看來都是對棒球運動的褻瀆，有這些行徑的人不配稱為棒球人，即使成就再高，也不值得尊重。記得有一次全國大學聯賽，敵隊投手不斷用近身球威脅李區的隊友，中心打者甚至被一個直球擊中腳脛骨，當場痛苦倒地。李區在第八局上場救援，教練團示意他向對手報復，他在萬不得已的情況下也只是用了六、七分力朝打者屁股丟了一個「應該不會太痛」的溫吞直球。結果還是引發了雙方板凳清空，打者早有準備地在瞬間衝向投手丘，亂拳將李區狂揍了一番。衝突過後，李區跟幾個動作較激烈的球員都被驅逐出場。但賽後隊友並未特別嘉許他，反而抱怨李區太「軟蛋」，說他應該卯足全力往那個混蛋的光頭丟去才對。

這件事讓李區贏得「軟蛋」的外號，對照他相較於一般粗獷的巨漢球員明顯蒼白而秀氣的身形，這個綽號在棒球圈內人聽來多半覺得「很配」，因此不管走到哪裏，都會有人這麼稱呼他。對他好一點的教練或隊友會稱呼他「清教徒」或是「童子軍」一類既恭惟又帶點挖苦的字眼。

李區對「軟蛋」的稱呼當然在意。那場亂鬥後，他向臥病在床的父親吐露心中的委屈，爸爸用一貫慈祥的口吻跟他說：「孩子，東方的哲人有句名言：『勝人者有力，自勝者強。』挖空心思想攻擊別人並不是強悍，反而是懦弱的表現。如果你能忍受別人的嘲笑，繼續堅持當自己，那才是真正的強悍。」

父親的話對李區永遠都像一劑強勁的身心大補帖，能瞬間讓他從萎靡彷徨的窘境中鑽然重生。其實，李區之所以近乎歇斯底里地畏懼（正確來說是痛恨）觸身球，是因當年爸爸在告訴他查普曼「才剛結婚就被球砸中致死」時，眼神中明顯帶著哀悽。媽媽去世後，父親哀痛欲絕，李區有好幾次夜裏睡不著，都隱隱聽見爸爸房間傳來刻意壓抑的啜泣聲，爸爸也幾

乎天天都到位於農場內的母親墳前呆坐良久，這種情形持續了好幾年，甚至直接影響了父親的健康。那時他心裏清楚意識到，爸爸之所以對查普曼的死眼露哀悽，應該是想到他才新婚不久，妻子便立即失去摯愛的丈夫，她的心情，必然也跟爸爸失去摯愛的妻子時一樣痛苦，或甚至更為心碎。查普曼為人如何，李區不可能知道，但僅僅因為父親這瞬間流露的真情，他便對查普曼寄與無限的同情，同時也對蓄意的觸身球徹底敵視。

比賽恢復進行，被熱狗噎到的胖男此刻委頓地癱在座位上不停喘息，原本漲成豬肝般的肥臉稍稍回復正常血色。打者冷峻的眼神多了幾分輕蔑，但似乎少了一些敵意。捕手看完休息區後，比出的暗號讓李區簡直不可置信，「還是內角下沉球，為什麼？有這種配球的方式嗎？」李區喃喃自問。他想起爸爸生前的叮嚀，決定不服從捕手的指令。於是他輕輕地搖搖頭。

捕手略感驚訝，但李區根本看不到他護罩下的表情；他決定再比一次下沉球的暗號，李區仍然搖搖頭，而且動作更形明確；這時捕手顯然有點不悅了，將食指與中指用力伸出，但李區還是不為所動。打者早已不耐煩地再度退出打擊區，捕手則在同時間快步跑向投手丘，摘下面罩語帶不悅地說：「這是教練團的指示，你必須遵守！」李區則淡淡地回他：「我不想投下沉球，那不是我擅長的球路，你是知道的。」捕手用手套搗住嘴低聲喝斥他：「我管你他媽擅長什麼，照指示投就是，不然你就滾出投手丘。」說完氣沖沖掉頭往本壘走。

李區無奈踏上投手板，做完預備動作後將球投出，但軌跡並不是下沉球！球出手後，末段忽然大幅減速，向著打者外角下方墜落而去。

小說組　●　佳作╱曲球

二

　　羅里看著從未照面的新投手跑向投手丘，他一邊拎起球棒，一邊看著打擊教練的球探報告：「李區，右投。去在 3A 被右打者打擊率 0.261；對左打者為 0.193。擅長球路：曲球（變化幅度驚人），經常作為對決球種，使用率 50%。四縫線直球時速約一四二公里，使用率 20%。變速球使用率為 28%。下沉球使用率 2%（配球用，被全壘打數偏高）。」羅里對著打擊教練說：「所以是名菜鳥，擅長變化球，⋯⋯。」打擊教練點點頭，帶著提醒的口氣：「小心他的曲球，聽說非常厲害。」

　　其實羅里心裏有譜。

　　今年是他生涯最後一個球季，他知道縱使還有球隊要他，但長期積水的左腳膝蓋早已不聽使喚，他是靠藥物才撐到現在。所有明眼人都看得出來，即便是深遠的安打，他也多半只能勉強跑到一壘。他之所以還能留在先發，主因長打能力仍在，全壘打及打點持續在聯盟領先；而且，最重要的是，他是超級明星，在景氣低迷與三年前再度爆發的職棒球員罷工事件雙重打擊下，近二季入場觀眾數至少降低了 30%，若非他與 S 隊另一位球星競逐單季 73 轟記錄的帶動，恐怕聯盟的票房將難以起死回生，說他是職棒的「救星」，應該不算誇張。

　　而這最後球季對他而言，卻出乎意料地神奇，全壘打一支支出現，最誇張的是他曾經單場轟出四發，追平聯盟記錄。累計迄今，出賽 160 場他已轟了 73 發全壘打（過去單季他最高記錄也不過 49 轟），只要再一支，便可締造生涯 700、單季 74 的偉大記錄。對於這一季神奇的表現，外界多半歸功於困擾羅里一年多的強暴未遂案終於落幕；而在聽證會上坦承自己曾經使用 PED（Performance Enhancing Drugs，運動加強藥劑），並「配合調查」抖出更多現役球員靠此物「加料」，讓羅里得以逃脫被長期禁賽的處分，當然也至為關鍵；另外，人逢喜事精神爽，他即將梅開三度，迎娶身材火辣的超級模特兒⋯⋯等等。至於羅里本人，他心裏其實說不上來為何今年表現特別突出，只覺得球似乎比較⋯⋯，想到這裏，他先是頓了一下，接著又彷彿某種強迫意念襲上心頭，阻止他繼續往下想；至

於他的經紀人幾天前曾經給他的某些「暗示」，也只是在腦際如光速般閃過，便立即從他想歸納的因素中消失得無影無蹤。

雖說他今年球季打得火熱，但最近六場比賽、廿個打席，羅里卻僅僅只出現一支全壘打，而且愈靠近破記錄的 74 轟，他打擊的手感就愈冰冷，不僅連續 15 個打席沒有出現安打，甚至被三振了 11 次。球評大多認為這是「破記錄癥候」，純粹是心理壓力導致。但羅里自己並不這麼想，他在接受記者訪問時說自己並不感到任何焦慮，只是身體疲勞罷了。

某種程度而言，羅里並沒有說謊，因為他未必那麼在乎打破記錄。

今天是羅里本季、也是生涯最後一場比賽。開賽前，他自覺狀況良好，向記者表示大有機會設下「羅里障礙」。前二次打席他都差一點就達標，球都擊向左外野最深遠的地方，卻都因這座球場實在太大，加上逆風，遂硬生生被外野手沒收。說也奇怪，自從他擊出本季第 74 轟後，不管他到哪個球場比賽，左外野看台區總是空蕩蕩的，只有零星幾位觀眾。今天也不例外，與其它各座位區幾近爆滿的狀況相較，顯得格外詭異。

走到打擊區邊，羅里先是觀察菜鳥投手的練投狀況；看台上傳來歡呼聲與些許噓聲，他假裝完全不在意，專注聽著專為他播放的出場音樂〈大雨不斷落在我頭上〉（Raindrops Keep Falling on My Head）。這是 1969 年由知名影星保羅・紐曼（Paul Newman）及勞勃・瑞福（Robert Redford）主演的經典電影主題曲。羅里之所以自選它當出場曲，主因他既喜愛這部電影裏頭主角那種視死如歸的勇氣，同時更喜歡歌詞中所呈現的自信與堅達：

> Raindrops keep falling on my head
> 大雨不斷落在我頭上
>
> But that doesn't mean my eyes will soon be turning red
> 但那並不表示我很快會紅了眼眶
>
> Crying's not for me
> 我不會哭泣

Cause I'm never gonna stop the rain by complaining
我絕不會用抱怨來讓雨停止

Because I'm free
因為我是自由的

Nothing's worrying me
沒有任何事令我憂慮

　　當然，有時人們會嚮往某種情境，往往表示他心裏正有此匱乏。事實上，面對球迷瘋狂的吶喊與歡呼，羅里既感到驕傲，亦覺得輕蔑，他認為自己的成就足以贏得人們如同臣服於帝王般的奉承，卻又瞧不起這些球迷（看台上那個滿嘴熱狗渣、跟著歡呼大叫的胖男，尤其令人嫌惡），因為他們根本不懂棒球，只是隨著追星潮流瞎起鬨罷了；至於那些噓他的人，特別是那個手上拿著「騙子」海報的小男孩，羅里強制壓抑心中的惱怒，佯裝一無所見，但心中卻滿是鄙夷，「死小孩，你懂個屁！老子可沒有一個像你一樣的爸爸，可以花大錢帶你來球場閒看閒吃閒聊別人八卦！你懂個屁！」這個念頭反覆在他心頭遊走，久久不散。

　　就在此時，羅里瞥見小男孩後邊的另一位更小的男童手上拿著另一張海報，上頭寫著：「告訴我這不是真的，喬！」（Say it ain't so, Joe）。「喬」是羅里的本名，剛好與百年前「黑襪事件」（Black Sox）被控打放水球的明星「無鞋喬」（Shoeless Joe）小名相同。據說當年無鞋喬在接受審訊後步出法庭，一位男孩曾含著淚問他：「喬，這不是真的，對不對？」如今相隔百年，另一位男童也這麼向羅里發問。羅里胸口隱隱起伏，他不敢正視那位男孩的眼睛，只能低著頭裝沒事地走向打擊區。

　　八個球練投完後，裁判高舉雙手，羅里分別向捕手及主審示意，然後站定準備擊球。菜鳥投手專注看著捕手暗號，似乎略顯遲疑，羅里的老經驗立即看出端倪，於是他故意喊了暫停，這動作其實是為了擾亂投手的節奏與心緒。這招顯然奏效，暫停過後，菜鳥投出的第一球明顯偏高，羅里

像鷹隼鎖定獵物後急竄而下般快速揮動手中的球棒，一聲清脆的響聲引發全場騷動，觀眾紛紛站起來望向右外野，不少急性子的球迷已經迫不急待舉起雙手準備歡呼；羅里則是站在打擊區內盯著球飛向外野高高豎立的標竿，完全沒有向一壘移動的打算，彷彿在欣賞自己創造的偉大藝術品般，表情嚴肅卻志得意滿。只可惜，球卻愈飛愈向左飛野邊線偏斜，2秒鐘後，終於落到界外區的看台，觀眾席傳來一片惋惜聲，當然，與些許叫好聲。

　　羅里不免失望地重回打擊區，但他刻意不露聲色。對他而言，或許破記錄並不那麼重要，但想到能因此永遠垂名大聯盟，也算是可以向人擺譜的屌事。

　　菜鳥投手看完捕手暗號後，依舊略顯狐疑地舉高雙手準備投球。這時，羅里在不到百分之一秒的瞬間瞥見二壘手似乎重心向右腳偏移了一些，立即意識到投手將會把球投向他的內角。自從當家二壘手離隊後，這兩年來Ｔ隊一直找不到適當人選替補，只好勉強從 3A 叫來一名打擊還算不錯的菜鳥頂住內野大關，卻也因經驗不足，一個細微的動作就讓在大聯盟打滾近 20 年的羅里看出破綻。也還好羅里早已成竹在胸，所以當他發現這顆二縫線速球的路徑幾乎朝他身上襲來時，很快便能弓縮身子躲過。一切都在他掌握中，球根本不可能丟中他，但他仍佯裝不悅的樣態，故意惡狠狠瞪了投手一眼，原因只是為了讓這個今天才在大聯盟初登板的菜鳥施加壓力，以期對方接著因此失投被他逮成全壘打。

　　羅里並不怕觸身球。十九年職業生涯（如果加上三年的小聯盟，那麼應該是二十二年）中，他已不知捱過多少觸身球，而且隨著他名氣愈大，捱的次數愈多。他認為大部份的觸身球都是蓄意的，因為對方嫉妒他的成就。這些丟在他身上的球就算再痛，也比不上他繼父打在他與他母親身上的痛。羅里的媽媽十四歲時從墨西哥偷渡到美國，在一個有錢的白人家中幫傭。十六歲時遭到男主人強暴，卻因偷渡身分不敢報警而只能拖著受重創的身心逃離主人魔掌。十七歲生下羅里後遇到一個同為偷渡客的古巴人，兩人進而同居。古巴人愛喝好賭，一喝醉或賭輸錢，或喝醉兼賭輸便海扁羅里的娘；等到羅里長大了些，也常常跟著母親一

起挨揍。終於有一天，他媽媽受不了了，趁著丈夫爛醉，帶著七歲的羅里逃家，卻從此淪落風塵。

羅里只記得，他總是被寄放在一處非常破爛的墨西哥老女人家，媽媽在向晚之際出門，直到他體力無法負荷長時間等待而沉沉睡去後仍未見她回家。隔天清早，媽媽會買些食物給那位老女人，然後帶著羅里去上學。這樣的生活持續了一段時間，直到羅里上小學後，同社區的同學不斷嘲笑他是「狗娘養的」，他才終於知道媽媽其實是在出賣皮肉來養活母子二人，而那位墨西哥老女人，則是皮條客的母親。

羅里從此憤世嫉俗，他既深愛他的母親，卻又非常痛恨她。黑白混血的膚色與五官，也使得羅里在學校經常成為被霸凌的對象，不管黑人或白人，一律笑他是雜種，說他根本不知道是哪個遊民恩客下的蛋。羅里唯一反擊的方式是一個人單打獨鬥數個比他高壯的男孩，而下場當然是鼻青臉腫。這樣扭曲不堪的成長經驗，將羅里訓練成一個既堅強又脆弱的人，他滿心想要成功，想要報復，他要有一天全世界都臣服在他腳下，要那些曾經欺侮他與他母親的人跪在他面前乞求寬恕。這樣的意志驅使羅里不斷鍛鍊自己的體魄，十六歲時，他已長到192公分，雖然偏瘦，但肌肉結實，爆發力不錯，學校的籃球、足球及棒球隊都找上他，羅里成了名符其實的「三棲球星」，率領校隊在全州高中競賽中連連獲勝。他在體育界闖出名號，不少大學積極爭取他；職業球探頻頻與他接觸，希望他高中畢業就與球隊簽約；同校的年輕女孩們則主動投懷送抱，每個人都渴望與他共度春宵。就在高中畢業那年，羅里拿下全州最佳棒球員的榮耀，Y隊送上大把簽約金，在選秀會第一輪正式將他網羅到旗下。

三

就在羅里惡狠狠瞪著投手時，他發現這名菜鳥臉上帶著些許的驚慌，他立即明白這不是故意的近身球，心裏的不悅也就消了大半。但他也因此

略感疑惑，畢竟這是他幾乎早已遺忘的表情。自從他打職棒以來，每個投手在投出近身或觸身球後，大都毫不逃避地視作理所當然，有些甚至一付「我就是故意的，你想怎樣」的挑釁態度。曾經有位名投手在投出觸身球後便立即衝下投手丘，抱住準備攻擊的打者，狠狠將對方揍了一頓。沒辦法，這就是此間的棒球文化，沒有人應該示弱，否則便無法在這滿溢銅臭與汗臭的格鬥場上生存。一百多年來，職業棒球界挖空心思想將這項最初流行於中下階層的運動與溫馨的親子關係緊密聯結，營造特別適合父親帶著小孩進場看球的環境，目前看來是十分成功的，詩人 Donald Hall 便將他的雜文集命名為 Fathers Playing Catch with Sons，棒球從體力活動跨進入了文學的殿堂；但說來諷刺，棒球選手間不怎麼光彩的行徑卻時有所聞，私領域酗酒嗑藥玩女人也就算了，球場上污言惡語相互叫囂、乃至玩陰的拿球互砸，既而引發打架亂鬥，以及施打禁藥、手 松膠油等作弊醜聞同樣屢見不鮮。以致若干衛道之士便批評大聯盟「金玉其外」，沒有負起當兒童榜樣的責任。聯盟自知理虧，所以想盡辦法要塑造文明有禮的形象，除了邀請頗富社會聲望的人士出任執行長外，更是不時舉辦公益活動，捐助大筆金錢給弱勢團體。羅里身為大明星，自然也就被要求出席類似的公關活動，或是去探望生病受苦的小朋友，或是送食物給流落街頭的遊民，而當然，公開呼籲青少年抗拒毒品與酒精的引誘，也早就是他想都不用想就能倒背如流的台詞了。

　　但這一切都不是羅里真心之舉，他只是配合聯盟的要求照做，因為打球這件事對他而言，只是一門「生意」。他之所以進入職業球壇，純粹為了脫貧致富，並且藉以向那些曾經欺負過他的人示威。貧賤的童年使他自卑，自小遭到霸凌的經驗又令其始終無法信任別人，更遑論相信這世上還有美善與真理。棒球帶給他無人能及的成就，但財富與名聲卻令他感到萬分空虛，他總認為來自別人的恭維純粹只因他有名氣；他相信每個女人都是為了錢才接近他，因此前兩次婚姻都以失敗收場；他玩弄那些在比賽後跟他搭訕、上床的女球迷，把她們當成不招自來的「賤貨」，他不敢在心底用「妓女」辱罵這些女人，因為那將傷害到自己又愛又恨的母親。然而，

弔詭的是，也正因他母親的關係，每當羅里在這些女人身上狂抽猛送時，往往感到一股報復的快感，完事之後卻又徹底崩潰痛哭。

　　捕手跟投手對話完回到本壘板後方蹲下，羅里重新黏緊打擊手套上的魔鬼氈，略略用力握了幾下球棒，準備再度打擊。菜鳥投手顯然與捕手意見不合，搖了幾次頭後終於起身投出下一球。羅里緊盯著球出手的一剎。所謂的強打者通常必須具備幾個過人的特質：第一，良好的動態視力，幾乎可以在不到 0.1 秒的時間內看清球的路徑，甚至分辨球種，再決定是否揮棒；而且，手眼協調性佳，當眼睛看到哪裏，球棒即能立刻跟上；第二，瞬間爆發力強，揮棒速度絕對可以超越球速。羅里在高中打球時即已具備上述特質，但他當身材條件不夠好，以致瞬間爆發力仍顯不足；進入職棒後，他加強重量訓練，並長期服用一種名為「速健」的合法營養劑，肌肉因而愈來愈發達，整個身形看來足足比高中時大了一倍，爆發力也跟著大幅提昇。但球季實在漫長累人，為了讓體能維持在顛峰，羅里在經紀人的慫恿下接觸 PED 及類固醇，從此成了球迷攻擊、譏諷的「騙子」。但若不是有人檢舉，聯盟迫於無奈只好展開調查，羅里平素因自卑而在球場上略顯低調的作風，很難讓人將他與使用禁藥聯想在一起。但世事總是如此，人們看見的，往往只是表象。

　　不到半秒鐘後，菜鳥投手剛投出的球已經來到羅里跟前。這顆球從一出手後，就直直朝著本壘中間偏高的位置而來，看似一顆直球，但似乎旋轉的頻率更高，且速度並沒有直球那麼快。等到它來到羅里可以揮棒的位置時，忽然間大幅向外角橫移且下墜，羅里原本已經鎖定、準備予以痛擊，卻猛然發現那根本不是一顆直球，已經揮到一半的棒子硬生生煞住，他的手腕因急劇後縮而感到強烈的緊繃，原本應該轉移重心以釋放腰力的右腿也被迫瞬間後蹬，整個身體肌肉扭曲得令他十分不舒服，特別是早已問題重重的膝蓋，根本禁不起這麼多邊的壓力。這顆球最後的軌跡就像越野賽車下坡急速甩尾般大轉彎，連捕手都無法準確將它接到手套中。

　　此時裁判輕喝一聲：「ball（壞球）」，但捕手認為羅里已經出棒，

因此要求一壘審仲裁。結果一壘審判定未出棒。其實這一球非常接近好球帶，若非捕手無法乾淨接進手套，若非李區只是個菜鳥，且面對當今堪稱聯盟最偉大的打者，主審絕對會判好球。

　　羅里心中一凜，意識到這應該就是球探報告中提到的「極品曲球」，他幾乎打了一輩子的球，卻從未見過這般看似平凡卻變化詭異、令人迷惑的球路。就在這不到一秒時間，羅里忽然對這位他原本完全不放在眼裏、也不想知道姓名的菜鳥有點感興趣，於是在他投完球轉身時看了一下他的背號，「原來他叫李區」──羅里心中兀自嘀咕著。

　　捕手被李區突如其然的曲球嚇了一跳，他原本設定好要接內角的下沉球，結果球卻大幅度往另一個方向墜落，害得他必須瞬間轉移重心，雙膝快速向另一側滑動，才總算勉強用身上的護具擋下這詭異的一球。他到今天下午比賽前才正式與李區見面，一起練習投、捕以熟悉球路。那時他便發現，李區的曲球非常刁鑽，而且至少有三種截然不同的投法：一種是放球點較高，垂直落差較大但速度較慢的「大曲球」；另一種則是放球點稍低，出手時軌跡平移，但到本壘前約六公尺時卻突然往右打者外角下墜，速度較快的，或者稱之為「小曲球」，剛才對羅里所投出的就是這一種。這兩種球路在聯盟中會投的人比比皆是，但不同的，李區的球往往在進入本壘前才突然減速、轉彎、下墜。更重要的是，李區還能隨心所欲控制球的進壘角度，時而外角，時而內角，且變化幅度不一，等於將二種球路「幻化」成至少六種不同的運動軌跡。至於第三種球路更形詭異，運動軌跡介於滑球與曲球之間，或許稱之為「滑曲球」吧，一般滑球只有水平橫移，垂直變化效果並不明顯，但李區的「滑曲球」卻能製造很大軌跡的垂直橫移。進入大聯盟已經十個球季的資深捕手原本對李區的各種曲球感到萬分驚訝與讚嘆，在他們練習投捕的過程中，他幾乎沒有把任何一個曲球扎實地接進手套過。

　　但此時他卻感到萬分惱怒，因為李區完全沒有聽從他的配球指示。雖說他心底也覺得教練一再要求配下沉球有點不合理，但那畢竟是教練的命

令,李區沒有不遵守的空間,他覺得完全不受尊重,更何況對方還是個「菜鳥」!

就在他踉蹌地將球邊擋邊撈,好不容易才將宛如裝了彈簧的這顆球裹進手套,準備起身衝向投手丘跟李區理論時,竟瞥眼看見教頭氣沖沖地跑進場內,直直向著李區而去。他知道這下不妙了,因此趕緊跟上去準備看好戲。

四

教頭馬丁在板凳區內看到李區竟不遵守指示簡直氣炸了,他衝向李區的第一句話便說:「你他媽的比教練大嗎?」「信不信我馬上換掉你!」口水不斷噴在李區的鼻端。李區略顯無奈地看著教頭抖動著早已鬆弛的下巴,有點想笑卻不敢笑出來,只是默默地搖搖頭。他心裏很清楚教練不可能在此時換掉他,因為根據聯盟規定,投手必須投完一個打席才能更換,而羅里就是他面對的第一個打席。

馬丁繼續開罵:「我叫你投什麼球,你就投!」捕手在一旁想插嘴,但他知道這可不是多話的時候,只好在一旁嚴肅地看著李區。

「聽到沒!不然今晚你就滾回小聯盟!」

李區知道這就絕對不是在嚇唬他了。他好不容易才如願登上大聯盟,但極可能在投完這個打席後就捲鋪蓋走路,繼續回去過著坐長途巴士巔簸搖晃的日子,想到不免令人喪氣。但是,他心中的棒球信念卻驅使他不能妥協,「我要投曲球」,李區很小聲地說,彷彿只想給自己聽。

「你說什麼?」教頭用嚴厲的口吻問。

「我想投曲球!」李區加倍了音量。

「好,走著……」,「瞧」字尚未出口,主審已走近三人,示意要他們解散讓比賽繼續。馬丁回頭狠狠瞪了李區一眼,然後向捕手比了個暗號,轉身向板凳區走去。途中他特別望向正在打擊區旁等待重新比賽的羅

里，兩人目光短暫交會，羅里感覺敵方的教頭似乎心事重重。

　　馬丁的確心煩意亂，而他的配球調度也引起場邊電視轉播球評的議論，他們都質疑為何馬丁一直要求投手使用不拿手的下沉球，特別在看到李區投出令人「噁心」的曲球後，更是覺得教練有些莫名其妙。

　　這些質疑其實正說中了馬丁不為人知的意圖。或許眼尖的球評，以及懂得看門道的球迷早已隱約感覺馬丁有意「控制」比賽，只是大家不能確定，也無法證實，又或者，不敢說出口罷了。實情是，自從羅里擊出今年球季的第七十三轟後，馬丁就以匿名的方式包下羅里每次比賽球場的左外野區所有的座位，並徵僱了幾個臨時工守在坐位區，只要羅里的第七十四號全壘打一出現，便立即撿拾保存。根據統計，羅里過去所擊出的全壘打中，有高達七四％的落點在左外野；只有五％在右外野；中間偏左則為廿一％。另外，投手被羅里擊出全壘打的球種，有五十五％是靠近內角的速球，外角速球僅佔十四％，比例最低的則是曲球，不到二％。換言之，羅里完全不擅打曲球，他過去遭曲球三振的比例高達七十五％，安打率則可憐到只有七％。馬丁之所以連夜將李區從小聯盟叫上來，主因他看過李區的投球數據，知道他二縫線直球被轟成全壘打的機率非常高，因此他孤注一擲，決定將一名新進表現不算穩定的中繼投手下放到小聯盟，由李區頂替上來。而他心中的如意算盤是，李區擁有備受肯定的曲球，球團沒有人會質疑他的選擇。如果屆時有人懷疑他為何不讓李區使用曲球，他只要在賽後記者會說李區當天牛棚練投時，曲球狀況太差即可。然而，私心終歸是私心，任何在私心運作下的行徑，終究容易露出破綻。

　　但那又如何呢？從前年球員工會發動罷工伊始，聯盟的票房每況愈下，各球團絞盡腦汁想重新召喚球迷進場，有人向聯盟高層建議提高球的彈性係數，以符合球迷愛看全壘打的習性。同時，對具服用禁藥嫌疑的現役球星，也只是高高舉起、輕輕放下，目的即希望透過他們的強力揮棒，能重振職棒票房，羅里就是這樣一個樣板。目前看來，聯盟的計謀是得逞了。馬丁之所以知悉這一切，是因為他夠資深，且他正是那位向聯盟獻策

小說組 • 佳作／曲球

的核心人物。

　　沒有人可以說這樣的球賽是「作弊」，畢竟要用什麼樣的球，聯盟有選擇的權力，一如日本職棒的球比較「黏」，也是日本職棒聯盟的選擇般。既然如此，馬丁也不認為要投手投什麼球種是「放水」，因為他從未要求投手像賽前打擊練習般故意放慢球速或刻意投向本壘板正中央。他在心裏如此說服自己，一切聽來是那麼合理。媒體大可批評他調度錯誤，但絕對沒有人能指控他「作弊」，誰有證據？

　　也難怪馬丁沉不住氣。這是羅里的最後一場比賽了，前三次打席，他都要求投手用直球與羅里對決，結果有二次都差點成為全壘打，若非今天球場逆風太強，馬丁早就可以完成他自認美妙的計謀。眼下是羅里今天第四次打擊，依目前狀況看，八局下二出局，馬丁的球隊以七：０遙遙領先，除非九局下Ｙ隊有驚人的反擊，否則羅里不可能再上場，換言之，如果羅里這次打擊失敗，那麼他將永遠失去改寫單季七十四轟記錄的機會，而馬丁的心機也將徹底白費。

　　一般人可能會認為馬丁之所以煞費苦心要為敵隊的球星完成破記錄的壯舉是為了錢，畢竟若能拿到這珍貴的一顆球，至少能拍得上百萬美金的價碼，這可不是筆小數目。事實上，羅里的經紀人的確曾密會過馬丁，希望他在本季與Ｙ隊的最後二場比賽中，「想辦法」讓羅里可以如願超越記錄，並且暗示事後會有合理的報酬，如果不配合，那麼……，當然，他也宣稱這件事羅里完全不知情。經紀人之所以膽敢如此向這位曾獲聯盟年度最佳教練的前知名球星「賄賂」，主因他掌握了馬丁不為人知的秘密。他很清楚，只要他公開這一切，馬丁將身敗名裂。

　　然而他有所不知，馬丁之所以願意配合，並非擔心自己的名譽，而是基於一種虧欠與深切悔恨的心理。就在前年，電視台的狗仔偷拍到羅里帶著他的母親在自家豪宅的庭園內散步，由於羅里對自己的身世始終守口如瓶，也從來不與家人同行，甚至連在大聯盟的首次先發都不見親人到現場加油，因此外界對他黑白混血的模樣也就更感興趣，但十多年來卻怎麼也無法有效捕捉到他與家人共處的身影，以致前年那張照片便顯得彌足「珍

貴」，即使電視台因此遭到羅里訴求高達二百萬美金的賠償，他們也完全不覺痛癢。

那張照片曝光後，馬丁受到極大的震撼，因為照片中那位女子是那麼熟悉，雖然已經過了近四十年，但她的容顏依舊如記憶般清晰，那不就他年輕時暗暗迷戀的艾蘭達嗎？

五

比賽繼續進行。捕手的暗號還是二根手指，李區還是搖搖頭。幾次暗號不合後，捕手憤然起身準備再到投手丘理論，這時李區也正下丘要跟捕手「攤牌」。羅里故意在捕手經過他身邊時大聲地說：「叫他再投一次剛才那種球路！」這話說得十分豪邁、中氣十足，擺明了就是在跟李區挑戰。當投、捕二人碰頭時，李區搶先開口：「你聽到了，他公開向我的曲球挑戰！」李區話說得堅決，捕手無奈地將面罩微微掀起，朝著地上啐了一口，李區知道他不高興，卻也裝作不關己事般走回投手丘。

「他想跟我的曲球較量一下」，想到此，李區突然感到十分振奮，原本稍感窒悶無奈的心情一掃而空。雖然李區對羅里這般使用禁藥的球員始終抱著輕視的心態，但堪稱目前大聯盟最偉大的打者竟然公開向他的曲球叫陣，還是令他感到志高氣昂，更何況，他本來就很想用曲球「教訓」一下這個空有名氣，卻完全不懂得尊重棒球的「騙子」。

棒球最吸引人的地方，無疑就在強投與強打的正面對決。那種宛若往昔西部鎗客遭遇對峙的場面，令人摒息忘忘，只為下一秒攸關生死的交鋒。但不論輸贏，只要勇於對決，都是英雄。羅里已經見識過李區曲球的威力，他甚至沒有把握自己能打得到，或者，就算打到，也可能只是軟弱的滾地球或無力飛高的內野必死球。他心裏忽然燃起一股鬥志，一種聲音不斷地鞭策他：「要打，就打最難的」、「痛擊投手最不擅長的球路，何來成就感？」原本羅里對他最後一個打席能不能締造新記錄並不那麼在意；

111

小說組 • 佳作／曲球

但此刻他卻非常專注，全心全意想要挑戰這個艱難的任務──特別是遇到這麼厲害的曲球投手，如果他能成功，能把自己最不擅打的曲球擊成全壘打，「那才夠屌」，羅里心中這麼想著。

懂門道的人都知道，棒球之所以被稱為「失敗的運動」，主因打擊堪稱運動競賽最困難的項目。一百多年來，只有一位球星曾經達到單季四成以上的打擊率，一般打者只要能有三成，就足堪稱之為「一流打者」了。換言之，大多數時候，打者面對投手都是失敗的。這是因為球在投手手中，他要投什麼球、落點會在何處，打者只能被動地猜測。而就算猜對了，面對動輒超過人類反應極限的超高球度，或者變化幅度令人目眩神迷的軌跡，也不容結實擊中球心。因此，即便羅里知道李區將用曲球與他對決，他也很清楚知道自己的勝算不到三成。

一時之間，滿場四萬餘名觀眾彷彿消失了，場上似乎只剩投、打兩人之間凝神對峙。李區決定「換檔」，投一顆慢速的曲球。這顆球出手後便一路高高往羅里的內側轉去，速度卻出奇地慢，大約只有時速 100 公里左右；等到接近打擊區時，球卻像有人懸絲操縱般突然停止，接著快速向羅里的外側下墜，羅里看球進入好球帶，猛力一揮，卻根本連球皮都沒沾到！

「strike!」，主審誇張地高喊並舉起右手，「two-two」。

只要再一顆同樣路徑的球，羅里的職業生涯便幾乎宣告結束。

在電視轉播席的記者忍不住讚嘆：「好刁鑽的滑⋯⋯，不，曲球！」並且要求主播再重播一次剛剛那球進壘的軌跡。在板凳區督戰的馬丁幾乎氣炸，李區不但不聽指示，連捕手都被迫配合他。這場比賽到目前已成為兩個人的較量，馬丁的算計眼見就要破滅，他想藉著蒐得羅里第七十四／七百轟的紀念球向艾蘭達母子贖罪的意圖也可能永遠無法達成。四十年前，馬丁正值事業高峰，廿八歲的他繼前一年拿下聯盟最有價值球員後，隔年再度榮膺世界大賽的 MVP，而且妻子也剛為他生下一個可愛的男孩。就在慶祝球隊拿下聯盟冠軍的當晚，妻子因生產暫居岳父母家，馬丁帶著濃重的酒意回到住處，看到年輕漂亮、身材姣好的女傭艾蘭達正準備沐

浴。原本他對艾蘭達就十分著迷,但自幼嚴謹的家教讓他始終不敢對她有任何逾越之舉。或許在酒精的眩惑下,又瞥見艾蘭達令人情慾高漲的身影,馬丁竟不可自持地從後抱住她,雙手不斷在她豐滿的胸前游移,儘管艾蘭達死命掙扎、放聲尖叫,馬丁還是憑著一身蠻力將她推向浴室內,用運動員的身體優勢徹底壓制她激烈的反抗……。

慾望噴發完的那一刻,馬丁的理智乍現,他突然完全清醒,他知道自己闖下大禍了。看著衣衫破碎蜷縮在浴室角度顫抖啜泣的艾蘭達,馬丁完全不知所措,她更是驚嚇到渾身抽搐,於是他跪下來,聲淚俱下地不斷向她道歉,並且懇求她千萬別張揚此事,他願意用金錢賠償她。艾蘭達沒有回答,她只是默默地掙扎起身,拖著蹣跚的步伐,靜靜地走回自己的房間。馬丁深自懊悔地坐在壁爐前,心底焦燥難安,只能猛灌烈酒企圖麻痺自己。他生長在一個殷實的中產階級家庭,父親是知名律師,母親則是一名會計師。從小他就被教導應該彬彬有禮,他與一般棒球員最大的不同,在於他自小品學兼優,畢業於全美國最好的大學。即便到了球場,他也幾乎不說粗話(但今晚他情急之下卻粗口招呼了李區的媽)、不亂吐口水,因此贏得「紳士」的綽號。沒想到,當晚他卻幹下此生最無法讓家人、朋友接受的事。或許,與其說他悔恨,不如說他害怕,擔心此事一旦張揚出去……;又或者,某種自小接受的教育在譴責他,令他感到萬分羞恥。

趁著馬丁爛醉在壁爐前,艾蘭達收起眼淚,悄悄打包她僅有的二套衣服,在星夜的掩護下偷偷離開這個令她傷心的地方。其實在她心目中,馬丁一直是個很好的僱主,對她照顧有加,也從未有何逾越之舉;她想原諒他,卻不知未來該如何面對。特別是馬丁的妻子對她一向懷有敵意,她害怕此事若被她知道,不知將造成什麼樣的風暴。她非法偷渡,真正的名字是艾妮塔,用假的身分居留在美國,如果這件事曝光,她該怎麼辦?她心慌意亂,除了遠離這個是非之地,別無選擇。

去年耶誕夜,艾蘭達的近照被小報披露,馬丁幾乎無法相信多年來令他懷疚於心的人還能再見,他終有機會可以當面向她鄭重道歉,或試圖彌

補些什麼。而當他知道艾蘭達原來就是羅里的母親時,他心底明白,如今這位鼎鼎大名的黑白混血球星,必然與當年那個晚上他闖下的禍有關。於是,馬丁下決心要找到艾蘭達。他找了一位擔任私家偵探的朋友,既然已有照片,而且小報記者在金錢的誘惑下也願意透露拍攝地點,馬丁輕輕鬆鬆便知道艾蘭達現在的住處,於是趁著羅里客場出賽不在家時,懷著不安的心獨自到了紐澤西。

那是一棟座落於郊區的古老莊園,主體建築是英國維多利亞時期的風格,不論是門廊、仿羅馬石柱及八角塔樓,都佈滿華麗的立體浮雕與羽毛裝飾刻紋,呈現出非常典雅的宮廷氣息。從莊園入口到主建築前,必須經過一條長達五十多公尺的婉蜒石板道,兩側栽植了高聳入天的北美喬松,修葺平整的百慕達草坪則向著四周輻射延伸,宛若一座美麗的高爾夫球場。馬丁忐忑地請門口保全通報管家,佯稱大聯盟高層來訪,這無疑是個拙劣的說詞,因為既是大聯盟高層,自然是來找羅里的,而他們怎可能不知羅里目前正在西岸比賽?更何況,這是羅里為教敬母親而買的莊園,平時羅里並不住在這裏,而是住在紐約,只有假日才來陪伴母親。為了保護隱私,棒球界除了羅里的經紀人外,根本沒人知道這座莊園。

馬丁的藉口漏洞百出,果然門房回報主人無法見客。馬丁知道已無路可退,只好誠實告訴對方真實的身分。又過了近二十分鐘,保全終於開門,指引馬丁向主建築走去。此刻馬丁的心情劇烈起伏,四十年來的所有壓抑與內疚在胸中翻騰,令他幾乎嘔吐。短短五十公尺,馬丁卻走得異常緩慢,他期待見到艾蘭達,卻又感到畏縮害怕,他第一句話該說什麼呢?他反覆揣摩自己應有的語氣與態度,卻怎麼也拿不定主意,惴惴不安之間,已經來到屋前的石階。此時有人開了門,是一位年約五十幾的婦人,莊重卻不失客氣地延請馬丁入內。

馬丁看著大廳牆上掛著的一幅幅精美油畫,認出其中的人物盡皆棒球史上赫赫知名的球星,貝比‧魯斯、泰德‧威廉斯、賈里格、狄馬喬、賽揚⋯⋯以及第一位黑人球員羅賓森等,盡數在列。似乎在這些球壇先

賢的撫慰下，馬丁的心情稍稍平靜了些，而就在他看得入神之際，輕柔的女聲驚醒了他。

「馬丁先生，很久不見了。」

馬丁頃刻間流下了眼淚，激動得幾乎無法言語。四十年了，四十年前被他侵犯的那位少女，如今正站在他的跟前，只是換作了中年婦人的模樣，但她的容貌依然美麗，身形微微發福，氣質卻益見高雅。

一句問候後，接著是長達彷彿一世紀般的沈默，艾蘭達始終冷靜地看著馬丁，臉上並沒有太多表情；馬丁則是時而低頭，時而微微仰頭地看一下艾蘭達，淚水不停地自眼眶中溢出。終於，馬丁收拾起情緒，低聲地說：「這些年還好嗎？」他很清楚這是明知故問，但縱有千言萬語，此刻他卻不知從何說起。艾蘭達似笑非笑地點點頭，又搖搖頭，深深吐了口氣，但並未回答。

馬丁接著說：「我可以彌補些什麼嗎？我……」話未說完，艾蘭達伸出她的左掌，示意馬丁不必再說下去，用極其微弱的聲音說：「你看看這一切，我還有什麼欠缺？而我曾經失去的，可有辦法重新找回？」

馬丁慚愧地低下頭，艾蘭達則是將視線轉向大廳南側牆上一幅羅里的半身畫像，接著又是一段時間的沉默，馬丁也跟著抬起頭看著畫像。

「所以，羅里……。」

「他遺傳了你的棒球天分。他是個好孩子，沒有學壞，總是努力求上進，想辦法給我最好的一切，讓我生活完全無憂。」

「你並沒有虧欠我什麼。想想，如果不是羅里，我今天也許仍過著貧困沒有依歸的日子；也許人生會更悲慘，也許……。」提到羅里，艾蘭達原本冷靜的眼神立即轉為慈愛柔和，一絲淚光悄然滑落臉頰，最後停在她欣慰而微微上揚的嘴角。

馬丁沒有再說什麼，他低聲說了句「對不起」後轉身告別，他知道四十年後的這次見面，也將是他與艾蘭達間永遠的停格，他很高興羅里成就斐然，卻只能空自遺憾終身無法與他相認。

接下來的日子，馬丁心裏想的，都只是那件事，這是他自認能彌補些什麼的事。而無巧不巧的是，羅里的經紀人也來找他，重金要求他協助完成這件事，並且暗示他與艾蘭達的關係並非全無人知，等於威脅馬丁必須無條件配合。馬丁十分訝異為何羅里的經紀人會知曉此事？詢問之下才知道原來艾蘭達家中的管家正是經紀人的姑母，她偷聽了兩人當天的對話。

　　如今，這件事看來已近乎功敗垂成。馬丁氣到要衝出場去換投手，但投手教練適時制止了他，並且提醒他關於換投手的規定。馬丁知道事已至此，眼淚幾乎不聽使喚地奪眶而出，於是他壓低帽簷，裝作若無其事，頹然倚著休息區的欄竿，視線不知落在何方。這一幕看在所有隊員眼中，無不覺得奇怪。

六

　　場上的羅里揮空後，向著投手丘上的李區用力地點了幾下頭，這是對他曲球的極致讚美。李區又對本壘比出曲球的暗號，捕手除了接受別無選擇。而羅里則是兩手握住球棒，將它筆直地豎在自己的視線前方，專注地看著棒頭上刻著自己姓名的區塊，接著踏進打擊區。

　　當然，還是曲球，但這次投過來的，是與第一次相同的快速曲球。雖然二種曲球的時速落差不過 15 公里，但卻已足以擾亂羅里的打擊節奏。這次球從內角進來，羅里既已在前一次見識過它，於是猜測它「應該」會轉進好球帶，他決定揮棒一賭。沒想到這次球的自旋不若前次快速，變化幅度也不大，它是向本壘板中央轉去沒錯，但轉進的角度很小，最後幾乎只削到一點本壘板的邊緣。羅里猛力一揮，結果只擦到一點縫線，球因此稍稍改變運動路徑，在進入捕手手套前輕輕觸了地。

　　「Foul」，裁判高舉雙手，判定這是個界外球。

　　羅里大大鬆了一口氣，差一點這就是個終結他職業生涯的擦棒被捕。

李區不但不因錯失一次三振而覺可惜，反而很振奮於他可以再用曲球與羅里繼續對決。一方面，他知道投完這個打席，大概就得重新回去小聯盟，所以想多體驗些在大聯盟投手丘上的感覺。對他來說，這無關虛榮，純粹是一種身為棒球人必然的想望──站上世界最高的棒球殿堂，對決世界最強悍的打者；更重要的是，雖然他今天才第一次遭遇羅里，但從青少年時就已經常在電視轉播中看這位鼎鼎大名的球星打球。他知道羅里的打擊習性──對不好打的球經常會設法將它「碰」成界外球，然後不斷磨耗投手的耐心，造成對方失投，再予以痛擊。但此次羅里是用「全揮擊」的方式在擊球，並未刻意縮小揮棒幅度。這是一種棒球精神的體現，證明羅里是認真想與他的曲球正面對決，李區鍾愛這種感覺。同時，他也覺得羅里不簡單，至少還能突然縮回手臂「削」中他最為凌厲的內角曲球，這絕不是普通打者可以辦到的。今年他受邀參加大聯盟春訓，曾經用這顆犀利的快速曲球連續三振過六名大聯盟好手，其中包括今年與羅里競逐 73 轟記錄的 S 隊全壘打王。

　　李區像展示壓箱寶般，決定祭出他最引以為傲的「滑曲球」終結羅里。想到此，他突然覺得有點不捨，但又想到對決總該有個結果，正如凡事都有結束的時候般，於是鼓足力量，揚手將球投向本壘板。

　　這顆球來勢比前面的曲球都要快，羅里意識到這又是另一種曲球。他心裏暗自叫苦，卻也益形欽佩眼前這位菜鳥。他打了二十多年的球，幾乎從未將哪個對手放在眼裏過，一方面因為他內心偏激而自傲，另一方面則是他把打球當生意的態度使然──不管此次打擊成功或失敗，他頂多認為像玩吃角子老虎，有輸有贏罷了。簡單來說，他欠缺榮譽心，失敗了不覺可恥，成功了也覺得沒什麼好高興。若說他真的在乎帳面成績，純粹只是希望可以因此多爭取點年薪而已。沒想到這個打席卻突然喚醒他，有種奇特的感覺在他心底昇起，他說不上來是什麼，只是突然覺得棒球「原來這麼有趣」；他也驚訝於自己突然間對打不打中球很在乎，二十多年來自己從來不曾那麼在意過，在意到甚至太過莊嚴，對，就是莊嚴，他從未用

莊嚴的態度面對過棒球。因此，他格外珍惜這次的打擊，期待李區可以一球又一球投過來，最好他一直打成界外球，讓這個打席永遠不會結束。就在這短暫的幾顆球內，羅里對李區產生完全的好感，他覺得對方拯救了自己，至少，扭轉了自己對待棒球的態度。

　　羅里曾經想縮短揮棒幅度，或者只是輕推一下破壞這顆詭異的來球，像以往折磨投手那樣。但他知道自己不會這麼做。這是一場英雄的對決，既然李區已經明示要投曲球，那麼他也必須用全揮擊的方式回應，這樣才是對等的，才夠格調。於是，他專注看著球的路徑，從乍現的縫線判斷變化的可能，等球進到本壘前沿時，倏地猛地揮擊。眼見即將打中那一刻，球卻忽然急速橫移、下墜，因此羅里的棒頭只能切中球體的三分之一，球應聲往一壘邊線區直馳而去。一壘手側身撲出去，但根本接不到，只能任球滾到右外野觀眾席的牆下，再反彈回場內。裁判高舉雙手，這是顆界外球。

　　李區甚感驚訝，對羅里的佩服又多了幾分，原本他認為羅里多半打不到，就算打到，頂多也是不營養的滾地球或擦棒，萬萬沒想到擊成如此強勁的平飛球。類固醇能發揮這樣的功效嗎？PED 呢？李區在三 A 與數次的大聯盟春訓也遇過一些使用禁藥的彪形大漢，但他們空有蠻力罷了，論打擊的技巧與能耐，萬萬不及羅里。李區突然領悟，他不能再視羅里為普通使用禁藥的騙子了。他在大學時曾聽讀生科的室友告訴他，禁藥或許可以增進體能，但可不能幫助你把球看得更清楚，擊出更多全壘打，否則為什麼那麼多人吃禁藥，卻怎麼也打不好？原本他並不相信這種說詞，但今天短暫與羅里照面，他開始動搖了原先的懷疑。

　　球數維持二好二壞，李區準備繼續投球。他心想，三種曲球羅里都見識過了，接下來他該投其中哪一種？羅里會猜哪一種？正在李區盤算的同時，羅里也在猜測與李區相同的問題，他會投哪一種曲球？

　　棒球與其它具備攻守二端的競賽最大的不同在於，它大部份都處在近乎靜止的狀態。投手看著捕手暗號時，場上連裁判在內的十四人幾乎都像

凝固了般。但那種靜卻深深蘊蓄著即將爆發的動能,宛如一座看似靜謐的火山底下卻滾動著足以摧毀一切的熾熱熔漿。同時,那種靜隱藏各種可能的想像,彷彿某個詭計正在密謀,詭譎而令人不安;又或者,像是滿佈在牆角四週的蛛網,密密麻麻地等著終結誤闖的飛蟲⋯⋯。

　　羅里就這麼與李區隔著六十英呎又六英吋的無形甬道對峙著,全場沸騰著一百分貝以上的噪音,李區卻完全可以聽見自己喘息的聲音,他的腳也不再發抖了;而羅里同時間也正聆聽著自己的心跳,專注地看著投手丘上的李區,露出了一絲淺淺的笑⋯⋯。

小說組 • 佳作／曲球

評審評語／巴代

　　運動類的小說光是想像，可就讓人覺得精彩。這是因為「競賽」本身除了呈現參賽者經年的訓練成果，並尋求在賽場上徹底發揮奪得勝利，所連帶引發其相關親朋好友的關注、期待與情緒跌宕起伏之外，還有競賽進行過程必然有的技術展演、衝突、謀略以及場內場外足以影響球員、競賽者的不確定因素疊加。這些因素或特質讓小說寫作者有更多的選擇適當的切入點與書寫面向。

　　觀察近幾年打狗鳳邑文學獎出現的關於棒球運動的小說，題材有職業球員簽賭、涉毒，有球場內球技、調度的較量，有成長小說般勵志、積極正面的青少年職棒夢。看似容易入門但要寫好、寫出創意也不是那麼容易。而今年出現的棒球題材〈曲球〉倒讓我感到驚艷與一些期望。

　　首先，人物的選擇與設計很精準、立體。屆退的全壘打紀錄保持者羅里欲再創紀錄，與剛升上大聯盟的投手李區對峙，形成老舊、前後浪、相互尊重又不服輸的頂牛關係。再則，球場外羅里與母親和敵隊總教練三角關係的章節安排，與球場內投打間的對決氣氛與內心戲，調和出小說節奏緊弛適度，又連帶隱約營造出可能是「簽賭」的聯想。

另外,投手曲球進壘與揮棒之間的,具小範圍特寫效果的描述,恰恰擠出類似長鏡頭,擠壓與張力的效果。總的來說,這是一篇成熟與完整的小說作品,也大致符合小說教學課程中,關於起承轉合,節奏、調性與細節的教學範例,令人眼睛為之一亮。但也或許過於成熟、完整,少了那麼點缺陷的美感與挑骨頭的樂趣。

期待作者的中篇或長篇棒球小說。

小說組 • 評審總評

小說組總評／陳素芳

2024打狗鳳邑文學獎小說組，來稿踴躍，總計一百九十七件。由巴代、鍾文音、陳雪、吳鈞堯和陳素芳負責評審，初步選出二十件進入決選。

綜觀所有來稿。由家庭出發，屋簷下的一家人各有心事各自曲折，無論都會或偏鄉，延展出家的不同面向、老人照護等命題，廁身其間是童年往事及青春追想曲，是本屆來稿最大宗。為數不少的情慾書寫，則是孤獨不安的靈魂企圖在熙熙攘攘的城市中尋覓出口、重新詮釋工商社會中的情場角力。生命實難，無論是外在因素或情感羈絆，生存困窘的書寫成了部分作品的創作主調。而球場對決則是運動小說類型的敘述主線，尤其是棒球。

先由委員們提出對此次來稿看法及小說評選標準。有重視語境、語感，也有人看重可讀性，以及用字掌控、情節鋪排，主題呈現是否適切等。對小說這門文學技藝，雖各有不同的著重點，卻有共同的看法是：很難選出「非選不可」的作品。於是決定再重新勾選三篇，進入決選的作品，由二十篇減為十篇。

經過逐篇討論之後，委員們一致認為，此次參賽作品，雖有不少優秀作品，卻多數有不可忽視的缺失，片段寫得動人者卻敘述混亂，結構完整者，人物用語卻與時代違和等諸多問題。作為首獎的「高雄獎」，獎金高象徵意義強，自然必須有更嚴格的要求。徵得主辦單位同意後，決議增列一名優選獎，「高雄獎」從缺。

二名優選獎分別是：

〈殘暑見舞〉：正如題目「見舞」，一場異地脫衣舞孃表演，拉開主角由身體與心靈的覺醒之旅。作者細緻鋪陳經濟弱勢者，在愛情與成長之路的自卑與自棄，一步步對愛的權力有另一種體會。

〈蟲〉：作者以「蟲」在老父老母腦中作怪，呈現初老的照顧者，面對阿茲海默、失智的雙親，無力、憤怒及愧疚感。生動，詳實，情緒掌控到位。

佳作二名則是：

〈鴿痘〉：以家中次女素描家庭三代微妙的互動。離婚回家的姑姑是家中的格格不入者，直到過世，家人打開房門，逐步揭開她說不清的內在依託。

〈曲球〉：張力十足的棒球小說。初登場的菜鳥投手，面對職業生涯最後一場比賽、準備再創紀錄的打者。既視感十足，也是球員對棒球初心的探討。

此次來稿，題材多元，時代感十足。四篇得獎作品，呈現出的正是當前社會的四種剖面。

小說組 • 會議紀錄

小說組決審會議

時間　2024 年 8 月 20 日（二）下午 2 時 30 分
地點　高雄市文化局第一會議室
委員　巴代、吳鈞堯、陳素芳、陳雪、鍾文音（依姓氏筆畫序）
列席　高雄市政府文化局・陳美英、宋盈璇
　　　我己文創・田運良
記錄　翁禎霞

高雄市政府文化局文化發展中心代理主任陳美英：打狗鳳邑文學獎係從高雄縣市合併後改名迄今，是高雄文學發展的重要指標及成果呈現。今年的文學獎投稿不限主題、不限國籍，來稿相當踴躍。本屆將選出高雄獎一名、優選獎一名、佳作兩名，參賽作品若未達水準，得由評審小組議決獎項從缺。謝謝各位評審委員辛苦評閱。

評審委員們一致推選陳素芳委員擔任本次評審會議主席。

陳素芳主席（以下簡稱陳）：會議開始，首先請各位委員發表審閱這批小說稿件的整體印象。

巴代（以下簡稱巴）：這次參賽作品非常多，我一貫評選的方式是先從各類型的作品中先選出一篇，只要小說故事是完整的、文筆不錯的，我會從中再挑選最有趣的。

鍾文音（以下簡稱鍾）：這次參賽的作品有幾種類型，有日治時代的、跨性別的、成長啟蒙的、情慾的，還有一些是流浪的稿件（流浪在各文學獎間），尚未看到非選不可的作品，有幾篇是在水準以上的，但還

是有看到刻板及瑕疵，尤其刻板很難突破，我比較在意語境的問題，什麼時代說什麼樣的語言，什麼身分說什麼話，這些都是小說家應該處理的問題，語境放在不對的時空，會產生錯亂的時空走位，因此我特別重視語境與語感，有些會把太散文化的文字放在小說，這是近年來小說創作很大的問題，有些日常的人物走出來反而被語詞堆砌，不同的人物要有不同的說話腔調，不同的時空有不同的語境，這些是小說家一定要注意的，這次有幾篇作品文字很好，但是人物的設定、敘事的觀點與時空的關聯卻產生很大的問題，這是我在挑選時比較糾結的地方。

吳鈞堯（以下簡稱吳）：這次參賽的作品大概可分為三大主題，親情、愛情，還有成長小說，親情類型的處理多半屬娓娓道來，而愛情的，有的口味比較重，有的寫得比較陰霾、還有的寫得比較情色，有些情慾的流動比較無厘頭，好像是為了達到某種目的不惜脫衣演出。另外有些成長小說還是難免有窠臼感，刻意賣弄風情或憂愁，事實上也沒有那麼風情或憂愁，所以我會選從中選擇處理比較特別、比較自然的。當然，其中確實如文音所說，有一些流浪稿件，我很好奇這是代表作者的不離不棄或是在考驗評審，當然這也讓我想起自己還是選手的時候，是多麼希望自己的作品被評審看到，不過建議參賽者或許應該去看一下每一次的評審意見，修正後再投，可惜多數都是沒有改就直接投過來，好像在考驗評審。

陳雪（以下簡稱雪）：這次參賽的作品非常多，題材也很多元，我自己比較少參與評審，所以未發現流浪稿件，但我不那麼介意，只要是好作品都願意支持。我自己的標準是從文字、語言看是否有自己的風格、還有在同樣題材裡是否有新的觀點，或是小說的技巧是否創新等方面去選擇，比賽就是一種比較，有時也不得不從類似題材中做取捨，有

小說組 • 會議紀錄

些作品在伯仲之間,挑選的時候確實蠻掙扎的,不過有看到有一定實力的寫作者,希望能夠挑出讀起來會有收穫的作品。

陳:看了這些參賽作品,我也發現有些參賽者有寫作經驗,也很用力,知道如何受到青睞,不過我自己沒有很喜歡這類作品,好像是為了參加文學獎而寫。另外這次的作品也反映了幾個面向,例如老人的問題一再在作品中呈現,我會在同類型中做比較,還有的是厭世的書寫、情慾的書寫,雖說是從中挑選缺點比較少的,但每一次看,還是會再看到一些缺點。

複審結果

本屆文學獎小說組總收件數一百九十七件,經扣除重複投稿等不符合資格者,總計一百八十九件進入複審,經評審小組複審後,最後有二十件作品進入決選。

作品	巴代	鍾文音	陳素芳	吳鈞堯	陳雪	合計
鬥雞走狗	○	○	○			3
覕相揣(bih-sio-tshuē)			○		○	2
曲球	○			○		2
灰物			○		○	2
人口密度		○				1
紅鱒					○	1
試愛間	○					1
甜蜜蜜				○		1
追趕一只悲傷的企鵝	○					1
選擇困難			○			1
下午島		○				1
蟲		○				1
到廢園去		○				1

				○		1
口口				○		1
殘暑見舞					○	1
愛爾蘭咖啡	○					1
父語術					○	1
爸爸的女兒 媽媽的女兒				○		1
潮間帶				○		1
鴿痘			○			1

陳：所有委員總體講評後，獲現場評審一致同意，從複審得票的二十件作品中，作第一次投票，選出自己心目中的前三名。

第一次投票結果：

作品	巴代	鍾文音	陳素芳	吳鈞堯	陳雪	合計
鬥雞走狗	○		○			2
曲球	○			○		2
灰物					○	1
選擇困難			○			1
蟲		○				1
口口		○				1
殘暑見舞		○		○	○	3
愛爾蘭咖啡	○					1
父語術					○	1
鴿痘			○	○		2

陳：投票結果有十件作品進入決審，陸續對入選作品逐一討論。

小說組 • 會議紀錄

〈灰物〉

雪：〈灰物〉這篇的題材很特別，講丈夫在太太死後，慢慢地穿上太太的衣服，比較大的問題是，這個角色應該在種淡菜，但文字與觀點、與背景似乎並不相符，作者也沒有交代主角在種淡菜之前是做什麼的，雖然題材和寫作功力很好，但不太確定這樣的文藝氣息是否貼切主角的設定。

陳：我本來一直猶豫在〈鬥雞走狗〉與〈灰物〉之間，因為我覺得這兩篇寫的是一種生死疲勞，很厭世，但〈鬥雞走狗〉的層次與結構比較豐富，甚至是一種暴力、血腥的書寫，寫得蠻好看的、也蠻有畫面的。〈灰物〉這篇有些地方也讓我動容，它其實是一個醜陋的書寫，例如穿太太的衣服好醜好醜，但只有透過穿太太的衣服才可以得到解放，一再形容醜陋的東西來表達生存的困境；這兩篇我在抉擇之後，決定選〈鬥雞走狗〉，只是我不懂這篇前面為什麼要引吳新榮的日記，反而有點做作了。

吳：我是找不出〈灰物〉這篇小說裡的人物為什麼要自殺的理由，而且不太喜歡小說人物動不動就自殺，好像掉入了寫作上的窠臼，另外主角透過不斷地洗淡菜來獲得救贖，但看不出小說緊密的連接感。

鍾：我覺得這篇的問題還是出在主角身分的設定與敘事者的位置，主角做為一個「我」的思考者，卻一直以文青的口吻，在角色的說服力上並不夠，還有透過穿太太的衣服，達到兩人合一，乍看好像找到不錯的題材，但也沒有。名詩人安薩克斯頓就是穿著母親的衣服自殺，藉此與母親合體，然而作者把妻子的死寫得太抽離，一直在衣服上打轉，應該可以拉得更開，還有女兒的設定也很奇特，少了很多關係的描述，我對它的意見最主要還是在「我」這個角色的設定，還有一直以

洗淡菜做為象徵，象徵多到太明顯。

〈選擇困難〉

陳：〈選擇困難〉這篇我自己蠻喜歡的，層次很豐富，這是一個女孩子療傷的過程，作者以選擇困難的事來療傷，而且結合了現代年輕人流行的東西，在療傷的過程中還出現了幾個角色，雖然短篇小說不適合出現太多角色，但作者的安排，這些角色並沒有浪費，有些地方還寫得很有趣，也有時代的氛圍，結尾還有神來之筆，但「……影片粗粗沙沙的質感，忍不住回想休學這一年……」這一段似乎沒有必要，還有個缺點是有些地方不斷說教，不過從一個大學生療傷的過程中去解釋，倒也可以接受，這是我選這篇的原因。

巴：這篇吸引我的是這個題目，有兩層意義，一個是有選擇的困難，另一是選擇「困難」這件事，題目有註解、點睛的味道，比起很多小說題目不像題目，我覺得這點是高明的。

吳：我剛好不喜歡這個題目，顯得過度刻意，題目如果不要用「選擇困難」昇華轉換到另一種，會不會好一點？

鍾：這篇在內容上不像小說，倒有點像心靈勵志類。

雪：一開始就破了題，但結構還是顯得太瑣碎，結構上也蠻鬆散。

〈蟲〉

鍾：〈蟲〉這篇是我選的，這次有些作品是家庭劇場，我自己是在〈蟲〉和〈鴿痘〉之間在做抉擇，〈鴿痘〉比較像孩童記事，〈蟲〉這篇呈現比較複雜的結構，從父母、丈夫、妹妹等各面向呈現長照，探討已婚婦女要不要接回原生父母，不接回來又常常要急救，要接回來也有

129

接回來的難題，還有丈夫對她沒感覺，反而常去找哥們，其實是想暫時逃離，這些都寫得比較細緻，就一篇小說而言，我覺得〈鴿痘〉比較淺，〈蟲〉這篇則是緊扣已婚婦女要不要接回原生父母的困局。

吳：這篇把照顧父母的細節展演得很成功，讀起來也很辛酸，但很破碎，好像在日常之中過度地著墨，好多小事都在發生，而這些小事又無法變成繩索，相較〈鴿痘〉，我認為〈鴿痘〉當中就有些氛圍感，像牆上的畫等象徵，相對提升了作品的深度，而〈蟲〉的題目是不是太過具體？這篇對我來說，相對比較瑣碎一點。

陳：這篇我是有點心動，他把照顧老人寫得很貼切，照顧的過程有時候很生氣，但緊急時又要救回來，被照顧者生氣時又要討好，寫得非常真實，相較之下〈鴿痘〉就顯得比較簡單，但〈蟲〉這篇的後面結尾也顯得太簡單，老人的問題是無法立刻解決的，但結尾似乎太美化了一點，不過整體而言，我覺得〈蟲〉是比較有現場感，而〈鴿痘〉這篇有點出姑姑與家庭的違和感，就是簡單了一點。

鍾：〈鴿痘〉裡姑姑的角色設定是一個女主角，但作者並沒有深入角色，有些部分似乎又太草草帶過。

陳：〈鴿痘〉這篇是把一般中小家庭對照顧者的一些現象，藉由小女孩的視角寫出來，有些情節寫得很貼切很日常。〈蟲〉這篇則是把照顧老人寫得比較有臨場感。所以〈蟲〉這篇我可以支持。

雪：這篇是蠻難寫的，我也支持這篇。寫出了照顧老人日常的艱辛，寫出很多細節，而且作者常常用一兩句話點出角色的心情，可見的作者寫作能力是好的，很多情節都蠻能讓讀者感同身受的。

〈口口〉

鍾：〈口口〉在我第一輪投票的時候就有考慮，這題目其實是雙關語，口中有口，作者寫得很清淡，很親民地敘述當代的、生活的，白猴也很具象，我很喜歡最後主角的痣沒有被點掉，白猴因此認出他，似乎已然理解別人認為不好的，其實是自己獨有的象徵，它不會像其他很多篇的時代都拉好遠、很複雜，這篇讀起來很親民，而且那個「口」字有大小之分，還可以移到裡面，就變成「回」，它看起來很簡單，但作者其實想得很多。

吳：這篇一開始是我挑的，故事確實寫得很精彩，主角和同學去追蹤爸爸是否有外遇，在過程之中出入捷運站，展演高雄生活的現場，最後還和爸爸對上眼了，爸爸到底如何脫身？還有到底是和哪個阿姨在一起，還有臉上的痣被稱為「媒婆」等等，都寫得非常精彩，但後來我沒有投它票，如果有進入最後決審，我可以投它票，倒是倒數第二頁，白猴死掉了，這個安排太戲劇化了。如果是為了要上報的情節，可以有很多種安排，不一定要讓白猴死掉。

陳：我也覺得這篇很可愛，有意思，但最後安排白猴死掉太奇怪。故事中的父母離婚在情理之中，很正常，但為什麼要安排白猴死掉，這個比較不能接受，不知道為什麼現在的作者都喜歡把人「賜死」？

雪：這篇讀來有感，因為以前我臉上也有一顆痣，被叫「媒婆」的心情，我很能理解，能夠把這件事寫得如此幽默，我覺得蠻好的，但後面似乎太戲劇化了，有些地方作者似乎太用力了。

〈愛爾蘭咖啡〉

巴：〈愛爾蘭咖啡〉這篇非常突出，剛開始我並沒有意識到這是一篇偵探

推理小說，我一直沉浸在情節之中，到最後我也猜不出是誰殺了誰？我認為這篇最好的部份是除了情感之外，作者並沒有很刻意去營造推理小說的懸疑，讀者很舒服地看到最後才發現步步都有推理，它不像一般推理小說製造許多懸疑，還有小說中的咖啡店老闆、警察等角色都很吸引我。

吳：我覺得這類小說會有一種狀況，有時候作者會太著迷情節的流動，忘記了小說的氛圍也很重要。

〈父語術〉

雪：〈父語術〉我放棄，改投其他篇。

〈鬥雞走狗〉

巴：〈鬥雞走狗〉前半段很吸引我，這篇前面引了《吳新榮日記》，像寫論文一樣，引一段句子其實是為了美化，而後面的文章也以古物舖陳，因此有了「雞」、「走狗」，我比較喜歡的是前面描寫不確定那些文書遺物是否有價值，丟與不丟，我特別感同身受，我以前住的眷村有些老人過世或遷居離去，常常會留下很多書刊文物給子女，我也有輾轉獲贈的幾次經驗，對這些文書遺物的處理。在不確定其價值、價格的情況下，捨去或留下都成了一種情懷，這是這篇文章前半段所給我的共鳴，寫得非常吸引我，這是我選它的原因。

陳：選這篇我其實有掙扎，前面引吳新榮的日記做為開頭，也許有些有些寫作目的，但是要引哪些句子，應該要緊扣後面的創作，兩者應有所牽引，但這裡的呈現似乎沒有關聯，我沒有那麼喜歡。不過這篇一開始鋪展情節舒緩有致，顏色也豐富、是很有古典氛圍的作品，也有神

祕的色彩，是吸引我的，我相信作者一定也覺得自己寫得很好，鋪陳、顏色都寫得很不錯，就是後面有點亂、有點刻意，狗和雞的象徵都很刻意，作者雖然知道要鋪排氛圍，從春字開始像開展一個畫軸，但全篇的優缺點都很明顯。

雪：這篇很刻意。每一個象徵都很刻意，剛開始寫得蠻好的，但後面很刻意雕琢，包括妻子做的夢，還有引用《吳新榮日記》等，都太刻意。

鍾：這篇的問題應該在時代的設定，那個時代的國語應該是日語，但通篇的語境設定是漢語，還有一個最大問題是，他設定小說人物是被詛咒，裡面還提到一家人（洪家），但很快就不見了，似乎太簡略了，但其實那才是該梳理的角度，沒有合理性，時代也沒有合理性，作者寫得非常用力，寫得也很美，但時代非常錯亂，它的錯亂有可能是刪減下來的，作者其實企圖心非常大，有可能是中篇濃縮。

吳：〈鬥雞走狗〉這篇剛開始氣氛很好，靈異感很強，但後面突然間從靈異片走到寫實片，兩者連接的關聯性並不是很強，前面營造那種善有善報、惡有惡報的靈異氛圍，後面又突然被很暴烈的情緒佔據，前面的步調很緩慢，後面又變得很急燥，我不懂為什麼要這樣處理。

〈曲球〉

吳：有別於其他類別的小說，〈曲球〉寫的是男子漢的血淚，寫投手與打者之間的關係，初登板的投手是菜鳥，遇到即將創造紀錄的強打者，兩者之間的對峙很吸引人，而教練與強打的關係也很吸引人，當然有些太過戲劇性，但這是一個好看的、與運動相關的小說，除了情節的推展外，他也寫了很多棒球的知識，讀它我們也獲得許多棒球的知識。

小說組 • 會議紀錄

巴：這幾年寫棒球的文章不少，這篇是寫得最完整的一篇，也最有張力，首先是人物的設計就很有技巧，剛開始我以為是棒球簽賭的故事，後來發現打者和對方教練是父子關係，這種情愫時而舒緩、時而緊張，而且不只出現在球場，還延伸到後面，球場故事的張力是夠的，球場後面的故事是更精彩的。

雪：這篇用了太多的術語，閱讀起來有困難，前面寫投打之間雖然寫得不錯，但後面又太戲劇化，劇情安排的巧合過多，當然不可否認這樣的題材相對比較少。

陳：這篇寫得很像教寫短篇小說的 note，就是在一段時間內同一事件，針對各主角的心智描寫，然後再拉在一起。唯一讓我覺得不安的是，寫得像外國小說，很像在讀翻譯小說。

鍾：其實作者可以把語境放在臺灣，應該也沒有問題，棒球小說並不好寫，作者其實寫得非常細，絕對是熱愛棒球的人，但我還是覺得這篇場景設定好像太遙遠。

吳：可能是因為最偉大的打擊者遇到最菜的菜鳥投手，而臺灣找不到這樣代表性的人物。

鍾：後面太多說明性了，我覺得短篇小說不應該掛這麼多碎片在上面，應該要放在描寫在心理上、糾結上、情節上，但我認同作者是熱愛棒球的。

〈鴿痘〉

陳：〈鴿痘〉這篇小說有點單薄，從一個小女生看這個家庭，三代同堂的家庭遇到照顧問題，有一種家常式的相互推拖、又要維持表面和諧的

矛盾，還有姑姑因為是親情必須收容，但卻又是包袱的情況，不知如何是不好卻又有愧疚，從一個小女孩的眼光出發看一個必須被家庭照顧但又被排斥的角色，寫得很家常、很寫實，但我就是覺得有點薄。

吳：我覺得並沒有單薄的問題，仔細想想還是蠻豐富的，而且以一個小女生的觀點敘述，有童真之心，還有一種慈悲的力量，從小女生不解人間是非的角度來看，視角選得很好，另外從一個離婚婦女，也就是姑姑的角色來看，死後她的房間才真相大白，一些安排都令人很動容，在以前傳統社會的觀念裡，離婚婦女回到家是會被藏起來的，不想被知道，這是多麼委屈，要死了才可以真相大白，我覺得這是很耐人尋味的小說。

陳：我當初最感動的地方是他們要回來收拾遺物那一段，這個切入點很好，還有阿嬤說怎麼樣也要來看，這兩個點都讓我很感動。

雪：這篇的文字雖然很簡單，但感情很真，相較一些刻意去操作技巧、隱喻的那些作品，這篇反而有寫出樸素的感情。

鍾：我覺得這篇有些地方編排錯亂，沒有經過縝密的安排，而且台語的註解沒有必要，應該是年輕的作者，有些我認為可以更多的部份，他都沒有繼續寫，有些雖然很動人，但只是點到為止，並沒有進入角色。

陳：有些點到為止，但有些也有抓到重點，家庭群組的關係還是寫得不錯。

鍾：的確有些段落很不錯，但是串連起來，技巧就沒有那麼深入。

巴：顯然是很年輕的作家，但看得出來寫得很努力，值得鼓勵。

〈殘暑見舞〉

雪：〈殘暑見舞〉是所有作品中我最喜歡的作品，它乍看之下好像是在講情慾，文字非常好，不刻意雕琢，很有自己個人的風格。小說裡讀到一個窘迫的家，還有和堂哥一起去日本，那是她第一次去日本，對她來說一切都不可思議，尤其那是一次免費的旅行，我覺得小說裡不斷地講代價、罪惡感、貧窮、被照顧，甚至被欺負，不管得到任何東西都要付出代價，不是喜歡或不喜歡，使得她對自己的存在是猶豫的，包括她第一次的性經驗也不是所謂浪漫的愛，還有她和堂哥的關係，一直有一種惶惶的感覺，是一種非常怪的處境，這個女孩就一直處在各種很怪的處境，像是一種成長的巨痛，就像堂哥最後說「我愛你」也像刀子一般，好像她已經沒有辦法去理解，真愛或真正的疼惜對她來說都非常的奢侈，她把這些瑣碎以一段去日本的遊歷寫得讓我看得蠻疼痛的，但又沒有很誇張，小說中還講一種可怕的愛的權力，作者把幽微的情感表現得很好。

鍾：這篇是很耐讀的作品，乍看很瑣碎，但小說中的這個女生其實心緒非常複雜，尤其在面對愛的權力，作者把很多細節都寫得非常細，就是段落，不知道為什麼會「段」成這樣，我是不太理解，除了這小缺點外，主角藉旅程發現自己可以用力地轉身，這點設計得非常好，因為如果不是透過這個旅程，她可能沒辦法轉身，還有和阿浚哥的關係，最親近的人是身體的啟蒙者，卻也是暴力的，這點抓住了，使得後來去日本看脫衣舞秀，整個串連成一個有機體。

吳：這篇是一篇不斷靠近存在自己的作品，從她家裡的狀況、不斷地依賴對方救濟、被堂哥邀請去日本，又發生性關係，是一連串難堪的存在，存在著這麼多不堪的角度圍攻這個女生，有些地方很令人動容，

但我覺得有些地方寫得太重了、太沉重了，有些用語無法找到合理的支撐，但我很喜歡這篇文章不斷靠近存在，不斷靠近思考，帶有一種黑暗的氣氛，這是我喜歡它的原因。

鍾：這篇有一點莒哈絲《情人》的風格，包括情慾、宰制的空間裡，只是把越南換成了日本。

巴：情欲描寫得很細，是要稱讚。

陳：這篇乍看用字很重，有點破碎，有點無法連貫，但我很喜歡最後寫遊保津川那段，寫得很好，好像洗滌了先前的人生種種，把前面的凝重都稀釋掉了，但沒想到最後竟冒出了「我愛你」，突然變成了偶像劇。

雪：小說中的阿浚哥講話可能就是很粗暴，應該是個直男，有時候會喜歡有時候不喜歡，所以最後說出「我愛你」，我沒有覺得突兀。

陳：小說最後或許可以有其他的表達方式，還是看得出作者的青澀。

決審投票

陳：經過充分討論後，接下來進行第二輪投票，各評審針對獲得兩票以上的作品做最後評選，予以第一名四分、第二名三分、第三名二分、第四名一分依序給分，最後依總積分高低決定名次。

吳：在最後評分之前，謹提出建議，「評選標準」中有提到參賽作品若未達水準，得由評審小組議決獎項從缺，在投票前我們可以先討論本屆是否要給出高雄獎？因為小說組高雄獎的獎金很高，這些作品是否真的達到高雄獎的水準？

小說組 ● 會議紀錄

經在場評審表決全數同意,高雄獎從缺,改選兩名優選獎、兩名佳作。接著開始最後的投票評選。

評選結果:

作品	巴代	鍾文音	陳素芳	吳鈞堯	陳雪	總得分	序位	獎項
鬥雞走狗	2					2	6	
曲球	4			3		7	4	佳作
蟲		4	4	1	3	12	2	優選獎
口口	1	1	1		1	4	5	
殘暑見舞	3	3	2	2	4	14	1	優選獎
鴿痘		2	3	4	2	11	3	佳作

2024打狗鳳邑文學獎小說組獲獎名次:

優選獎:〈殘暑見舞〉

優選獎:〈蟲〉

佳　作:〈鴿痘〉

佳　作:〈曲球〉

高雄市政府文化局
Bureau of Cultural Affairs Kaohsiung City Government
打狗鳳邑
文學獎

散文組

高雄獎

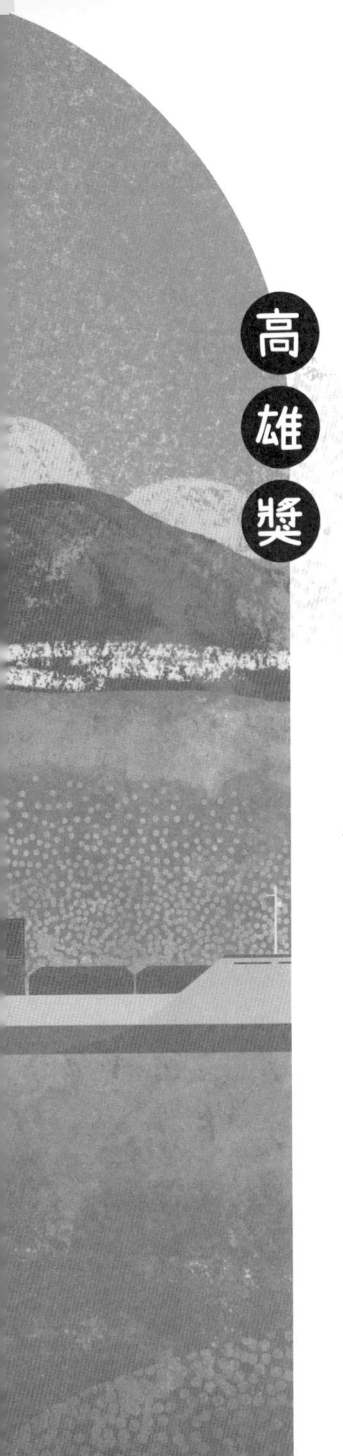

得獎人／**賴俊儒**

簡　　歷／嘉義人，現居新北。
　　　　　養貓，寫字，曾獲若干文學獎。

得獎感言／我喜歡蠟燭被吹熄之後，空氣中薄紗般淡淡的煙火氣味。
　　　　　好奇怪，要等年紀夠大以後，才真正開始感受到生日的況味。
　　　　　感謝主辦單位在生日前夕通知得獎的電話，感謝評審，也感謝在焦頭爛額的日子裡仍不放棄的自己。

散文組 • 高雄獎／環山道路

環山道路
散文組・高雄獎／賴俊儒

那條路的右側,是連綿數百公尺的帶刺鐵絲網,用以隔開那座對孩童來說,巨大到無法形容的工廠。鐵絲網上每隔一段距離懸掛圓形鐵牌,上面寫著:嚴禁煙火。紅色粗體是明明白白的恐嚇,對充滿化學藥劑的工廠來說,星星之火可以燎原。從鐵絲網的空隙看下去,藍色制服的人群渺小如走蟻,廠區裡遍布藍橘兩色的粗大管路,連接四散的金屬化學槽。幾支水泥煙囪拔地而起,像眼裡別生的刺。

　　路的左側栽有一整排杜鵑,被規規矩矩地安放在鐵欄杆裡,對比工廠的龐然,花叢規模看似有些螳臂當車。春日欄杆裡開出紅白兩色的花,也是乖的,偶有幾枝突破封鎖,不多時就面臨修剪的命運。

　　然而前幾年用 google 街景歷史照按圖索驥,發現杜鵑花叢還在原處,但工廠和煙囪俱不存,滄海桑田,不過十幾年的時間。

　　工廠拆遷了,那條路仍不時在我夢裡走過。

§

　　那是一條私有的產業道路,路幅比尋常的單線雙向再寬一些。道路的起點和終點,分別是平地和山上的工廠。整座小山如同一座工業園區,全屬同一企業所有,廠房之間以一條環山道路頭尾相連,輸送人力與物料,那條路像臍帶,又像粗大的血管,盤踞纏繞整座小山。蜿蜒道路間錯落有幾棟工廠以外的小型建物,有些是餐廳,其它都是員工眷屬宿舍。

　　離山下最近的眷舍是一期,隔著馬路便是日夜作響的工廠。一期眷舍不過六十戶,三層樓兩排公寓,靠山連成ㄇ字型,入口在馬路旁一條不起眼的岔道,路口淺淺的,像憑空多出來的一截闌尾。

　　就像鼻腔習慣了便不覺空氣有異,聲音也是,自小生在這樣的環境就不覺得吵。採輪班制的工廠日夜不休,隔著馬路傳來各種異響,沉悶的碰

撞，金屬鈍物規律敲打，或長或短的蒸氣從管線裡釋放，如巨人睡夢中的長吁短嘆，這些都跟定時轟隆經過的大車一樣，是日常背景裡的固定音效。

或許是企業私有道路的關係吧，那條山路不像時時修補卻依舊坑坑疤疤的市區道路，每日數以百計的貨車經過，路面總整齊平滑地，如同皮帶在肉上留下的清晰印痕。大卡車、油罐車、連結車，馬路如虎口，大車頻繁來往的道路自然加倍兇險。眷舍的家長總叮囑孩子千萬不要在馬路邊上玩，但一期樓下的空地狹小，自然關不住孩子一顆好動的心。

父母在或不在的時候，我都試著偷偷往外跑。有時獨自抱著一顆深綠色籃球，走很長很長的距離，到山下高中的籃球場投籃。有時則往反方向走，後面幾期的員工眷舍都往高處蓋，離家最近那棟眷舍建在彎道前的邊坡，樓梯扶手漆成俗豔的紅色，牆頭插有防盜的碎玻璃。再往上的眷舍圍著鐵灰色的磚牆，外頭花圃栽種鵝掌藤和鳳仙花，我會逐一找出鳳仙花的果莢，指尖捏著，將種子如子彈般彈射出去。偶爾也會牽著自行車上山，趁沒車也沒人的時候，從禁止自行車的馬路筆直滑下去，任由重力幫我加速，起飛，彷彿在機場跑道滑翔。

人行道的鋪設只到最後五期眷舍門口，再往上的路段行人止步。商圈和學校都在山下，終點的山頂只有大型廠房，起大霧時周邊荒涼如異世界。據說穿過山上廠區沒多遠就是海，但我從沒能夠走到那裡。

那條路在夜裡走起來像鋼索。

沒有人行道的路段，連燈光也疏疏落落，一個人摸黑往上，樹蔭濃密的轉角不見天日，畢竟還是山，黑暗中隨時有細微動靜，也許是昆蟲振翅，也許是一隻鴟鴞在待等松鼠。遠方有引擎聲遙遙傳來，就貼在水泥護欄的邊緣，把身體縮成小小一團，等車輛高速掠過地上的影子。

那些錯身而過的車子裡面，或許就有父親。

§

　　父親每日開車往返這條山路，數十年如一日。他在山上的工廠值班，固定五點半起床，早出晚歸，有時直至凌晨才帶著酒意返家。私人道路警方不設臨檢，即使晚年因酒駕而被吊扣駕照，父親依然每日故我，彷彿對他而言，這條路是他人生裡不可變更的循環程式。

　　母親總說，二樓值夜班的王先生白天補眠，叫我在家時別發出太大聲響，怕吵到鄰居。眷舍小，牆板也薄，父親是什麼樣的人，家裡半夜發生什麼，鄰居們都心知肚明，然而到了早上，每個人卻都假裝沒看見母親身上的瘀傷。我也依然和其它上小學的孩子一樣，若無其事地下樓排路隊，沿著有杜鵑的那條人行道，蹦蹦跳跳地走到工廠門口搭校車。

　　父親不在家的夜晚，偶爾會有陌生女子打電話過來。

　　我說父親不在，對方不信。

　　你不要騙我。

　　我沒有。真的沒有。

　　打來再掛掉，掛掉了，又再打來。對面的女子軟語相求，怎麼說都不肯放棄。

　　我嘆氣，放空，手指無奈地和電話線捲在一起，線路另一端的人也把自己等成一團糾纏不清的亂麻，沒人說話，咽喉都像卡了一把玻璃彈珠。我想像父親正在回來的路上，車燈打亮黑夜，可山路曲折糾結如腸，怎樣都開不到終點。

　　因為一些已知的理由，其它家的孩子和我有些疏遠，我的玩伴只有隔壁鄰居大一歲的男孩。他患有多指症，那陣子林青霞主演的六指琴魔上

映，男孩左手多出來的一截小指，反而讓他整個人顯得極不平凡。

母親和隔壁的太太頗為交好，平日彼此照應，或許也因為兩家就住在旁邊，他們無路可逃。

母親不在的時候，我在隔壁家和他們的孩子下棋，看書，也看卡通。家裡不過生日，我倒在隔壁吃了生日蛋糕，和蛋糕上的罐頭櫻桃。也看六指男孩吹蠟燭許願，我知道過一次生日就大一歲，多吹幾次蠟燭，就能遠走高飛。男孩家裡有一套人體小百科，上面說，人的小腸有七公尺。七公尺有多長呢？我用腳步丈量，一步五十公分，七公尺腸子足夠從他家拉到我家還有多餘。我把這件事告訴六指男孩，但他的表情看起來似乎並不喜歡這個話題。

§

小時候最喜歡的一卷錄影帶，是卡通《吹夢巨人》，那也是在隔壁家看的。一名睡不著的孩子，意外目睹巨人在建築間穿梭，他躲在床單裡面，卻仍然被巨人一把擄走。

可是睡不著的時候，沒人來帶走我。

偶爾我會爬到頂樓，工廠也醒著，黃色的燈光在夜裡更接近暗橘。從頂樓看下去，工廠像巨人躺著被開膛破肚，機械與血肉混合，鋼架是骨骼，桶狀的化學槽是裸露臟器，轟隆隆的聲音，像風之谷的巨神兵在山谷間緩緩爬行。

我拿出從父親房裡偷走打火機，在頂樓點燃一張又一張的衛生紙。隔著馬路便是鐵絲網，看著鐵牌醒目的紅色大字，嚴禁煙火。衛生紙紙燒完了，就把自己晾在屋頂邊緣，頭往下垂，試著讓天地倒轉。

企業每年會舉辦一次環山慢跑，當天禁止車輛通行。說是慢跑，本質

上更接近登山健行,八點在工廠門口集合,動物集體遷徙那樣移動到山上。

母親從不缺席每年的環山慢跑,她會和隔壁太太邊走邊聊,白日敞亮的山路帶著歡快的氣氛。在終點領完餐盒後,通常她會帶著我和六指男孩到企業附設的迷你鳥園逛一圈。裡面有些什麼鳥,我已記不清楚,只記得人們總忙著圍觀幾隻開屏的孔雀。而我在乎的是園區裡的大水池,裡面滿是烏龜。多年前,母親把家裡的烏龜帶到池裡放生。那年代流行從文具店買各種小動物來飼養。蠶寶寶、鬥魚、寄居蟹,最終都在這個家裡無聲死去,只有那隻手掌大的巴西龜得以倖免。我曾經一個人上山,試圖在一池烏龜裡辨識出牠,即使早已不記得任何紋路特徵,但我始終相信那隻從狹窄魚缸裡逃走的烏龜,會活得比從前更好。

§

後來,聽我談論牽腸掛肚的六指男孩搬家了,我又回到一個人玩耍的狀態。

一次在網咖連上匿名聊天室,遇到一個讀大學的姊姊,和她簡單聊了家裡的事,她只說:「矮額,那你以後也會家暴別人喔。」

她說書上看到的資料是這麼寫的,你會成為你的父親。

書上是這麼寫的。一則先知的預言,或巫婆的詛咒,鎖鍊一樣在往後的日子緊緊糾纏。每日父親從那條山路離開又歸返,像血液循環周始,又像細胞裡的雙股螺旋,在身體裡大量複製貼上。

於是放學後我不直接回家,而是試著走進不同的岔路裡,潛入陌生人的頂樓,就這麼躺著,胸口像有一團火,隨時要焚毀整個軀殼。我就這麼學會了山上的星光和夜景同樣璀璨,也知道塑膠被燃燒的時候,會像蠟燭一樣流淚。

散文組 ● 高雄獎／環山道路

直到有天帶著綠色的籃球出門，在人行道上隨手運球，沒想到失手把球彈了出去，球沿著山路往下滾，恰好滾入一台下山的油罐車輪下，正在過彎的油罐車前輪壓到籃球，車身大幅傾斜，那瞬間以為車就要翻覆，絕命終結站那樣從山坡直接撞進煉油槽裡，像宮崎駿的《風之谷》，世界陷入一片火海的畫面，爆炸，巨神兵開啟了火之七日。

多年後我還是時常想起那一刻，世界曾在毀滅的邊緣，只是未遂。油罐車在駕駛的咒罵聲中平安落地，我到山下將籃球撿回來時，發現它並未破損，只是在輾壓之後變形如橄欖。

§

預言沒有實現。或者只是未遂。

即使道阻且長，我終究把那條山路走完了。我沒有變成父親，也無能變成自己想像的樣子，沒能飛過大海，卻也在更大的池子裡，生出粗厚的背甲，和他人相似的花紋。聽母親說，六指男孩後來還是動了手術，切掉了多出來的那根手指，那我就失去辨識他的能力了，我暗自想著。

離家後偶爾還是會遇見那座工廠，夜裡橘紅色的光，巨大鋼架裡高速移動的電梯，和那條山路一樣，都成為夢裡的末日場景，太過誇張反而不覺恐懼。而父親始終在那條路上來回，直到頭髮開始夾著白花，膝蓋疼痛老化，穿著藍色制服的員工逐漸替換成各種語言和膚色，他才不得不退休離開。

最後一次看見那條山路是在電視轉播裡，工廠發生一起大型工安意外，有毒的濃煙和烈焰沖天，十數里外都能看見。

幾支高聳的煙囪像蠟燭在熱烈的等待，只要吹熄，就能遠遠離開。

評審評語／楊索

常見文章有佳句無佳篇,這篇不見刻意營構文筆,卻是渾然質樸的好文,結構尤其勝出。

王文興老師早已點出:「散文就是音樂。」他曾指,華人為文經常「字連句不連」,意思是句與句毫不相干,如此忽視修辭基礎,在本屆作品中屢屢出現。

讀〈環山道路〉的喜悅在於見到作者運筆的節制,文字、情感皆然,娓娓道來的語氣如平穩的駕駛領你重回童年舊夢,一行行、一段段相連相生,行氣不斷,讀者感受如歌慢板的節奏,所謂氣韻生動,又形成了結構的平衡與整體感。

寫成長的傷,很容易下筆血肉模糊,傷痛外溢,此篇字裡行間不見血,但僅一二句如:「路面總整齊平滑地,如同皮帶在肉上留下的清晰印痕。」點出暴力已經發生。

作者善於意象,關於火、倒掛的身體、多一節指頭、七公尺的腸子等等,為此文添了張力聲色。 神來之筆在那顆籃球幾近引來油罐車的焚燬,儼然世界就要崩毀於剎那,卻什麼都沒發生。漩渦中的童年暗藏噩兆,我們卻也就走過來了。

散文勝在餘味,這是篇耐讀的文章。

散文組

優選獎

得獎人／**戴宇恆**

簡　　歷／高雄內門人，國立臺南大學戲劇創作與應用學系畢業。
　　　　　斜槓青年（邁入中年？），願八風不動心，無憂無污染，寧靜無煩惱，一切處吉祥。

得獎感言／曾經千千成結的傷口纏縛作繭，使自己不得解脫，不得見光。
　　　　　如今一路蒙受長輩慈愛、教護，習得慈悲喜捨為心，般若智慧為用，重現自在光明。
　　　　　一切榮光，歸於佛菩薩！

在沒有星星的夜晚，站著

散文組・優選獎／戴宇恆

我總感覺到眼前煙霧瀰漫，無名的火苗乘著血液竄流的速度在肉身迴路裡，扭擰，燃燒。我清算著這些感受，如同清算我所有的財產，斤斤計較地連那掉在床底深處、臉色鐵青的壹圓硬幣，連那沒有星星的夜晚，一樣我都不肯放手，都是我的，全部都是。

有些事情，我卻終究抓不住。

那是個平凡的晚上，可能是七點多，在高雄某條路的招牌上有四個字不斷地重複，我站在門口，一時卻不知道自己為何在這？「搶救」、「復原」卻直接地，又或彎繞迂迴地提醒著我，我必須走進去，走進其中一間店，試著做點什麼，好滿足我們的窺探欲。此時此刻，我卻更不明白了，我們要的究竟是一段癱軟在螢幕內的訊息？一個合理的解答？還是那愚蠢的勝負欲？或者，也可以是自我得以召喚的擾人幽靈。實際上，我不被允許在這樣的題目上多做延伸，儘管腦中貪婪得提問，腳步卻由不得朝著其中一間「搶救」資料、硬碟「復原」的店面走去，所有和資訊處理有關的門市幾乎都充斥著慘白的燈光，這間也不例外，畢竟暖色調的黃光看起來富含太多人性。我看著那位店員，提出了我的問題。

「請問，這隻手機有辦法解鎖嗎？我和我的家人們想查看裡面的內容。」

「這隻手機是你本人的嗎？是什麼樣的鎖？如果不是本人的話沒有辦法解鎖喔！」也許是這些話每天都要從他的嘴裡重複幾十次，聽起來相當熟練。

這並不是我第一次面對死亡，卻是第一次在人死後拿著他的手機尋找專家協助解鎖，詭異的是，我竟有些難以啟齒。

「是密碼鎖，嗯……我哥他過世了，所以我們想知道裡面有什麼東西。」

「我試試看,但機會不大。」他接過手機。

我蹲在路邊,點了一支菸,我吸進的每一口尼古丁與時間起著拮抗作用,秒速是緊張與擔憂的激素,尼古丁卻撫慰著我每一分焦慮。我看著從我口中吐出的煙,想著二氧化碳與氧氣同在空氣中,卻透過呼吸作用決定了人類勢必得以氧氣維生,而當有一天胸口不再起伏,再多的氧氣都無法作用,人也算是徹底死透了。那時,我回頭看了一眼店內才發現,這並不是一間資料復原店,而是急診室,二哥他就在那,在手術台上。原來,我們要「復原」與「搶救」的,從來都不是那隻手機。我瞄了一眼時間,看來還得多抽幾支菸。

十幾分鐘過後,我站在那位店員的右側,等待著他的宣告。

「很抱歉,我解不開。」他傳遞著無奈的訊息。

我是個有禮貌的家屬,向那位店員說了聲謝謝後,便轉身離去,沒有眼淚流淌的特寫鏡頭,更沒有歇斯底里的抱頭痛哭。回到車上,我只是簡單得重複了店員的話。

「他說他解不開。」姊姊聽了我說的話以後,便不再多問什麼,只是問我肚子餓不餓,要不要一起吃碗麵再回臺北。

我姊也是個不願放手的人,此刻卻不得不放,那支手機,無論是她還是我都抓不住,如同那一晚,她與二哥通電話時也曾試圖要抓住什麼,卻終究只是徒勞。一碗陽春麵的時間,我想的盡是那隻手機。在那不大的螢幕裡到底藏著什麼?日常碎片?財務問題?情感糾紛?密碼鎖住了死者生前的世界,也鎖住我對此事的執著,二哥他為什麼自殺?

回到臺北後,我仍舊工作,然後活下去——只是某些時候經常在想,一個人要遭遇什麼樣的困境,才會有勢如山海的勇氣去直接地碰觸死亡?小時候每隔一兩個月,他會從市區回到鄉下的家,車子都還沒駛進門埕,

後院的來福便叫得響亮，他下車總伴著天后宮後面那攤臭豆腐的油酥味，又臭又香。還有一次，他騎著摩托車，載著我穿梭在鄉下的山路、竹林之間，那天，我在後座笑得很開心。他離開家的時間總在深夜，早早就得上床睡覺的我，一直來不及說再見。有些時候我會望著門埕，想著二哥什麼時候再回來。這些簡單零散的日子總是清晰，逼著我得仔細折疊，以便不時再拿出來晃晃。但那件事之後，想起的卻只有諸多臆測，我甚至不願意，或者說不敢去問他自殺的方式，深怕知道了以後，他便不再是原有的模樣。而那無從解鎖的自殺謎題，層層堆積不肯作罷，逐漸加壓，竟不知是我織繩綑綁不願放行，還是他也不肯走？死亡帶給我什麼？是長久深遠的幽冥擺渡，還是直指心脈的切痕？我只知道，無論那是什麼，此刻的我迫切需要一個男人的胸口，將黑暗安放於此，稍作喘息。

　　一直以來，我慣性地將不安植入在力比多的裝置裡，連同對死亡的好奇與恐懼一起，使它們在慾望的肉身裡得以發洩，與此同時，我極盡所能地尋找著成年男性的理想模型，即便稍縱即逝，我卻耽溺其中。我在每一次的性關係裡篩選著，多數時候只是性高潮所導向的多巴胺體驗，極少機會能遇到一位眼神中滿是父性寬容的男人，這樣的人通常不太說話，但他總會將你的頭輕按在自己的胸膛上，那一刻的完整帶著些許戀父情結，意識直白地揭露了我有些病態的、對於崇高父相的喜好。儼然在那個當下，我甚至不在意他腦袋裡裝了多少知識，全然地成為宏偉胸膛的信徒。在胸口屢次的起伏之中，飢渴勾起每一處肌膚所儲藏的回憶，裡頭幾乎不存在男性角色所給予的溫柔撫觸，徒有一些雜亂嘈雜的指責與厲色，我甚至可以在其中感受到巨大的期望，要使你的肩膀寬厚到能承載世間萬物，那真是可怕，或者，權力已在剎那間將我擊倒，滿地血泊。有趣的事情是，我並沒有真的死亡，我介於死了與沒死，活著與沒活之間。我仍舊工作，早餐吃著鮭魚海帶芽飯糰加上一杯中冰美，無數個夜晚裡，我在同志夜店的廁所吐著一波接一波的百威啤酒，當然是在胃裡發酵過的，然後在死去的同時，繼續活下去。

死亡，是一種選擇，活著也是。

我試著在存在主義的虛無裡尋找解答，也試著抄寫聖經篇章以求救贖，在巴別塔的倒塌裡感受絕望。巴特勒解構著性別，卻無從解析我的存在，巴代伊的殘酷色情亦無法使我重生。或許《荒人手記》預示了我某部分的未來？理性模型的建立使自我一分為二，或者更多。《生命的意義是爵士樂團》認為生命並沒有一個共同的意義，榮格卻帶給我更多神祕的啟示，但傅柯的尖銳卻使我倍感壓力。紫微斗數將你定位在十二個宮位裡，塔羅牌解讀著你的潛在思想，卜卦則召請神祇為你指路。正當我以為這些足夠讓我繼續走下去，社群軟體卻出乎意料地給我更多活著的理由——我得從這個肌肉男身上剝下幾片胸腹肌安裝到身上，從那個有錢人所傳遞的炫富價值裡撈一些擺在冰箱，在網紅推薦的保養品裡妄想畫皮，再到每處身心靈的頁面獵捕一些正能量關在鐵籠裡豢養。好長一段時間，我必須撿拾各地的事物，黏貼出一個自我的幻象，花好多的心力去鞏固他，卻搞得自己面目全非。

二哥的死沾染著我活著的意義，正在墜落，我的視線竟離不開深淵。

「你怎麼了？」許多朋友見到我的第一句話都是如此，他也是。我變得有些絕望，瞳孔無光。甚至在某些時候，我顯得極端多變，那自我幻象並沒有使我生機盎然，唯一的功能只是提醒著我活著並不輕鬆，也只有如此，我才有依據去碰觸死亡，去接近那個原因。

看著他，我想起了一件事，那是五歲多的時候，我跟著媽媽在一處眷村裡生活，那時父母兩人早已離異。我媽身染頑固賭疾，麻將、推筒子、九仔生無一不通，多半時間我會自己騎著腳踏車在眷村裡玩樂，但有些時候我便在賭桌間穿梭，尋找她的身影。眷村裡總是會有幾處荒廢的水泥紅磚屋，可以遮風避雨，卻是無主之地，自然而然就成為了賭徒聚集的最佳場所。那日我如往常般在賭桌間尋找她的身影，門口卻傳來響亮的哨聲，

剎那間，賭徒們群起逃竄，四面八方，我還沒來得及喊出媽媽二字，便被一個中年男人一把抱起，跑到一處比人稍高的紅磚牆前，我聽著門口的哨音與那即將被破壞的鐵門聲響，夾雜著眼前這個男人用盡力氣將我推上牆緣的喘氣聲。

「對面的，幫忙接一下這小孩。」那個男人說完隨即爬上牆緣，而我在牆的另一端看見一個人停下，他叫我別怕，跳下來他會接住我。那時的我大概也不明白發生什麼事，猶豫了一秒後，卻也閉上眼睛直愣地往下跳，那個人實實在在地將我接住，穩妥得將我放下，只說了一句快點回家，便頭也不回得跑走了，我雖然不記得那人的長相，但我知道，他將我兒時的流離與肉身的分崩一併接住了，絲毫不差。

想到這裡，我沒有說話，只是抱住那位朋友，他伸出一隻手，不經意地拍打著我的背，那一刻，隨著他逐漸擴大的身軀，我竟回到了眷村的紅磚牆緣──或許，那一晚的二哥並不想抓住什麼，而我也從來都不想抓住些什麼，在他生命的最後與我相同，只是純然地感受著重力墜落的速度，風從耳際掠過的觸感，貪戀著被接住的，溫柔。我跳了下去，黏貼而成的那具幻象如同二哥的遺體，從頭到腳，一寸一寸地燃燒殆盡──原來，總是我的執念，活著也許與死亡無異，二哥與我都只是在煙霧瀰漫中前行，尋找出路，也許一通電話聯結死亡，一個擁抱承載了些許悲傷，如果，那天晚上有人能夠抱著他。也許，我也不太確定，能不能以手指輕輕劃過身上的灼傷，數著日常。這天晚上，我滑開了我的手機，在備忘錄中鍵入「我絕對不會自殺」，同時想著某一天，得把密碼留在哪裡。

二哥自殺的原因仍在那支手機裡，解不開，有些事情，我也總清算不了。有些抓不住，有些放不掉，有些搶救失敗，有些無法復原。有些生命是這樣，如二哥一般輕輕提起，重重放下；而我的生命，死亡暫且沒有一絲聲響，將來仍有數不盡的夜晚，沒有星星也好，先不計較，先這樣站著，也好。

散文組 • 優選獎／在沒有星星的夜晚，站著

評審評語／言叔夏

　　散文這個文體或許有些像家具的製程技藝。大部分的家具接合工法都需要卯眼和榫頭，圍繞核心，設計意象與組織。然而，也有某些製程匠人，依循某種獨有的風格工法，做出不費一釘一鉚的一桌一椅。對我而言，這篇作品就是那種「沒有釘子」的作品。全文叩問一個龐大的核心──那甚至是，難以具體問、出，只能暫且歸納為「活著的意義」這樣的大哉之問，作者以獨有的聲腔，觸碰生命中某些難解且如同謎語的問題：自殺的二哥、解不開的死者的手機、幽暗的童年記憶……全文的架構看似有兩條主線與支線，徘徊在二哥的死亡與作者自身的性傾向等命題。然作者自有自身行文的呼吸頻率，將兩條線幾乎沒有縫隙地交織在一起，進而探問那最終極的命題：關於愛，死亡，以及活下去，人該如何選擇？人是否有能力選擇？人的選擇，會不會最終只是「在沒有星星的夜晚，站著」？本文的形式與意義是難以切割閱讀的。在這篇文章裡，它被問得如此美麗，幾乎等同於活著本身。

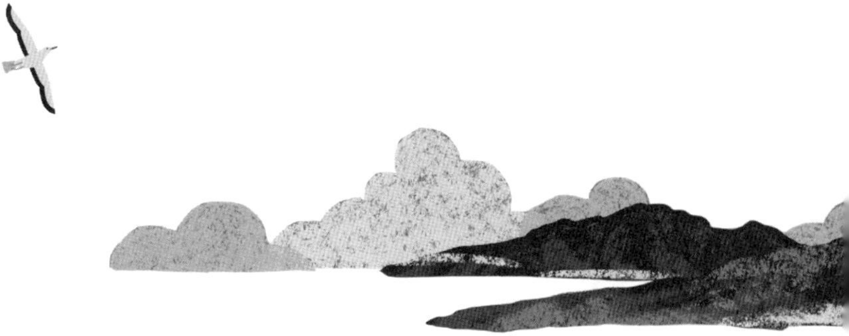

散文組

佳作

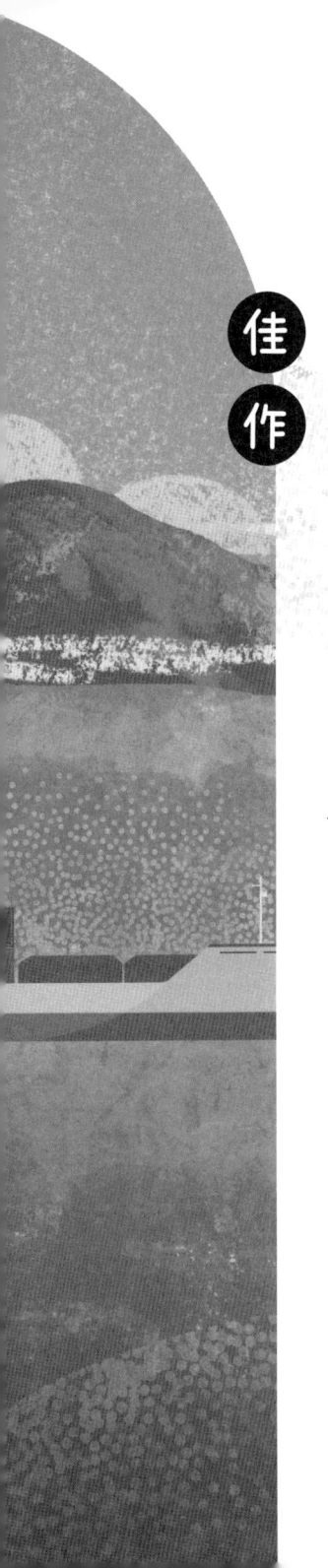

得獎人／黃　婕

簡　　歷／1996 年生，醫療業。
喜歡聊天、散步、山海、一些成癮物質、電影、書、自己去玩、和朋友去玩。

得獎感言／這個獎對我來說意義很重大，是我出社會以後第一次投稿與得獎。

國中第一次投稿時，就對於散文的虛構與非虛構有很多的困惑，同時也不喜歡太過於赤裸的自己。無論如何，當一個真誠而良善的人，再真誠而良善的寫。

那兩個夏天之間

散文組・佳作／黃　婕

那日看見N在社群媒體上一張照片,她來高雄玩,我和她說,我現在在鳳山火車站附近租房,問她要不要來找我,她來了,好久不見,我不太知道要怎麼面對她。

她重回這個燠熱的夏天,我則在這裡度過一個又一個這樣的夏天,但沒有變的好像是她。

在高雄的週末,我會在下午五點才出門,晚上十一點才到家。小時候討厭豔陽、討厭夏天、討厭流汗,長大之後才珍惜日照時間長的時節,如此一來,即便是加班的日子,走出公司發現天還亮著,好像就多偷了一點自己可以在街上漫步的能量與時間。雖然我們擁有的日子,都是一樣長的。

那年我和朋友一起選了高雄的單位實習,留下家人、交往多年的男友在中部的城市,在高鐵上我開始哭泣,眼淚一直流一直流,但我還是一直走、一直走,跟著列車一站一站的南下。

有時候很難描述想要去哪裡,但就是知道,該是離開的時候。

N和我同樣從外地來高雄實習一年,我們恰巧分到了同一個組別,有什麼問題我都會問N。

儘管我想念智慧型手機尚不普及的青少年時期,但我仍很享受通訊軟體上,不同人的文字排列、排版、表情符號所散發出來的氣息與氛圍,即便隔著通訊軟體,話題也會自然的延續或是終止,人與人之間的距離向來無所遁形。

我和N開始聊天,在通訊軟體上聊天、在宿舍外面聊天。有一日她把我約出來,問我知不知道自己在做什麼。N說她沒有意見,只要我自己

這裡可以接受就好，我點點頭說，我知道。我知道和 N 的情慾不會只是朋友，我也知道，我有一個伴侶。

我會和在中部的男友說我和 N 要去吃飯，搬家的時候會說 N 會載我，週末說 N 要和我出去玩。N 的髮型是男生頭，我很喜歡把他的頭髮撥亂，N 交過幾個女朋友，我想男友不會猜不到我和 N 之間的關係。有一次男友來高雄找我，冷氣房很涼，我們卻還是像擁有夏日的黏膩一般，維持一點距離，我和他說我有話要告訴他，他問我說是我有喜歡的人了嗎？我說對，他說沒關係，我說因為 N 是女生嗎？他說對，我問他如果是男生呢，男友和我說如果是男生就不行了，他會覺得自己輸了。我有點困惑，難道不存在覺得自己也可能輸給一個女生的念頭嗎，但我沒有問，我明白這世界有時候很奇怪，文人相輕、像雙胞胎會互相比較或被比較，像風格相近的朋友有時反而會暗暗較勁，但性別是否真的有辦法區分相近與相異？實質上或許沒人在意，社會上則是已經幫我們區別好了。

高雄的夏天常有午後雷陣雨，我開始擁有南國的彩虹，彩虹告訴我，一旦情慾來臨，男生或是女生是沒有分別的。

我在高雄的宿舍很偏僻，要到市區還要搭乘公車，N 會騎機車載我到處去玩、去吃飯，週間的日子我們會騎車去吃常發麵食的排骨麵，遠一點喜歡去賣酸菜白肉鍋的陳圓吃牛肉捲餅。有時則是帶著綠豆沙和鹹水雞回家，有時我們會一起去咖啡館看書、做報告，喜歡路人咖啡的榻榻米，或是書店喫茶的木椅子和閒書。

我以前不太會認路，男友總是一個人看導航又一個人騎車，我在後座納涼，N 也不那麼會認路，我開始學會看導航，學會要在路口前一百公尺告訴人下一步，高雄的路方方正正的，一條路可以一直筆直的騎。

我向來喜歡一個人吃飯，不論是火鍋、夜市、燒烤，我一個人都能吃

得自在又開心，唯有兩樣食物我認為一個人吃就是不太適切，便是剉冰和鹹酥雞，剉冰很適合兩個人一起吃一碗，我和Ｎ很常一起吃剉冰，在高雄實習一年吃的冰，抵得過我整個大學吃的冰。我喜歡傳統的陳Q黑砂糖剉冰，也喜歡冰塔的茶類或是水果口味的雪花冰。

剉冰適合愛情，不用特別相約，在正餐後來一碗，就像親密關係的自在與自然，卻又能為味蕾帶來一種清涼、清新的感受。一碗五樣料，你選兩樣、我選三樣，反過來也可以，我喜歡芋頭、芋圓，Ｎ喜歡仙草，而我們都喜歡紅豆、綠豆。剉冰總是好大一碗，一個人吃就太多了，會流鼻水或容易中暑，還容易發胖，都是很實際的煩惱，愛情恰巧也像為實際的生活添加了一些浪漫，用這種一人一半的方式。

鹹酥雞適合友情，鹹酥雞台味十足、種類繁多，有各式各樣的食物，肉類、蔬菜、雞蛋豆腐、米腸、花枝丸通通可以配上蒜頭、九層塔、胡椒，人多才有辦法點的多樣，有次一個人想吃鹹酥雞，我點了小份的雞肉、魷魚、米血，配上一罐啤酒，總覺得享受獨處的自己也吃出了寂寞的味道而少了一些美味。

我很喜歡和朋友一起吃鹹酥雞，大家嚷嚷著自己要點什麼，再配上聊天及啤酒。和Ｎ常常在一塊兒以後，和朋友一起吃的鹹酥雞，味道便不太一樣了，我感覺到他們不那麼喜歡我了。後來，朋友問我到底在做什麼，我沒有說話，大概是不認為有男友又同時和別人約會的我，有特別在做什麼，如果我對每個人和自己都很誠實，這是什麼見不得人的事情嗎？

我漸漸比較少回自己的家裡，常常窩在Ｎ的房間，Ｎ的房間很整齊，有一隻她前女友的大娃娃，還有一些書，我很常窩在她的床上看書，她通常在她的位子上看書，我們都還要準備考試，冷氣吹著兩個人，累了的時候她會跑到床上，然後親我，我很喜歡看Ｎ脫掉上衣裡面穿著束胸的樣

散文組 • 佳作／那兩個夏天之間

子,看著 N 的肩線、有些精實的手臂,還有被束胸變得平坦的胸部卻仍藏不住上頭一點隆起。然後我們做愛。朋友曾經問過我和女生做愛有什麼不一樣,我覺得沒有什麼不一樣,做愛他從來就不只是與性器官有關,他是一種情慾的籠罩,我們擁抱、撫摸、親吻,然後才是性器官的撫弄與高潮,N 會直勾勾盯著我高潮的樣子,他說他喜歡看,他也喜歡打我的屁股,然後聽我悶哼的聲音。人類的性愛很複雜,我們渴望的也許不只是交配與生殖,還有關係、權力、暴力、親密、叛逆、孤獨,我們也不只渴望滿足自身身體的快感,我們也渴望對方的反應,我喜歡 N 眼中對我的慾望,N 喜歡我的反應。

在那個南國的夏天,我和 N 在彼此身上產生也滿足了慾望,都是得來不易的事情,我們越來越難對這個世界感到不被逼迫的渴望,也不見得能順利得到自己所渴望的東西。

我和 N 之間從來沒有定義過關係,大概是我們都明白彼此個性的不適合,以及沒有人會願意改變,又或是純粹對彼此的喜歡都不夠多,N 有一個喜歡很多年了的女生,我有時會有些吃味,因為 N 對我永遠少了那一種溫柔與珍惜,她願意給她一切,也不介意坦誠這一切,而她對我永遠都有一種可有可無的感覺,而我或許也少了某一種欣賞與義無反顧地喜歡,我們的關係有時候有些冷淡,兩個人的明白讓這段關係永遠都有一個適切的距離。

一年,對於兩個不夠相愛、不足以成為戀人的人,所發展出的親密關係,好像也差不多了,不知道激情是從何而來,激情像是一種潤滑,掩飾了不適切的人的摩擦,後來我和 N 對彼此有一些意興闌珊,譬如我明知道他不開心,想要個人空間了,卻還是想要繼續煩她,又譬如,他開始會對我感到厭煩與不開心。

從常常黏在一塊兒，到他偶爾週間問我要不要一起吃晚餐，週末我有時找他去吃冰塔，再去高雄電影館看電影，他會再問我要不要一起睡覺，然後我們擁抱、我們做愛。我們都在打發某一種寂寞，那種沒有辦法去愛、被愛，但終究渴望有個人可以撒嬌、有一個願意了解別人也渴望被瞭解的人，可以一起坐在碼頭旁喝鮮奶茶、吃章魚燒，悠悠訴說自己的想法與感受。有時我又覺得我們不是在打發、不是某一種替代方案，我們就是關係的本身，是可貴的朋友，即便我們不會想要與對方進入常見的一對一關係，卻也不需以此貶低我們之間的交集。

　　那一年，我對關係有了許多的探究，我開始看不同的書、電影，關於同志、開放式關係，去充滿彩虹旗的餐廳、酒吧，有時自己去，有時和N一起，我和N一樣高，我們會一起對著鏡子拍照，我一歪頭便能在她的肩膀上，在她房間睡醒的時候，我會穿上她的衣服出門，於我恰巧合身，和N的關係似乎少了一點異性戀的理所當然，偶爾卻還是會看到某些框架的影子，像是睡覺的時候，還是他摟著我，我枕著他的肩頭或胸口，或是買東西時，他總是會拿起重的那一袋。

　　我們在南國的夏天相遇，再準備在南國的夏天分離，實習結束的時候，N也決定也去北部工作了。我還是留戀南部的豔陽與人情，記得有一次和N去福中居吃豆花，店家發了起司蛋糕給我們試吃，我吃了一口對N說，好好吃呀，旁邊的阿姨和我說我不愛吃蛋糕，給你吧。

　　我留在這個太陽很大顆、馬路很大條、店很大間的城市，開始工作，從繳學費的人，變成受薪階級，受薪階級販賣了青春與自由，成了一隻不斷覓食的昆蟲。我的公司是一個很傳統的環境，女生很少，我和大家一起開性別的笑話，把自己放在性別框架裡頭，同事開玩笑說主管對我比較好，因為我是女生，我和他說對呀誰叫你性別錯誤，但我心裡很生氣地想著，我總是早到，而你總是遲到，怎麼會是因為我是女生。

後來我和男友分手了，開始和不同的人約會，出社會後的男生開始開車載我、請我吃飯，我漸漸習慣了物質方便的生活，開始學投資、理財，也開始化妝、買衣服。高雄還是一座方便而美麗的城市，但我找不回當初在高雄所感受到的自由。我還是會注意那些中性的女生，卻再也沒有和誰曖昧過。身邊的朋友開始結婚，我參與他們被求婚、看鑽戒、苦哈哈的減肥、喜孜孜拍婚紗照的過程。職場認識的人會開始說要幫我找對象，問我喜歡怎樣的男生，我融入職場的男男女女，並且隱藏自己真實的想法，即便討厭體制內賦予大家的框架，卻發現要是身在體制外可能會讓自己更辛苦，就讓自己成為一個大家預期中的樣子。

　　我覺得性向是流動的。

　　彩虹漸漸褪色，工作是鈔票的顏色，對象要找穩定的咖啡色，房間的裝潢要用明亮的淺色。

　　N來高雄找我的那天，我和她說我去年交往了一個對象，兩個月前分手了。N問我是男生還是女生，我沒有告訴她。我們一起躺在床上，她抱了我一下，沒有人再繼續往下。

　　我想我並不想念她，只想念那兩個夏天之間的一切。

評審評語／林文義

自然自在的文筆，由衷自得地說往事。

愛情，青春之辨識，作者的誠摯皆如行雲如水；不閃躲，未隱匿，相遇，別離，緣起，緣滅。

南國港都，筆觸如詩似歌，認知與迷情的自我深思，男與女，無性有性印證；她勇於獨立，自主的反問：我是誰？誰是我。

彷如臨鏡，這是青春的心影錄、懺情書。

作者明白寫著：「……我開始擁有南國的彩虹，彩虹告訴我，一旦情慾來臨，男生或是女生是沒有分別的。」多麼凜然的、勇健的自信人生選擇！

新世代，難得的好筆。散文之可珍惜，正是：「我手寫我心」，作者信實雋永的自剖內在，誠然是此屆高雄打狗鳳邑文學獎，美麗的風采收穫。

散文組

佳作

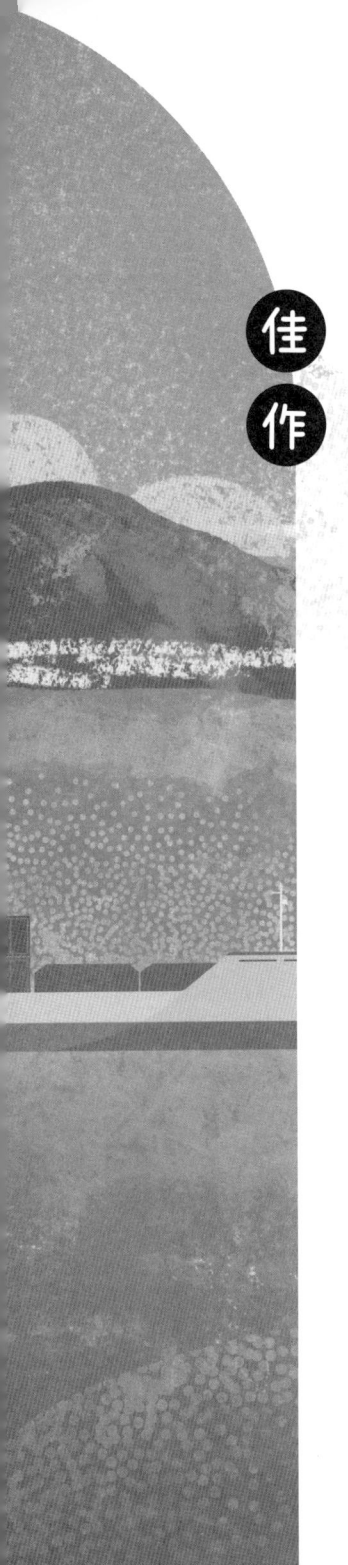

得獎人／**賴盈璋**

簡　　歷／1994 年生。臺南後壁人。東海大學社會學系、中文研究所創作組畢業。收服了一隻寶可夢與黃金獵犬。現為寶可夢頂級協調訓練家。夢想是嫁給文學。

得獎感言／這是研究所畢業後再度獲得文學獎。感謝一路以來有文學的陪伴，一起寫作和幫我閱讀的朋友，啟迪我的東海老師們。關於家人，曾經抱怨，也在過去一年裡慢慢和解。始終相信，那是文學帶給我的。最後感謝我的靈光——男友寶可夢。因為他神奇，所以寶貝著。

散文組 • 佳作／愛是恆久忍耐

愛是恆久忍耐

散文組・佳作／賴盈璋

朋友很篤定地告訴我：「29歲一定會有一個劫難發生。」

男友與我，今年逢29。五月生日剛過三個月的他，被診斷出大腸癌三期。我匆匆忙忙收拾簡單行李，從臺南抵達臺北。

整個九月，我們在醫院度過。九月，換我抵達29歲。

臺南的熱與臺北的熱是不一樣的熱。可是在醫院裡，一切都不熱了。空調恆溫28度。

想起28歲在臺北工作遇到男友。我們都是無法面對辦公室的人。臺北的公司讓我陷入深深的憂鬱，不到三個月，我遞出辭呈。男友也遞出辭呈。踏出公司的我卸除壓力，我在回租屋處的路上跳起舞來。男友不一樣，他是深思熟慮的。他快速地應徵下一份工作，然後再進入，然後再辭職。他始終無法說服自己，真的不是那一塊料。

我決定帶男友回臺南。

「你為什麼要帶一個累贅回來？」母親把我帶到她的房間裡說話。
「是爸爸說可以的。」
「你爸不知道你的身份！」母親嚴厲道。

同婚公投那一年，我獨自印刷了一本散文集。母親看見那本烏漆麻黑的書，一把搶過去。我並沒有拒絕，只是心裡想著：是時候該對決了。那年，我們約定一同去投票所，母親十分焦慮。她拿著小紙條，我看見上面畫著一個圈圈兩個叉叉。她捏著紙張。「你告訴我，到底要怎麼樣投？」蹙眉，深呼吸，緊緊握著拳頭，握著紙張。

我感受到她深深地不安。

那本散文集，近乎是我的性向確認史。母親看完極度崩潰，電話四射，眼淚飛奔，語言衝向她的兄弟姐妹我的舅舅阿姨們。對我而言，自己終於是一名男同志，無需遮遮掩掩，無需改變自己。當我終於交往了一個臺北男友，母系親戚幾乎是用祝福的方式，讓我倍感安心。

「妳要投妳相信的事情。」

也許作為母親的她，人生累積起來的五十年人生價值觀早已被我的文字作品所摧毀，但我並不相信，自己的文字會摧毀她對我的愛。

母親把紙條撕成小碎片，丟進垃圾桶。「走吧！」她說。

我望著母親望著呆呆坐在客廳的男友。男友呆呆的自我介紹。母親也不自然的問候。

也許，母親口中說的累贅是我，是我再度把她推到投票所做決定的時刻。

要如何面對兒子的男朋友？

男友的母親終究在手術室前詢問我的真實身份。你和我兒子到底是什麼關係？

那時，我們坐在手術室前的等候將近十二個小時。男友尚未被推到恢復室。而距離醫生告知我們手術會結束的時間已超過兩個小時。漫長。緊繃。斷斷續續地聊天打哈哈。

這個問句是終點嗎？

「我們在交往。」如實地我答覆。

男友的母親露出我就知道的神情。但終究沈默了很久，久到足以讓我訂購回程臺南的車票，與收拾我那簡單的行李。「他，小時候總是用浴巾包著頭，長長的，學長髮公主，不斷地問我：『我漂亮嗎？』」

沈默後的打破是，幽默。以及，身為母親的理解與不理解。

　　出櫃以後，兒子不再是兒子。男友也不只是男友。

　　身為母親的觀看眼神與作為母親的姿態在所有的坦誠面前，像是被櫃子裡沒有折疊好的衣物一瞬間地壓垮在她們身上。那堆，孩子長大之後，不再幫他們買的衣服，竟然竟然存在這樣的顏色？

　　我的母親得知男友大腸癌，陸陸續續傳了許多醫療知識到 Line。

　　男友的母親得知我的身份，開始作為男友的母親。

　　何謂男友的母親？她對我說，既然你的母親管不住你，也許你需要的是易子而教。而這句話的意思是什麼呢？當她：「易子而教」，明白自己說的話語的指向嗎？

　　29 歲，突然地向下沉。

　　男友出院之後，我們搭乘捷運來到一間餐廳。餐廳的二樓據說存在著一位可以算前世今生的仙姑。男友的母親一直相信大腸癌是一種業障病。也透露我的身心疾病應當如此。否則，一個正常人的生活是要踏出社會工作的。而，我卻無法。甚至抗拒。

　　主管厲聲指責迴盪腦海：「你寫的東西沒血沒淚！你寫文學只會餓死。」

　　我並不排斥宗教與神秘學。當我坐在仙姑面前時，並無任何抗拒，感受到旁邊的男友與其母親滿心期待可以聽見自己的命運被上天如何規劃與安排。

　　兩者皆不是業障病。仙姑斷言命運，叨叨唸著所有人來到這世間是來

做功課的。像當掉的學分,必須重新補修。修不好再修。所謂輪迴是成佛前的忍耐修行。

既然不是業障病,那是怎麼回事?怎麼一個癌症三期,一個沒辦法工作?

沒有辦法進入職場長久以來是我的困擾,自從研究所畢業之後,我的正職工作始終沒有渡過試用期,而且一再是我自己提出辭呈的。「你寫的東西沒血沒淚!你寫文學只會餓死。」這句話不斷地迴盪再迴盪。

我的狀況,母親知道,男友知道,男友的母親也該是知道。

母親總是接到我要辭職的預兆。我會先打電話給她,告訴她自己並沒有獲得工作上的成就感與快樂。母親說:「要忍耐。」

為何要忍耐?

母親說:「因為你沒有錢。」

隔天,我遞出辭呈。

母親在電話裡的得知我再度辭掉工作之後的責備,實際上我的表情卻因擺脫工作壓力而微笑。

「你不應該感到開心的。」男友在我掛上電話之後說道。

為什麼不能呢?深思熟慮辭掉工作的男友已經開始面試各式各樣的工作,神情焦慮地看著手機,記下每一場工作面試時間,然後繼續投履歷。我應該要跟他一樣嗎?現實襲擊,微笑的嘴角下彎,罪惡感滋長。我突然好想回到遞出辭呈的當下。那樣的快樂,很真實。超越沒血沒淚的指責。

當男友的母親詢問我為什麼不喜歡那份工作。我依然據實回答自己並沒有不喜歡那份工作,真正的不喜歡是因為討人厭的主管。

「你們都應該要忍耐。」母親們說道。

男友的辭職是因為力不從心。嚮往著當會計師的他，一直以來是家人的期待，自己則不討厭而往這一條路前進。當我問他，你是真的喜歡這份工作嗎？他告訴我，還好，只是要忍耐四面八方的情緒。主管的。同事的。業主的。

「那你自己的呢？」我詢問。

男友沒有回答。

儘管當時才交往一個多月，男友的情緒發洩是對我抱怨每一件事情。難吃的餐點。難搞的業主。難相處的同事。主管給予的壓力。以及，很多對母親的不理解與家人之間的互相怨言。他把情緒垃圾投進我的耳朵。

後來才明白，男友一家人發洩情緒方法便是抱怨。作為全家最小的他，承擔了母親與哥哥的怨氣。累積29年。在29歲時，身體裡的秘密才被揭開。當診斷出大腸癌，醫師詢問有無疾病家族史，男友的母親才在診間裡道出一切。

男友的父親在他國小時死於大腸癌，緊接著是他祖母，然後是旁系姑姑與阿姨。細數著，包括男友在內，已經是家族裡第七位罹患大腸癌。而他的親哥哥，幾年前已切除大腸瘜肉。照理來說，男友應該被叮嚀必須好好照顧自己的身體。但是，並沒有。

男友回憶，有一次肚子疼去診所被診斷是腸胃炎，之後的肚子疼一直是這樣處理。

病識感不曾有過。

交往初期，我便發現他有拉肚子的日常。曾經詢問有無看過醫生。男

友告訴我，只要吃藥局胃藥就好，老毛病了。隨著一次又一次肚子疼發作，我再三詢問，是否要去醫院一趟檢查。男友告訴我，母親叮嚀他不可以腸鏡檢查，一但有問題便不可以保險。要忍耐。

在臺南的一年裡，有次深夜，男友肚子痛到臉色發白。然而，在這之前已經有些隱隱作痛的跡象，我請他趕緊去看醫生。他不肯。我鄭重地叮嚀他，南部並不像北部那麼方便喔，醫院在很遠很遠的地方，救護車也不是說到便能馬上到的。我望著不聽勸的他，把胃散成藥倒進嘴裡。

隔日一大早，我拉著他前往市區做檢查。這時，我才明白臺灣的城鄉差距有多麼得離譜。南部無論怎麼檢查，總是診斷不出原因。這個醫生診出泌尿道有問題，那個醫生診出是腎臟的問題。時間流逝，男友身體一點一滴地垮掉。

即便再怎麼捨不得，我下定決心要男友馬上回臺北。

回到臺北不到兩週，男友被診斷出大腸癌三期。期間，男友依舊肚子痛，打電話告訴我全身痛到無法動彈，但是沒有人願意帶他就診。母親出國。哥哥則要他自己騎車去醫院。要不要打119？他回答：「再忍忍吧。」

要忍多久呢？

家族基因型大腸癌：100%會發生。好發於40歲之前。

幸好男友的一切是順利的。開刀完，癌指數從47%降到剩下1.7%。醫生讚賞，年輕人果然不一樣，好得快。一週之後便宣佈可以回家療養，之後只要定期回來做化學藥物治療。

然而，聽到化療，男友與他的母親開始猶疑。我傾聽他們的討論。他的母親說不要做，那是一種折磨。男友聽完，也答應。當他母親離開，我

按耐不住:「你為什麼開刀前可以忍耐疼痛?可是治療疼痛就不能忍耐?」

關於忍耐的定義是什麼?

沒有存款,沒有工作。我跑來臺北照顧男友,篤定男友康復才肯罷休,回頭面對自己不確定的未來,面對自己無法工作的問題。這一切男友的母親看不慣,明確表示不認同兒子的伴侶存在,完全否定照顧男友的價值。疲憊與恐懼。看護與照料。我在哪裡?

一個夜晚,爭執爆發,儘管我的母親告誡,千萬不要與男友的家人起衝突。然而,當我接收一則訊息與電話之後再也忍不住情緒,對著電話大吼:「我沒有什麼意思。我就是要照顧到他完全好起來,看看你自己質疑我的態度,我才質疑你面對自己兒子生病的樣貌,到底是為了保險金還是財產不外落到我手中?作為母親的人在兒子開刀與化療期間還可以出國,說自己曾經照顧多少家人大腸癌多麼辛苦,還不是都死了,你兒子將會是你手上的第七名受害者。」

電話的另一頭傳來顫抖的氣音,不斷地重複:「干你屁事」。

那夜,我重複看了男友母親傳來的截圖:「告訴這個人渣敗類,下個月沒找到工作就滾蛋。沒工作還這麼囂張,住在別人家裡當笑話嗎?又不是做公益的。」訊息主是男友的哥哥。男友的母親與哥哥站在同一陣線。男友雖無視忽略,但訊息內容還是傳到我這邊。

唸到高學歷沒工作怎麼了?有身心疾病怎麼了?

我們睡不著。我的心好累。我的疾病發作,顫抖地哭個不停,只能緊緊抱著男友。

「你寫的東西沒血沒淚!你怎麼當一個文學人?」

那夜之後，男友的母親與我互不相見。男友自己擁有一棟房子。那棟房子是屬於他的財產。我們找到家庭代工，一個關於傳統手工藝。吃力，也不討好。細緻度卻無法被人工智慧取代。

當我告訴母親衝突已發生時，母親嘆氣詢問：「為什麼你不忍耐呢？」

許多朋友說，你們尚未結婚，卻已經迎來婆媳問題。

是我 29 歲的劫難嗎？

突然之間，我不知道愛是什麼？而好多問題，我卻沒有頭緒。

評審評語／廖鴻基

如題,「愛」與「忍耐」貫穿全文。

　　作者文字能力精湛,將「所謂不正常」所引發的衝突和質疑,化作文字張力,結構此篇作品骨架。劫難、男同志、大腸癌、身心疾病、無業,以及出櫃後雙方家人的矛盾和衝突,糾結成文章裡的一股大漩渦,成就一篇似乎無解又隱含破立再生的佳作。

　　「再忍忍吧。」、「要忍多久?」、「關於忍耐的定義是甚麼?」。文意推展,一路敘說:掩藏、忍耐似乎不是恆久之計,而挑開、掀開來直接面對又必然招惹更多衝突。

　　本文突圍的不只是個人或兩人的困境而已,是訴求整體社會對於「非我同類」積習沉痾的保守鄉愿習氣。面對責難,難免消沉和自我疑惑,而之間撐持的力量,就是真摯的愛。

散文組 • 評審總評

散文組總評 ／凌性傑

　　二〇二四年打狗鳳邑文學獎散文組評審工作，由林文義老師、廖鴻基老師、楊索老師、言叔夏老師與我共同負責。評審相互推舉，由我擔任決審會議主席。會議開始，五位評審各自描述心中理想的散文，以及閱讀這次參賽作品的心得。長期以來，打狗鳳邑文學獎的徵選辦法不限國籍，也不限制創作題材，展現了無比開闊的氣度，這正好也是一個偉大城市的特徵。本屆的參賽稿件數量驚人，題材多元，參賽作品反映了不同性別、族群、身份、年齡的生活樣態。寫作者透過個性獨具的敘述語調，分享看待生活的方式，並且在散文這個文類裡得到情感的安頓。

　　在評審機制方面，從複審到決審都是同一批人，每一位評審既可以掌握整體參賽作品的基本面貌，也可以從反覆取捨、相互討論的過程中分享各自的閱讀品味。然而，取捨之間難免有遺憾。決審會議前，五位委員各自圈選五篇作品，結果共二十件作品進入決選：得三票有一篇（〈在沒有星星的夜晚，站著〉），得二票有三篇（〈羽化西甲〉、〈那兩個夏天之間〉、〈環山道路〉），餘為一票作品十六篇。

　　有幾篇作品沒有進決審，但我深深被其中真摯的情感給打動。〈刺眼〉寫童年傷痕、失去家的悲哀，字句之中有血有淚。〈日一〉取材特殊，以男同志情慾按摩工作者的身份發言，敘述者為自己命名，為生活找到持續前進的可能。〈鐵皮屋〉筆觸細膩，行文架構頗似去年的〈鼠〉，空間描寫能力極好，寫父親酗酒家暴，鋪陳一路走來的感情變化。〈血脈相連的高雄到澎湖〉留下時代印記，道出生命遷移的歷程，也道出高雄與澎湖地緣與人情的親

密關係,很值得將單篇發展為一部家族史。

　　散文敘述的藝術境界,取決於作者如何調度語氣、謀篇佈局、安排詳略,使個人知見感悟煥發美感。我特別想要向〈在沒有星星的夜晚,站著〉致謝,謝謝作者對我的生活產生啟發(想更新遺囑內容:不准任何人解鎖我的3C工具,身故後但願所有資料全數銷毀)。文章主軸是哥哥自殺,弟弟想要解鎖哥哥的手機尋求一個生命的解釋。然而「搶救、復原」無效,只能站在原地,感受活著的意義何在,即使找不到答案也沒關係。臺灣同婚立法之後,〈愛是恆久忍耐〉以忍耐為主要線索,一方面探究同志伴侶關係,一方面揭露照顧癌症伴侶的艱辛,坦然傾訴照顧者身心失衡的處境。〈環山道路〉以童年記憶的產業道路為主角,暗示父親的人生循環程式,也暗示父子之間的人生循環,描寫地景尤其細膩。〈在沙漠唱歌〉讓我眼睛一亮,此文寫流行音樂產業的面貌以及創作者的心路歷程,題材新穎,敘事語調迷人。〈廠驗〉從身為公務員的職掌內容寫起,對公務體系進行後設思考,善於將無聊細瑣的日常化為文字世界的陰晴變幻。〈破壞王〉主角是聽障的哥哥,作者擅長刻劃人物,兒時被視為破壞王的哥哥,成年之後其實成全了家庭關係,結尾溫暖動人。〈地下室的白女孩〉一樣是刻劃人物、鋪陳成長記憶,以不落俗套的對照,深刻省思霸凌的陰影。〈那兩個夏天之間〉以夏季的高溫熱烈,凸顯愛情與性的特質,性別流動顯得自然而然、坦蕩任性。〈羽化西甲〉用情甚深,從地名獅甲、西甲觸發童年回憶,寫人情滄桑變化相當感人。

　　評審過程中,閱讀所有參賽稿件,真的要謝謝這些作品的陪伴。撇開虛構散文不說,散文這個文類最讓人著迷之處,就是讀者從作者那邊得到陪伴,得到交心與體貼。謝謝有今年的散文作品陪伴,人生的公路,有幸同行一段,我很珍惜。

散文組 • 會議紀錄

散文組決審會議

時間　2024 年 8 月 20 日（二）下午 2 時 30 分
地點　高雄市政府文化局第二會議室
委員　言叔夏、林文義、凌性傑、楊索、廖鴻基（依姓氏筆畫序）
列席　高雄市政府文化局・毛麗嵐、陳昱瑄、林莉瑄
　　　我己文創・田運良、林瑩華
記錄　吳蕙菁

評審委員們一致推選凌性傑委員擔任本次評審會議主席。

主席凌性傑（以下簡稱凌）：會議開始，首先請各位委員發表審閱這批稿件的整體印象。

言叔夏（以下簡稱言）：因為打狗鳳邑是地方文學獎，當然會有蠻多稿件寫高雄，跟其他的文學獎比較起來，普遍沒有要特別炫技，我讀到更多樸素的感情，要寫得好、不是用高度精細文字技巧去呈現，這種素樸感加上有很多高雄自然背景、人文地景的景觀，有幾篇進入決選的文章都給我一種獨特的高雄性，非常乾淨真誠，又跟整個地景連結在一起。比方我有投票的〈環山道路〉就帶有這種色彩，用一種很淡的方式把高雄街道上經常看到的東西，又輕又帶有一些空隙地辨識出日常生活中的某些重量，普遍都可進入作者的生命情境裡，跟他們一起感受這些風景。

廖鴻基（以下簡稱廖）：我認為散文是相對容易著手，但要出色並不容易，因為散文是蠻繁複的文類。評高雄打狗鳳邑文學獎是不容易的，作品都有一定的水平，要從中挑出前幾名大概是比較不容易的。鯨豚

研究裡大部分會把無法歸類的其他都放到海豚科，散文有點類似的情境，就像各種各樣的都可在散文文類呈現，但海豚科裡最亮眼的就是虎鯨，在容易著手的散文文類裡亮眼出色，像虎鯨一樣是不容易的。

這一屆的作品，我覺得容易閱讀還是蠻重要的，因為在一定篇幅、一定長度的散文作品裡，如果文字密度太高，是不容易閱讀的，如果用一點點小說的手法，我覺得比較容易閱讀，也比較讓讀者充分了解文章更深層的意義，當然散文最好的境界應該是自然而然，不矯作或有經營感，我大概用這樣的標準來看這屆的散文。

楊索（以下簡稱楊）：這一屆的作品坦白講沒有特別亮眼的作品，在散文類的評選標準上，我比較老派、相信本真性，當然散文也許可以跟詩和小說相連，我也很欣賞「散文就是音樂」的說法，音樂也是一種風格，形容散文的行氣，字字相隨行氣不斷，如果有點留白、餘韻是最好的，我的評選最重要是讀了要有感覺，也最擔心選到獎棍的作品。

林文義（以下簡稱林）：我很同意楊索老師講的，其實我們都很希望可以看到很亮眼的東西。我盡量用年輕人的思維來看他們的筆觸，而不是用過去唯美或批判的東西來連接這個時代。我想我們會透過很好共識來決定，但我有個建議，這次高雄獎可不可以從缺？真的沒有讓我眼睛一亮的作品，尤其有很多作品真的很像小說，我比較沒有選，有很多都只有我選，基本上我不堅持，我可以放棄。

凌：請林老師不要這麼早放棄啦，我很享受在會議裡彼此說服的過程，搞不好多看幾次、多讀幾次感受會不一樣，因為審閱過程中有些文章是越來越耐看的。我反而喜歡這種本來不欣賞，但是在決審會議上被說服的那些作品，會有新奇的感受。總體印象來說，這次稿件數量驚人，因為高雄打狗鳳邑文學獎非常厲害的地方是參賽者不限國籍、不限書寫

主題,展現偉大城市的包容性。我覺得這次稿件數量這麼多,選不出高雄獎是有點說不過去。整體而言,我看到很多作品是很真誠在面對評審的,散文敘述要有藝術性,這種藝術性就像彼此陪伴的過程。

我深受感動的是,我會因為其中一兩篇的文章而更動遺囑內容,因為它對我的人生產生啟發,深深感謝。散文最迷人的地方,是作者在分享他們的人生經驗,用最迷人的語調訴說出來。也許以後可以新增一項素人獎,開放給從來沒有得過獎的素人一個機會。

複審結果

本屆散文組總共收件兩百五十八件,扣除重複投稿不合格件數,總共是兩百四十一件。經複審結果有二十件的作品進入決審。

作品	廖鴻基	楊索	林文義	言叔夏	凌性傑	合計
在沒有星星的夜晚,站著		○		○	○	3
羽化西甲			○	○		2
那兩個夏天之間			○	○		2
環山道路				○	○	2
都市小孩的幻覺			○			1
愛是恆久忍耐					○	1
Tbaru	○					1
開始有妳了			○			1
陪阿公打牌	○					1
在沙漠唱歌					○	1
那個關於醉雄的謊		○				1
廠驗					○	1
妳的時間計算式		○				1
大故事小,小故事大			○			1

我與瓊瑤的羅曼死	○					1
地下室的白色女孩				○		1
尿頻			○			1
破壞王		○				1
彼暗有人和警察相拍			○			1
修辭性相愛		○				1

一票作品討論

〈都市小孩的幻覺〉

林：我覺得它很有創意，很像 Cosplay 或電動玩具，因為放在第一篇，看到感覺很新奇，但我可以放棄。

〈愛是恆久忍耐〉

凌：很真誠的敘事者，寫了別人不會寫的題材，呼應臺灣的現實社會。文章中一直在寫忍耐，談到的是同婚公投之後男同性戀者的生活關係、婚姻與伴侶關係的照顧責任，敘述者與其伴侶的母親有很嚴重的爭執，寫出新型態的「婆媳關係」，這是個人讀文學獎稿件從沒有讀過的題材，很新鮮。作者似乎暗示：活著就要面對各式各樣的不舒服，真的忍耐就可以嗎？敘述者忍到最後身心失衡生病，我認為這篇在題材的開拓和想事情的角度很不錯，我很喜歡。

廖：我支持這篇，題材很有代表性。

林：我也可以支持。

〈Tbaru〉

廖：這是原住民魯凱族的聖山傳說，這段傳說當然是淒美的，用這個傳說

故事來講自己對對象的單戀,可以看成很長的情書,作者的文字相當優美,雖然沒有寫得很露骨,但是整體加上山稜、原住民傳說的情境,整篇帶出一種單戀的感情,我覺得這種表達是蠻節制蠻優雅的,所以我會給這篇一票。

凌:我可以支持這篇,用比較老派的敘述呈現了情書般的優雅,當然有過度修飾的部分,我也很好奇文章裡面「我」跟「你」的關係,很耐人尋味,留白沒有說破也很有美感,我可以附議這一篇。

〈開始有妳了〉

林:這篇是一個從懷孕一直到中間的一個過程,很少看到一個女性可以把期待孩子的夢寫得那麼清楚,甚至孩子生出來陪著他、整個生活被改變。題材很特殊很詳細,看到一個從準母親到開始當母親的感覺,以及他媽媽的舊式想法連結在裡面。

楊:我可以附議。

言:我也附議。

凌:我也附議。我本來有選的,這篇展現女性敏銳的直覺,我們做為男性搞不好沒有這麼強烈的直覺,尤其產假結束之後凸顯婆媳問題寫得令人很有感觸,尤其寫到他與夫家的關係是有鴻溝的,我覺得它可以挖得更深,但目前處理得已經非常動人。

〈陪阿公打牌〉

廖:這篇我給他很高的評價,文章讀起來情節有點轉折,阿公好賭好吃到如此程度,媳婦用特殊的方式,突破了某些東西;可以理解那位阿公在戰後比較少受到照顧、關照而出現一些症候群,阿嬤說他是作戰回

來才變這樣，呈現突圍社會道德跟生死。好幾次住院、好幾次都覺得阿公如果現在死去是不錯的，這樣的陳述在文學作品中比較少，這篇我強力的爭取支持。

言：我可以附議。

言：語言相對來說是有靈活度的，也可以看到一些生活的痕跡。

凌：我可以附議。我很喜歡的地方是，以媳婦的眼光敘述嫁到夫家的生活情境，文章呈現長期照顧關係，這個也反映臺灣老年化社會照顧長者跟善終的議題，一直思考「人如何善終？」這件事。阿公想要飽食善終，要死得體面、摸八圈才能死，呈現厲害的幽默感。

楊：我也附議這篇，作者把沉重的長照議題可以舉重若輕，感覺像黑色喜劇這樣，語感也很好，雖然一開始沒有選它，但是我蠻喜歡的。

林：我也附議，在座我大概年紀最大，這篇看到心裡真的很不忍，這篇很動人，因為有很多對白，所以我一開始思考它是不是小說？但目前小說跟散文可能越來越沒分別，這篇我也可以支持。

〈在沙漠唱歌〉

凌：這篇文章很特別，講到臺灣流行音樂產業，這個題材是以前文學獎沒有看過的，會聯想到最近很紅的動畫電影《驀然回首》。創作音樂過程中遇到很多艱辛，要從幕後走向幕前，細膩地談到一般職場不會遇到的面向，兩個創作者荒涼的愛跟安慰，是我沒有經歷過也無法想像的事情，陪伴的關係又有點互相傷害，有點相愛相殺，寫出了在感情關係裡的不安，此篇有很不一樣的表現特色。

廖：這篇我多看幾次後非常喜歡，題材是我讀過的散文裡沒有遇到的，兩

個藝文工作者從幕後走到幕前要做很多調整,是一般人陌生的領域,加上能夠用文學、文字來表達在目前應該是怎麼樣的,那個表達看起來是有一些衝突,但又是彼此有情感連結的這種關係,我覺得是相當成功的一個作品。

〈那個關於醉雄的謊〉

楊:這篇我讀的時候會浮出導演張作驥的電影《醉生夢死》,這篇不是精緻的文字,但有種氣口,生活的蒼涼感可以感受到邊陲,在麥寮這群人要怎麼討生活,語感也相當好,文章的意象呈現人艱苦的生活。

凌:我可以附議這篇,他真的寫到很特別的情境,也很勇敢地拿外縣市的材料來投稿高雄文學獎。很細膩地寫到父執輩那代人的工作經驗,但如果要給這位作者建議,第六頁跟第八頁的人稱稍微混亂了,在散文書寫上技術可能會被扣分,但因為題材特殊,我可以支持。

言:我可以支持這篇,但後面人稱混亂確實有點難把前後連在一起,但作品有從遠處敘述旁觀進入的感覺,我讀的時候也有想到《醉生夢死》,有張作驥電影的既視感。

〈廠驗〉

凌:這篇也是很特殊的材料,公務員生活每天節奏相同,很難開發出新奇好玩的題材,但作者藉由出差廠驗,將二十分鐘廠驗鋪陳成四千字的散文,文章中對於公職身分充滿後設思考,是這篇很厲害的地方。

楊:這篇我可以支持。這篇文章好在它有一種無所事事的日常感,我們有時候把散文的命題想得太沉重,這篇就很輕鬆自然,特別有趣味的。

林:我也可以支持,其實我也猶豫很久,一個公務人員可以把工程過程跟

考察如此寫，他在寫的時候可能想說「我不會入選吧？這篇不抒情、不浪漫也不講究美感」但很少看到很紮實的記錄工作，這篇我覺得應該要鼓勵，我也支持。

〈妳的時間計算式〉

楊：這篇在參賽文章中算小品，是在講女孩子的初經人事，會讓我想到湯舒雯的作品，但沒有湯淑雯的慧黠，可是文章有許多小細節，講的是女人成長與變化，我覺得算是很細膩，但我並不特別要求有附議。

〈大故事小，小故事大〉

林：作者把一些大的文學、外國文學串聯在一起非常有趣，這篇有把臺灣的歷史帶進去。我不堅持。

〈我與瓊瑤的羅曼死〉

廖：肯定它的題目，把瓊瑤跟「死」做了明確陳述。講一個電視劇迷、小說迷笑談自己成長的過程，少女情懷戲如人生，我偏愛帶著幽默感的文章，引用也都相當恰當，不會覺得突兀，整體讓我看見有時代意義，畢竟瓊瑤雖然被認為是通俗小說，還是風靡一時，是一個時代蠻重要的作者，這篇文章的作者，他用自己從小喜歡偷偷看瓊瑤作品來對比自己的一生，這個對比做得蠻好的，如果不是真正的瓊瑤戲迷，大概不可能寫出這樣的文章，是臺灣某個階段有代表性的瓊瑤迷，這是我挑選它的原因。

林：我覺得這篇跟剛才的〈大故事小，小故事大〉一樣，我覺得他們完全反映年輕時的一個時代，在戒嚴保守的時代裡，是可以取暖的東西，這篇跟其他題材都不一樣，留下很好的時代意義。

散文組 • 會議紀錄

凌：很多文學獎的作品會跟侯孝賢、王家衛等等藝術性很強的導演致敬，但是很少跟瓊瑤這樣通俗性很強的寫作者、影劇編者致敬。這篇很有勇氣，很肯定這樣的勇氣。文學獎參賽就是要跟陌生的評審溝通，文中「瓊瑤作品」已經成為需要解釋的典故，這些典故我可以理解，但不曉得更年輕的世代還能不能跨時空去理解？校園文學獎裡，大學生的散文作品常常致敬王家衛、侯孝賢，因為影音串流平台，年輕世代很能理解王家衛跟侯孝賢的藝術性，反而瓊瑤典故是他們不懂的，這讓我產生劇烈的震驚感。散文書寫運用到典故的時候，可能要更細膩處理。這已經是小眾、分眾的時代，這些典故不見得是每個評審都能看懂，剛好我是同世代的人，所以這篇提到的典故不用加註解我就可以懂，如果是面對十五歲、二十歲年輕世代，這篇每個專有名詞都是需要加註解的，我也可附議這篇。

〈地下室的白色女孩〉

言：最明顯的主題就是霸凌，用了非常影像化的手法去寫故事經過，除了這個主題，還有一個支線是透過青春時代的小孩子的惡回來審視自己，這兩條線在這篇散文裡面做了情節編織，做得還蠻好的，其中有一句話說「青春的傷害是理所當然的」他寫到當時做這些事的人現在已經不在了，會讓我想到前幾年高雄青年文學獎的某一篇，同樣在談青少年集體霸凌，但他用非常輕巧的方式去談它，生活跟暴力連結在一起，這個結尾有它技術上的問題，但我蠻喜歡的，主支線如果能把平衡感拿捏得好一點會更好。

楊：這篇我可以附議，霸凌主題寫得非常細膩，尤其有段女孩子騎腳踏車的時候，其他男同學怎樣欺近，整段文章不黏膩，有它的文字風格。比較可惜是結尾稍微弱一點，但是整篇文章來講，我覺得蠻有音樂性的，所以我附議這篇。

凌：我也可以附議這一篇，空間意象很好，是一個不見天日的地方，用顏色來彰顯這個白化症女孩是畏光的，必須要躲藏著生活，帶出校園特殊生的處境。敘述者也是一樣，中學時被霸凌。我很喜歡文章中沒有出現霸凌這個詞，回到一種詞彙被發明前的狀態，多了更多生存的實況在其中，白色女孩跟鬼的串接，我覺得有一種對比，也是投射自己的關注，在技術上做得非常好。

〈尿頻〉

楊：這裡在寫身體的一種缺陷，作者的筆非常細，把尿頻的現象寫到心理的隱忍層面，我覺得寫身體缺陷不是很好寫，文筆不特別出色，但可以看出作者的用心。

〈破壞王〉

楊：這篇講的是一個聽障哥哥跟他之間的愛恨情仇，他的筆調蠻誠懇的。一開始感覺哥哥是一個導彈、讓他吃醋的，後面令人感動的是他的幾個兄弟姊妹都離開澎湖了，剩下哥哥陪著他媽媽，讓媽媽引以為傲，這樣的轉折是我認為蠻動容的部分，相當成功的介紹人物。通篇也帶著幽默感，讀者容易閱讀，是成功的散文。

凌：我可以附議這篇，我很喜歡他的題目。「破壞」其實隱藏了一種家庭關係叫「成全」。哥哥（聽障身分、特殊生）小時候被當成破壞家庭圓滿的人，但是長大後卻是對家庭付出最多的人。不知道是不是故意用「破壞」來暗示「成全」，如果是刻意為之的話，是很高明的手法。用比較隱藏的方式去寫真實的家庭狀況，很欣賞這種書寫技術。把哥哥的形象寫得非常鮮明，尤其是敘述者「我」因為哥哥的存在，婚姻受到阻礙，這些都很細膩。

散文組 • 會議紀錄

〈彼暗有人和警察相拍〉

楊：思考了很久才選入，我想我們很少有人經歷過二二八和白色恐怖，但經歷過的創傷會非常深，從文章中深刻感受到父親的角色被孩子一層層剝開的記憶，這個行文可以從字裡行間看到對白色恐怖的深層恐懼，對自己的家人都無法訴說。這篇文章的影像感很強，大量使用台語，腔口、語感很強，用台語唸出來後，覺得節奏感很強，所以我選了它。

廖：這篇我附議，寫真實事件、美麗島事件的不多，點到了重點：警總，連坐印刷的父親被約談，整個陰影影響了一輩子靜默，連兒子要問都不願意談，最後一句是這篇文章很重要的精神。美麗島事件就是發生在高雄，我會支持這篇。只是有個小小的意見，第三頁第三段野百合學運和反軍人組閣，我知道反軍人組閣是遠在野百合學運之前的，這樣的時間順序有一點小失誤，我還是支持這篇。

凌：我也支持這篇，語調真的很特別，寫政治議題文章大多數都訴諸悲情，但是這篇有一點幽默，我覺得幽默感真的很難。

〈修辭性相愛〉

廖：散文作品寫到愛情的並不少，我覺得它很精彩的地方是才一開始就停在這個點上，如此書寫會讓人覺得蠻深刻的，瞬間被延伸成散文作品，我蠻肯定作者的文字能力跟題材，能夠用這個點做書寫的角度。

言：我可以支持，我一開始一直以為這是一篇男同志的作品，剛剛才突然驚覺好像不是，這個反差感蠻有意思的，剛剛廖老師講得很好，他有一個停頓再擴大，在辯證語言的有限性，但其實通篇就是一個修辭性的相愛，我覺得蠻有趣的。

凌：我也支持這篇，就是高雄文學獎版的戀人絮語，裡面充滿辯證與討論很有趣，呈現面對愛情時的新世代的眼光。

兩票、三票作品討論

〈羽化西甲〉

林：這篇講的西甲，就是獅甲的意思，台語唸攏會通，把歷史講過一次，把小時候祖厝的印象寫得非常完整，寫得很誠懇，不會讓人感覺是為了地方文學獎寫的作品，真的把以前的名字做了相對的詮釋。

言：我覺得這篇前面寫的關於爸媽結婚的那隻雞，本來要殺掉卻被養下來了，整段都給我很有趣的感覺，沒有什麼企圖心，跟他的題材是印合在一起的，跟〈環山道路〉給我很相似的感覺，好像在故事中有個懷舊的東西在，但不是它的核心，在生活中慢慢尋找丟掉的過去，通篇在失落跟仍然被保留的東西中保有彈性的空間，我個人蠻喜歡這篇。

廖：肯定兩位老師的看法，平淡但是樸素，我覺得第一段前半段講上廁所有點看不懂，我不太了解為什麼用這個形容？這可能是全篇的一個缺點。

楊：這篇文章算是寫得比較好的一篇，但第一段是它的敗筆，第一段用很多疊句，我覺得疊句應該要有迴旋的張力，也許這個作者還是個素人，他的文字掌握功力可以說是素樸，但也可能就是不夠好，雖然不想要雕琢的句子，但希望有足夠的掌控力。

凌：很同意投票的兩位老師說的，本篇是以情懷取勝，很真實的講述童年的成長記憶，對這個地方有深切感情。作者對於地名稱呼這部分，很堅持要用西甲而不是獅甲，有很深切的關懷在其中。所謂情懷書寫，

是流露出感情跟心境的變化，而這份變化來自自然與現實的空間變異，此篇有很多令人驚喜的對照。只是，獅甲與西甲的地名考釋，需要更細膩處理。獅甲、西甲的關連為何？典故何在？深究探索之後，文章會更有層次。

這篇文章是很真誠樸實不浮誇的，是很討喜的地方，但就像楊索老師說的，第一段真的太散亂了，「羽化」的概念跟「西甲」要怎麼串接在一起，是文學藝術最珍貴的地方。最後一段寫到「遊子回鄉……」過於直接會破壞餘韻跟留白，結尾部分比較可惜。

楊：我想補充一句，這篇歸結記憶的時候提到作者去上了一個課，我覺得這反而破壞了文章，如果要重回、尋找，即使沒有考證得很清楚，他直接去現場描述那條路，我覺得讀者會有更多驚豔，那些話反而破壞了他的敘述功力。

〈那兩個夏天之間〉

言：這篇有一個蠻強烈的曖昧性，談的是彼此無法定義的關係，作者寫得非常細膩，把曖昧寫得非常具體，作者應該是剛出社會沒多久，可能是你的人生還沒有在社會中定下來的過渡時期，在不穩定時期客居在高雄，把這幾個元素的「暫時性」做了蠻好的結合，讀到一種苦澀感，不知道是他與Ｎ的關係還是與城市的關係，甚至是他與自己的關係，這兩個夏天之間的一切的結尾，跟他題目的方向有蠻好的結合。

林：作者寫這篇東西的時候像在唱自己的歌一樣，我覺得可以看到很直率的感情，但是下筆不弱，而且很誠實，可以想見新的一代他們的感情觀某個地方又疏離又接近，尋找自己要的答案，不會用泛道德或是政治正確，這篇有別於其他題材，文筆自然流利，感覺在過自己的日子、有自己的抉擇，在這之中尋找最適合自己的方式，是一個很誠實的作品。

楊：這篇我覺得應該是文字老手寫的文章，才能把曖昧感掌握得很好，特別有南方感，用剉冰跟鹽酥雞岔出去的無所為而為，用物來寫關係，形容無可無不可，是很有力。

廖：很現代的題材，很珍貴的部份是高雄的空間、小吃一起抓進來，整體呈現很成功的作品，但我比較懷疑的部分是這種開放式關係到他受訓進社會，到最後彩虹漸漸褪色，這個轉折會不會太突兀了一點？算是一個小小的缺點。

凌：我很喜歡它的題目，兩個夏天其實是兩個戀愛對象的暗示，夏天就是熱、會流汗，有午後雷陣雨，會和情愛關係連結在一起。敘述者厲害的是，不掉入「LGBT」的性別定義框架，而是以「還原為現狀」的方式去呈現感情狀態，用自然的天氣狀態跟感情經驗互相影射，對應關係寫得非常好。有小瑕疵，人稱代詞使用很錯亂，男女生的「他／她」不是刻意安排，在行文上有些錯亂。

〈環山道路〉

言：我覺得跟〈羽化西甲〉有很類似的，對高雄這個地方的描寫，但我更喜歡這篇，有一種素樸感，作者沿著這條路娓娓道來，有意識的運鏡，慢慢暴露給你看他類似在開車、像公路電影一樣，他很淡的寫到父親家暴，後來也沒有再寫到，只透過朋友口中說到「你以後可能跟你爸爸一樣會家暴」，輕描淡寫。寫到的地景、砂石車、工廠，某種程度是心靈景觀的意象。

油罐車壓過籃球快要倒掉的這一段或許是整篇的核心，作者說多年後仍想到這一刻，彷彿世界要毀滅，但油罐車沒有傾倒，駕駛只是罵了髒話就離開，籃球也沒有破損，似乎在寫生活中的危險性，我住在林園，考到駕照之後要來市區打工，常常覺得是不是差一點就要被撞

散文組 • 會議紀錄

死,某種程度上是一種日常,生活的危險、瀕臨邊緣的恐怖,作者看見這些平靜與生活危險並存的空間,就像他父親家暴也並存在他生活裡面。

凌:言老師跟我都是煙囪區長大的,文章中的景象對我們來說再真實不過,作者已遠遠的離開童年,透過 Google 街景來看之前自己生活的空間,道路景觀的設計呈現方式很特別,像細膩的素描一樣。要怎麼凸顯局部?這個環山道路其實是私人道路,不是人人都可以進入的,這個非請勿入的產業道路,其實是暗示作者的狀態。在某個段落,從作者眼中來看,人就像動物集體遷徙來參與這個活動。言老師提到朋友說他可能重蹈父親的路,暗示家暴的部分,我想這也扣合人生的循環。

這篇文章有點可惜的是,可能有更悲傷的故事,作者還有所保留不願意說出來,家暴的事件可能要再多一點細節跟暗示,讀者才能接收多點訊息。優點是,光是看到地景的部分,就是一篇很好很細膩的散文。

楊:整篇有很多神來之筆,比如形容腸子有七公尺這麼長、包括鄰居有六根手指,跟他前面提到的闌尾是一樣的,有很多非常具象的場景,這篇文章一層一層感覺到一個小孩童年的寂寞,童年其實什麼都沒有發生,但可能什麼都已經發生,是很成功素樸的白描,不只有影像感,還能再回味。

〈在沒有星星的夜晚,站著〉

言:這篇很強烈的電影感,說話的方式、旁白的口吻,有蒙太奇剪接感。他把生跟死,對肉體的迷戀去尋找活著的實感,把肉體跟死亡,有、無,生、死對立概念放進文章裡進行縫合,作者一直嘗試在二者間尋找共通性,「我」一直在尋找跟死去的二哥的共通性是什麼?用很經

驗、事件化的把這篇文章做了收束，他其實只是想要在攀過圍牆那一刻有人可以把他接住，通篇雖然有悲傷的基調，但其實是有想要活下去的底氣在，我很喜歡，讀完以後有非常純粹的感動。

楊：確實圍牆好像是生跟死的界線一樣，敘述沒有斷裂，從文章中可以看出來，不只是他自己、哥哥姐姐，他們這家人都很寂寞，這種寂寞讓作者表現在文字中，他說他在尋找一個胸膛，讓他可以靠或被抱，我有一種感動與感傷的感覺，胸膛的厚實是真實的，在一霎那他感受到溫暖，這可能是他可以活下去的意念支撐，可是他的哥哥沒有過去，可能當時沒有人接住他，哀而不傷，是篇好作品。

凌：星星通常代表希望，但沒有希望必須要繼續活著該怎麼辦？所以作者用動詞「站著」來應對，結尾收束得很漂亮，他可能找不到人生的出路，但他可以肯定當下要活下去。這篇作品對於死亡的思考深深啟發我，因為這篇文章，我開學後就要去更改我放在辦公室的遺囑。哥哥的死亡是無法「搶救」與「復原」的，手機也是，作者只能帶著自己的疑惑活下去。童年到現在的成長之路、被中年男人接住的童年景象，寫得很精彩。作者下筆不俗濫，不以人云亦云的方式去談怎麼「接住」，對於自殺者的思考、生命難關的應對之道，在敘述技巧和藝術性上都展現很動人的地方，我很喜歡。

廖：我沒有選它的唯一理由是第三頁第三段，用了一連串的經典書籍，覺得這裡是不是刻意的展現或賣弄，小小的意見，但也不妨礙整篇文章的成功性。

林：這篇如果去參加小說組，應該是很好的小說，雖然小說散文化。我希望這次挑選的作品是五個完全不一樣題材的東西，所以沒有特別選它並不是不重視。

散文組 • 會議紀錄

決審投票

凌：經過充分討論後，共有十六篇進入最後的投票，取半數以積分制投票，第一名給八分、第二名給七分……，依此類推遞減給分，最後依總積分高低決定名次。

評選結果：

作品	廖鴻基	楊索	林文義	言叔夏	凌性傑	總得分	序位	獎項
在沒有星星的夜晚，站著	4	6	6	8	8	32	2	優選獎
羽化西甲			3			3		
那兩個夏天之間	5	5	8	6	1	25	3	佳作
環山道路	6	8	7	7	6	34	1	高雄獎
愛是恆久忍耐	3		1	2	7	13	4	佳作
Tbaru	1					1		
開始有妳了			5	3		8		
陪阿公打牌	8		2			10		
在沙漠唱歌	7				5	12		
那個關於醉雄的謊		7		1		8		
廠驗		3			4	7		
我與瓊瑤的羅曼死	2		4			6		
地下室的白色女孩		2		5	2	9		
破壞王		1			3	4		
彼暗有人和警察相拍		4				4		
修辭性相愛				4		4		

2024 打狗鳳邑文學獎散文組獲獎名次：

高雄獎：〈環山道路〉

優選獎：〈在沒有星星的夜晚，站著〉

佳　作：〈那兩個夏天之間〉

佳　作：〈愛是恆久忍耐〉

打狗鳳邑文學獎

201

新詩組

高雄獎

得獎人／**游書珣**

簡　　歷／喜歡詩、小孩子和逐格動畫。出版詩集兩本：《站起來是瀑布，躺下是魚兒冰塊》、《大象班兒子，綿羊班女兒》，散文集一本：《青雪踏踏：孩子們的日常詩想》。

得獎感言／真沒想到會得到高雄獎！過往總有種書寫大時代、大歷史的使命感，但萬一遇不到合適的題材，只好拿自己的回憶出來寫，雖然有些不好意思，但或許這也是種「個人的歷史」吧。

這首詩的初稿寫在十年前，或許更早，時間早已不可考，正如我所記錄的時空，是大學時期的我初次離家，來到南部，終日沉浸於某種奇妙的孤獨感，正好能將身心全然投入自己熱愛的文學與電影，當時的高雄電影資料館剛落成不久，我興沖沖拉著朋友去，追求的或許是種儀式感吧，回想究竟看了哪部電影，竟然全忘光了，畢業轉眼又過好多年，人生像一部漫長的電影繼續往下演，而當時那場河畔的露天電影，將永永遠遠留在我們心中。

新詩組 • 高雄獎／河畔那場電影

河畔那場電影

新詩組・高雄獎／游書珣

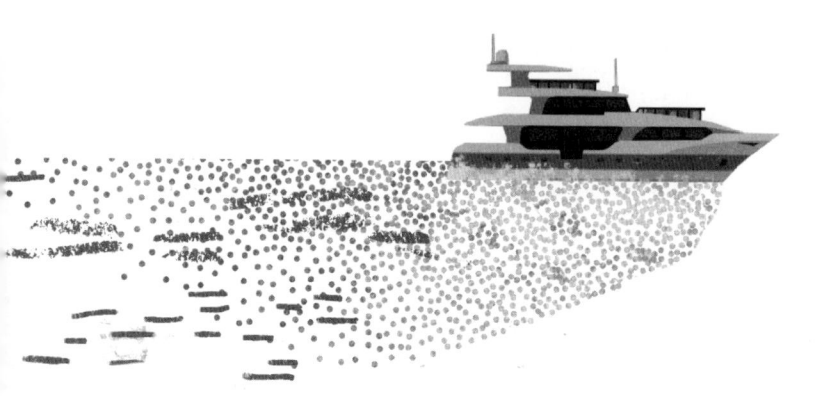

約好周末最後一堂

下課就去搭火車

在最末節車廂

看鐵軌一節節往南

如不斷播放的影格

枕木與碎石被輾出

嘈雜的配樂

河流絮叨一整天

終於等到星星被點亮

一則關於天空的故事

即將投影於河面

路樹搖頭晃腦地期待

台詞藏在渡船的肚子裡

每次，都是魚搶先

知道了劇情

河畔的電影館前，投影幕上

黑白片的鏡頭推進

新詩組 • 高雄獎／河畔那場電影

特寫女主角的臉

一顆巨大眼淚掉出布幕

濺濕我們破損的鞋

原來我們始終

都在別人的故事裡跑龍套

迷失在劇情的主線

卻忘了關注某些

更重要的細節

劇終字卡緩緩浮現

最後一束光竄出投影幕

往故事盈滿之處逡巡而去

河流以鼾聲謝幕

渡船和魚都睡了

我們默默幻想自己，哪天

也能成為某部電影的主角

便從懷裡掏出夢想

藏在腳邊小草的露珠裡

月光，會替我們翻譯

給明天聽

評審評語／陳育虹

　　甚麼樣的作品,能撐得起一個重要的城市文學獎?

　　以清新、簡約、毫不炫技的文字,〈河畔那場電影〉寫的是兩人結伴去河邊看一部黑白片。一個極其日常的題材。

　　詩從開篇到結尾,情緒一貫和緩節制:沒有刻意的標題、雕琢的語法,沒有過度營造的內容,筆下只見樸實的書寫態度,在水波不興的敘述中,帶出作者深沉的人生感知:「原來我們始終/都在別人的故事裡跑龍套/迷失在劇情的主線/卻忘了關注某些/更重要的細節」。這幾乎是詩論了。

　　甚麼樣的作品,有足夠份量撐起一個城市文學獎首獎呢?

　　我想,除了展現對文字、意象、音律、結構等攸關詩美學的體悟之外,它必須是可親的。〈河畔那場電影〉正是這樣一首可親的好詩。

新詩組

優選獎

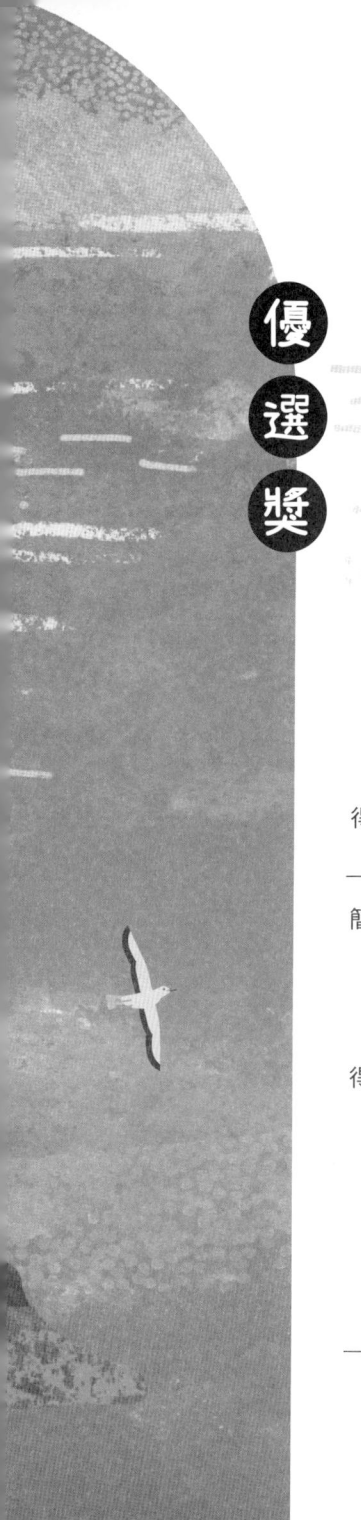

得獎人╱**陳麗珠**

簡　　歷╱嬰兒潮世代臺北人。旅遊、觀光、服務業，進出口公司文書、專案等部門退休老兵。加州大學英文系畢業。

得獎感言╱感謝高雄市鳳邑文學獎提供的園地。
　　　　　感謝多年前那個暱名「球球」的小男孩，是他對失婚離家母親的思念觸動了我的心，於是為他紀錄了當時最童稚純真的感情。希望如今已長大成人的他仍保有純摯的心，也祝福所有孩子都能在健全、關愛的環境中快樂成長、茁壯，延續愛的青苗。

新詩組 • 優選獎／我的家

我的家

新詩組・優選獎／陳麗珠

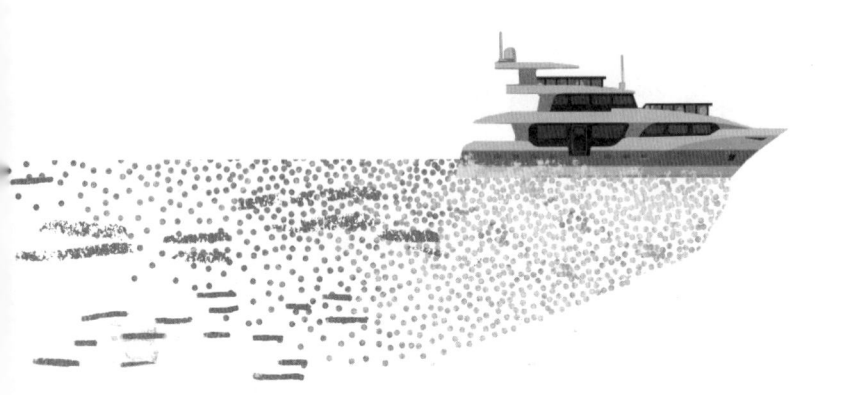

跑過長長　彎彎　曲曲　的小巷　　跨過河　那頭
是我媽的家

這頭　是我爸的家

我在兩頭中間 跑來跑去，找不到我的家

爸媽的婚紗照從牆上掉下來，鏡框破了
爸說：破了，塞床下。

媽帶走我的奶嘴，忘記帶我
我把媽媽帶進夢裡，每天每夜

爸媽的床上，睡著阿姨
我的房間，多了妹妹

我從爸床下偷走婚紗照，藏進書桌抽屜裡
月光下，爸溫柔地望著媽；媽甜蜜地笑著，在夢裡

新詩組 • 優選獎／我的家

我把夢摺成飛機飛進媽的窗口

媽說：不方便，回去吧！

媽媽的家有了叔叔，和我的新弟弟

我把紅色康乃馨別在媽媽的婚紗上

細雨裡，爸溫柔地望著媽，媽甜蜜地笑著，在懷裡

評審評語／陳義芝

　　這首詩展演世上一種家庭狀態，以婚姻關係的變化，提供我們對倫理課題的思考，對姻緣生滅的嘆息。題目明明是「我的家」，但內容卻是破碎的、不成一個家的家。

　　開筆寫彎彎曲曲的小巷、必須跨越的河，不只是實景描述，也是詩的筆法，有現實奔波的暗喻。「我在兩頭中間跑來跑去，找不到我的家」，這一句更是焦慮之情的具體指涉。爸爸的床上有了阿姨，媽媽的家裡有了叔叔，「從前」的甜蜜對照「而今」的決裂，大人造成的事實對照小孩空虛的夢想，十分有張力！由於情節生動，所以毋需雕琢的技巧，看似雲淡風輕的口吻，實則飽含了難言的滄桑。簡淨的生活口語正是這首詩的特色。

新詩組

佳作

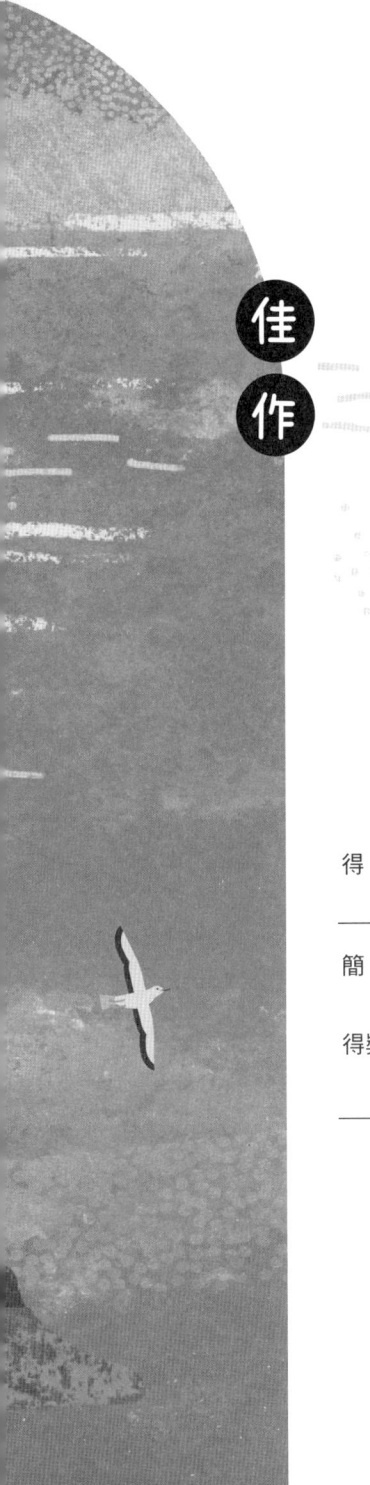

得獎人／**黃暐恬**

簡　　歷／　希望世界和平的小人物。

得獎感言／　感謝評審的青睞,還有我的父母、家人與身邊每一個好朋友,及孕育生命的土地。

新詩組 • 佳作／移情的青春史

移情的青春史

新詩組・佳作／黃暐恬

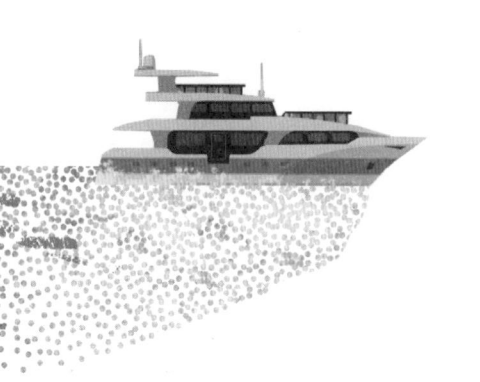

白色風帆張開翅膀,於地平線之前飛翔

水岸旁的心形立牌是通向旗津的指南

步道彷彿連心的靜脈,於我的航線

你是港,河水是接駁愛恨的流向

據說,真愛等待光榮退伍

光榮卻害怕真愛移情

封街之後的燈火,只剩下無法拆裝的銀河

高樓在前、法院在後,海豚在空中依偎

尋人啟事張貼在愛河口,我卻將你的承諾

寄存古蹟的銀行,等黑暗裡的星光

在某年升值,從我們仰頭的

那夜,變成半生的見證

落入凡間的彩虹展開七夕的鵲橋

我只有不斷沉沒,成為碼頭,成為煙花

盛放的餘燼,而香味卻是甦醒的解藥

等待救贖的餓,被瑞豐的走道

拉成一首可以裹腹的詩

新詩組 ● 佳作／移情的青春史

十年前的路邊攤，於 L 轉角向外伸展雙臂
傾聽遊人口罩的哀樂，我們讓青春
停留，以兩條腿換取記憶裡的天使雞排
半甲的老江紅茶、從舌尖爬升的石記
鮮奶，等燈光鋪成曾經依偎的紅毯

於大東站的水墨穿過新修的琉璃
我們總是希望斜槓，像側疊的月臺
把單調的過場變成稠密的平常
你說人生是易破的薄膜
無法遮蔽反光

我沿著河岸尋找遺失的典故
在斑駁的石碑研讀流失的傳奇
循著砲台的膛線，以卵石相互齟齬
城門之前的合照早已被鎖，於臉書首頁
我不再是安靜的橋墩，不是你的溪水
而是荒廢的水拹仔，相思不再成災

當老樹的遺骸混入水泥,我開始習慣

躲在手機的屏幕,窺視一頁一頁

被謊言架構的光景,月亮也消失在

童話故事裡,虛擬世界帶來的青光眼

是唯一的救贖,看不見的

遠方,才有真相……

新詩組 • 佳作／移情的青春史

評審評語／騷夏

　　題目開門見山用移情切入，結合高雄地景和個人情感，用景移情，感受到作者的企圖心。就像是老練的職人穿針引線，統合音韻及在地特色(或特產)刺繡在詩裡行間。除了空間著墨，這首詩在時間的推進上也頗具巧思，作者用愛情和誓言見證過去的高雄和現代的高雄，可以讀到想要以個人小歷史和城市大歷史對比的況味。真愛碼頭還在，但真愛還在嗎？最後兩段作者交代情節：「合照早已被鎖，在臉書首頁……」「我不再是安靜的橋墩，不是你的溪水／而是荒廢的水拢仔，相思不再成災」讀起來有一種黑色幽默，也能感受到作者對青春史的追思。

　　儘管把地景寫進詩裡，在縣市文學獎常見，在這次的參賽作品有不少類似手法的作品，〈移情的青春史〉和其他比較起來是相對令人印象深刻的。

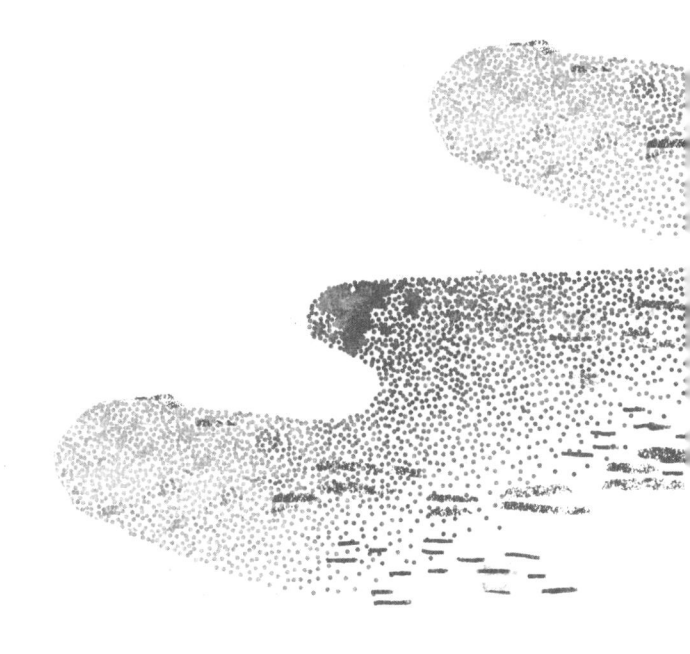

新詩組

佳作

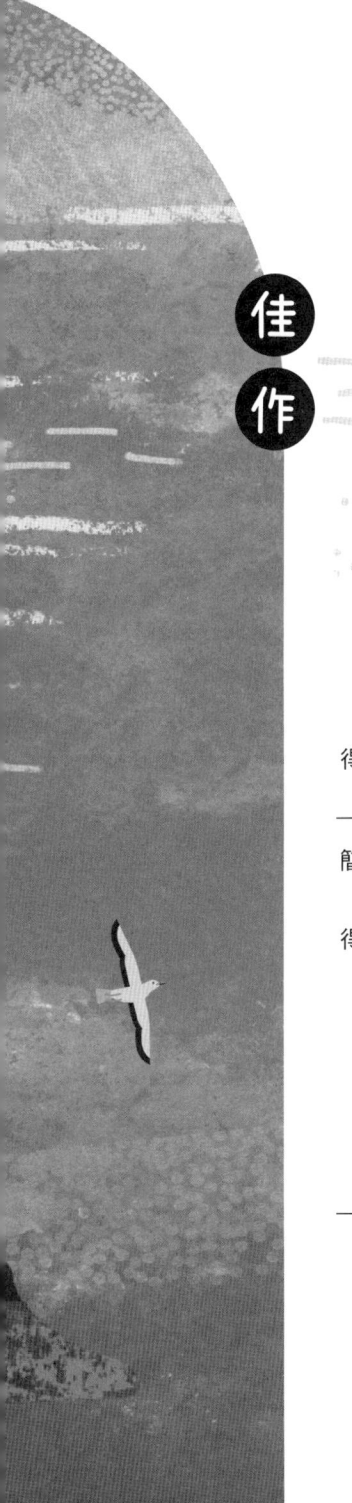

得 獎 人／**錢子雋**

簡　　歷／2001年生，臺北人，目前就讀於高雄醫學大學。

得獎感言／幸好我的 Whoscall 來電有顯示高雄文化局，所以就順利收到得獎通知了。

　　　　　話說，如果我沒修高醫鄭智仁老師的現代詩賞析，根本不會生出這首詩。我很感謝老師。當然也很感謝評審。

　　　　　我當初真的是在循環播放整張《Abbey Road》時寫出這首詩的。

新詩組 • 佳作／黑膠唱片

黑膠唱片

新詩組•佳作／錢子雋

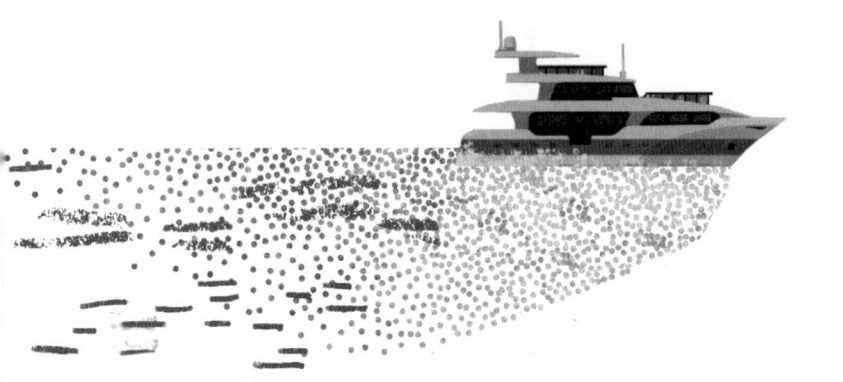

光線在轉動的漆黑圓盤上漫舞

唱針在墨色棺柩的雕花上遊行

在這個幽暗的微盒中

溝槽的震動是喚醒靈魂的密語

曲聲旋轉　作為你們歌聲的伴舞

我窺見你們樂聲的自由鮮活

我好奇：有何棺槨關得住我心嚮往的愛與和平？

隨著那每六十秒三十三又三分之一轉的速度 [1]

吶喊——清醒的世人！

利物浦的眾民在高喊，崛起的工人階級

利物浦的百姓在歡呼，相擁的少男少女

光明尚未抵達之時

美夢是封蠟　把騎士們封緘於倫敦的暗房 [2]

誰知陰暗的小房間將會成為世界的燭光

誰知洋子 [3] 和支離破碎的友誼是零星的碎火

他們將燎燼唱片上迴轉不盡的槽溝

我高唱　*自由的靈魂拘禁不住*

紅寶石唱針是我黑膠唱片的哨兵

反戰與和平作為岡哨忠實的守衛，卻阻擋不了扭轉時代的子彈

今夜輓歌響起

225

新詩組 • 佳作／黑膠唱片

「想像……，不會再有戰爭，也不會再有人們因殺戮而死去」
曼哈頓上西城七十二號街的燈火夜裡也為你熄滅了

利物浦的人民在哭喊，世人與他們一同啜泣
利物浦的群眾在哀悼，世人攜著手一同默禱

十年紛擾　來來去去　最終定下了四個美夢
理想是烈火　燃盡之後　曲終人散
熱情是遊子　流離之後　總會返家
你在夜間返鄉的歸途踽踽獨行

我高唱　*自由的靈魂拘禁不住*
唱針和唱盤在覆塵的閣樓裡守候
等待昨日　你的夥伴與你的精神
他們還在艾比路[4]上徘徊

「噢，我相信著昨日……，此刻，我多麼的嚮往昨日」

一代巨星的殞落

---

1 密紋黑膠唱片出現之後逐漸取代了原本的黑膠唱片。
2 the Beatles 和百代唱片簽約後，在位於倫敦的艾比路錄音室裡進行了第一次錄音。
3 披頭四主唱約翰・藍儂 (John Lennon) 的日裔妻子小野洋子。
4 《Abbey Road》作為披頭四解散前的最後一張全員製作錄音室專輯。（雖然其在《Let It Be》釋出之前就先發行了，但《Abbey Road》的製作來得比《Let It Be》更晚。）
5 《Here comes the sun》作為披頭四生涯告別作《Abbey Road》中最經典的歌曲。

一片永世留存的墳塋

時代仍然要前進

黑膠恆久停留在那個年代，唱著太陽出來了[5]

（謹以此紀念披頭四樂團和灑落在紐約中央公園約翰・藍儂的骨灰，與被串流音樂及 CD 取代的黑膠唱片）

（願愛能到達世界的每一個角落，並與和平的號角聲一同在戰火之地吹起）

評審評語／沈花末

〈黑膠唱片〉一詩，作者藉由黑膠唱片每六十秒三十三又三分之一轉的速度，轉出以光線、旋律和唱針等意象，視覺與聽覺相結合，喚醒了曾經一個時代的歷史記憶。

首先，本詩透過敘述性的文字帶出一九六零年代，披頭四樂團吶喊式的搖滾，唱出彼時利物浦的社會現實，顯現充滿動盪與理想的追求。最後「想像……，不會再有戰爭，也不會再有人因殺戮而死去」，此時已到了紐約曼哈頓上西城，哀悼曾經的前樂團成員約翰・藍儂的逝去。

本詩情感真摯，語言簡鍊又具有音樂性與感染力，亦表現出作者對於自由的期盼，頗能引人深思。

新詩組總評　/蔡振念

　　詩歌是一種形象思維，詩人必須借用意象來表達心中的情感和作品的意旨，用意象來形成象徵和比喻。意象跳脫邏輯思維，但也不能漫無節制，必須像艾略特（T. S. Eliot）所謂的「客觀對應物」（Objective Correlative）般地相互呼應。艾略特認為，在文學作品裡頭必須要有一連串的物體、情況以及事件來對應某種情緒。艾略特所謂的物體近於是歌中的意象，因此意象的呈現必須和情緒密切相關，不是漫無所歸。美國詩人威廉斯（William Carlos Williams）在他的 Paterson 這首詩歌中創造了一個術語"No ideas but in things."這一詩句代表了二十世紀詩歌的一種思潮，也就是詩歌應該聚焦在事物和意象而非概念，聚焦在事物的實體而非事物的抽象特徵。威廉斯的說法和詩歌的意象思維是相同的。

　　詩歌的語言也應該避免邏輯思維，邏輯思維會造成詩歌語言的散文化，缺乏了詩歌所特有的跳躍性思考和語言的多義性。詩歌的散文化是指作品意旨的呈現，事件的敘述，沒有經由意象、比喻，或是戲劇性的情境，而是以概念化的、直白的文字去表現詩歌的情意。詩一旦流於散文化，經常會變成理念的訴求和邏輯思維，其中的特性之一是大量使用轉折的語詞，因此詩人應該盡量避免在詩中使用像雖然、但是、因為、所以等等語氣詞。

　　在普遍使用白話文的現代詩中，詩人也應該避免成語和熟語的使用，成語在對話中有其溝通的方便性，但也形成了一種語言的惰性，失去了語言生動活潑的生命力。除非能在成語中賦予新的意義和新用法，否則成語的使用適足以表現詩人思考上的惰性。

詩歌也應該注重音樂和節奏，詩歌的音樂性和節奏表現在詞語的重複、頭韻和尾韻的使用、修辭的複沓、情緒的循環反覆、章節段落的安排等等方面。

在2024年打狗鳳邑文學獎新詩組的甄選作品中，我們很難看到能夠兼顧到以上詩歌審美的諸多元素，因此也就沒有讓人驚豔的作品，在評審過程中，委員們也就只能取長去短，在四百多篇來稿中，選取出中規中矩、缺失比較少的四篇作品。〈河畔那場電影〉以高雄電影館為背景，整首詩的段落和詩句長短適中，意象之間互相關聯，譬如河流、星空、月光，都指向了在晚上與朋友共同欣賞電影的情感記憶。〈我的家〉這首詩的題目隱含了失家反諷，全詩表達了家庭破碎的痛苦，詩人用藏在抽屜中的婚紗照、破碎的相框等意象表達了失家所帶來的痛苦，雖然語言淺白，但是有一種清淡之美。〈移情的青春史〉是一首高雄的地景詩，善用迴行的技巧，使得詩行不會過於冗長，這也是少數注意到詩歌尾韻律的一首作品。〈黑膠唱片〉追憶消失的年代，近年來興起一股懷舊的音樂風，許多樂迷懷念黑膠唱片和唱針摩擦的沙沙聲，重新收集與聆聽黑膠唱片，這首作品的出現也就不足為奇了。但是作品的內容其實寫的是披頭四和他們的音樂，尤其是主唱歌手約翰·藍儂的事蹟。他的骨灰埋葬在紐約的中央公園，七十二街正好穿過中央公園，作者藉著這些意象，讓我們回到了披頭四的音樂中。比較可惜的是這首詩的題目和內容沒有相呼應，詩歌著力的披頭四和約翰·藍儂並不能完全等於黑膠唱片的時代。

打狗鳳邑文學獎並沒有限定作品的內容必須描寫高雄的人事物，這也就使得四百多篇的詩作當中，題材相當的多元，作者可以就自己的興趣和擅長的題材來創作，真正實現了創作上的自由。

新詩組 • 會議紀錄

新詩組決審會議

時間　2024 年 8 月 13 日（二）上午 10 時 30 分
地點　高雄市政府文化局第一會議室
委員　沈花末、陳育虹、陳義芝、蔡振念、騷夏（依姓氏筆畫序）
列席　高雄市政府文化局 • 林莉瑄、宋盈璇
　　　我己文創 • 田運良
記錄　翁禎霞

評審委員們一致推選陳義芝委員擔任本次評審會議主席。

主席陳義芝（以下簡稱陳）：我們先請各位委員說明評審標準或對本屆參賽作品的整體意見。

蔡振念（以下簡稱蔡）：本屆稿件並沒有讓人非常驚豔的作品。我認為詩的要素是詩質，在技巧上至少要有韻律性，其次是意象，意象要能統一，所謂的統一不一定是意象一致，也可能是矛盾的統一，即使是意象相反，但最後指向詩的方向是一致的。我發現現在年輕人的作品不太重視修辭，例如有些作品的句子很長，有些詩行又只有兩三個字，就是沒有章法，無論如何詩還是要講究段落及章法，但有些作品既沒有音樂性又沒有章法，有的又太晦澀，還有些甚至有閱讀的困難，當然這可能是世代的因素。

騷夏（以下簡稱騷）：這次參賽的作品非常多，我是先從中選出廿五首喜歡的作品，再從中選五首，其中有許多作品寫的是高雄的地景、歷史及時事，連演唱會都有被參賽者寫進去，讀起來很有共感，所以我是帶著歡樂的心在看這些作品，喜歡的作品還真的蠻多的，此外我也觀察到社群時代網路詩的興起，在社群已有新的面貌展現，閱讀詩的

人也變多了，因此我會在文學獎評選時呈現這一部份，我更偏愛愛情詩、時事詩與小作品。

沈花末（以下簡稱沈）：我讀詩主要先看文字是否符合詩的語句，文字是否經過雕琢、修飾，是否精煉，或者通過不同的型式來完成一首詩。此外我會注重詩的音樂性，不管是讀起來和諧或困頓，都要能展現詩的節奏，再來就是意象，無論表現的是明喻或隱喻，都要有其特殊性、可讀性；除此之外，當然還要看一首詩是否寫出它的獨特風格，我是透過這些標準篩選詩作。本屆參選的詩很多元，有抒情，有書寫地景的，有歷史敘述的，很高興有這麼多人投入寫詩。

陳育虹（以下簡稱育）：詩除了技巧外，最重要的是情與思，情感要真摯，思維要純直，寫詩就是將抽象的情感用具體的文字表達出來，思維清晰，文字就明朗。參賽作品中，我希望能找到有「新鮮感」的作品，因為在評審文學獎時，經常發現有人為參賽而寫，寫不出新意。文學獎還是應以文字、文學為重，希望可以看見作品的份量，這個份量不在主題，而在於作品本身的獨立性，完整性，在於作品是否有情感、有想法、有說法。

陳：我是從四百多首中精選再精選到廿八首，最後再選出五首進入決審，但也非一定是這五首，老實講這次沒有特別驚豔的作品，當然我確定選有兩首，其他的作品都各有優缺點。我們都知道詩無定法，作為一個評審者，就是盡量去理解它的意旨，盡量去領會作品中的表現藝術，發現作者的創意。一首詩要有藝術魅力、以及詩裡對人生的認知，或者它給了我們什麼省思，我是從這三方面去判斷，不過仍不得不承認，現代詩很容易濫竽充數，常有一些文句不通的、語法邏輯矛盾的、語意脈絡也有問題的，如果語意掌握不精，無法細膩分析層次，我想作品表達是會含糊的，這些都是首先要篩選考慮的。

新詩組 • 會議紀錄

複審結果

本屆文學獎新詩組總收件數四百二十二件，經扣除重複投稿等不符合資格者，總計四百零八件進入複審，經評審小組複審後，最後有二十二件作品進入決選。

作品	陳義芝	沈花末	陳育虹	蔡振念	騷夏	合計
移情的青春史				○	○	2
我的家	○		○			2
黑膠唱片	○		○			2
地鍋雞				○		1
磚		○				1
自己的ㄏㄨㄟ、ㄏㄨㄚ、	○					1
路過吳濁流故宅		○				1
思鄉					○	1
命名之雨			○			1
天堂鳥的葉子打開了			○			1
悲傷家族（2021.5.19-2024.5.31）				○		1
一家雜誌社		○				1
城的五線譜				○		1
壘中壘壘	○					1
倒垃圾					○	1
漁港日記—兼致梓官的父親		○				1
去你的海					○	1
蟲詩	○					1
乾眼症				○		1
河畔那場電影			○			1
母親的衣櫃		○				1
遠方的默片					○	1

陳：針對獲得一票的作品，評審請發表意見並作出取捨。

陳：我放棄原先選的三首。〈壘中壘壘〉主要是講消防員的工作辛苦，形容的就是一個個密閉的空間，此題材吸引了我，而且從中讀到悲痛，不過詩的語言藝術仍待加強。〈自己的ㄏㄨㄟˋ、ㄏㄨㄚˋ、〉，本來也覺得題材和目前臺灣社會有關，現在看來覺得表達沒有那麼凝練，會話雖然特殊，但必要性沒有那麼充足。〈蟲詩〉，讀到其中一些隱晦，還有某種人我關係的思索，但現在還是先排除。

育：忍痛放棄〈天堂鳥的葉子打開了〉。這篇仔細描繪一朵花的樣子，有作者細膩的觀察與想像。

沈：我放棄〈磚〉，這首詩以磚作為象徵，主要寫小林村在八八風災被滅村後的重生，有故事性，也能寫出餘生村人再聚的淚水和堅毅，但文字上較缺乏詩的質感和精煉。〈一家雜誌社〉，作者把一九七九年的事件以一種敘述的方式寫出來，有其時代政治意涵，文字也很好、很和諧，每個段落都有小主題，但為了保留其他的詩，只好放棄。〈母親的衣櫃〉是以一個女兒打開衣櫃的方式，想像媽媽以前所經歷過的人生的苦楚，原是在保留與否的邊緣，但現在再讀，這首詩在文字的表達平順，但似乎詩的意味可以再加強，所以這一首我也放棄。

蔡：我放棄〈城的五線譜〉，再讀此詩發現其中若干文字還是太散文化了。〈悲傷家族（2021.5.19-2024.5.31）〉，其日期是有特別意義的，指的是新冠疫情提升到第三級，不過敘事太混亂了，所以放棄。

騷：我放棄〈倒垃圾〉，在詩的作品中經常看到的是正面表述，很少看到描述像倒垃圾這種日常行為，它其實也呈現了正面的想法，垃圾代表某種存在，也用了一些網路語言，閱讀起來有青春的語彙，但好作品

太多了,只好放棄;〈去你的海〉,當初是被題目吸引,「去你的」比較是戲謔的語言,但海又很廣大,內容又是講父子之間的拉鋸,作者用了很多意象,但似乎是太貪心,沒有統整得很好。

陳:經過第一輪討論後,剩下十一件進入第二輪討論,請評審逐篇表達意見。

作品	投票評審
移情的青春史	蔡振念、騷夏
我的家	陳義芝、陳育虹
黑膠唱片	陳義芝、陳育虹
地鍋雞	蔡振念
路過吳濁流故宅	沈花末
思鄉	騷夏
命名之雨	陳育虹
漁港日記──兼致梓官的父親	沈花末
乾眼症	蔡振念
河畔那場電影	陳育虹
遠方的默片	騷夏

一票作品討論

〈地鍋雞〉

蔡:我覺得作者把地鍋雞寫得很道地,地鍋雞是徐州名菜,倒不是因為異國情調而選它,而是覺得它的每個句子詩的密度很高,例如「夕陽把市井的遺屑折疊成飛梭,人的經緯」,又如「已涸成一種天然的味覺,它熟悉醬肉與鹽豆的時序……／ 炕焦的喝餅,用竹木揭向莽蒼的中原」,他把地鍋雞的食材、地誌都寫了進去,可讀性很高,詩的密度也很高。

〈路過吳濁流故宅〉

沈：〈路過吳濁流故宅〉這首詩敘述一座前輩作家的故居，有歷史的觀察、歷史的傳承與個人的抒懷，可說是一首表現很好的詩，但作者也有語言太白的問題，有點散文的形式，我不推薦。

〈思鄉〉

騷：〈思鄉〉寫出高雄空氣的味道，雖然題目很平淡，但作者以陽光、溫度，懸浮在空氣中的氣味描寫高雄，身為高雄人，味道這件事，確實是家鄉的印記，他其實是以一種遠方的角度在回想高雄的生命記憶，描寫的不是具體的地景，而是細節，是住在高雄才能體會的氣味。倒數第三段「老宅沒有逃跑、逃跑的是美好」，還有最後一段「橡皮頭擦完，只剩下一截鉛筆」，都在描寫一種對比，作者寫得非常節制，對我來說，喚起了諸多回憶。

〈命名之雨〉

育：〈命名之雨〉文字最特別，極有詩意，如果仔細分析，它其實是一首十四行詩，前八句和後六行中間有一個轉折。雨滴與人，茫茫人海，茫茫宇宙，作者虛化的寫法非常細膩，三言兩語很難說清楚，只希望各位能再細讀過並能支持。

〈漁港日記─兼致梓官的父親〉

沈：〈漁港日記─兼致梓官的父親〉是地景詩，描述港邊、夜市等地點，同時也將高雄的豐富人文寫進來。我覺得作者用蠻好的文字來表達，例如第一行「浪花如一陣春雷，乍響後淌成歲月……每一處鹹味流動的蹤跡」，寫出高雄人的味道，還有懷念過去的歲月，隱喻也用得很

好,把時光海水的氣味、漁港都寫了出來,例如最後一段「大霧已經海平面掩蓋／此刻玉盤懸夜,靜謐且皎潔」,是兩行蠻美的句子,除了「玉盤」兩字稍微沒有創新外,描寫其實很有畫面,也很有意境,除了地景,也寫到美味、還有青春。

〈乾眼症〉

蔡:〈乾眼症〉寫的是淚水,悼念朋友的淚水,我欣賞的地方是他前面寫的是有關友人的種種,最後才點出哀悼的主題,唯一有問題的是詩有些句子太長了。

〈河畔那場電影〉

育:〈河畔那場電影〉是所有作品中表達最清楚的一首,文字也最順,希望各位有空再看一次。這是一首情詩,情詩要寫得好並不容易,而詩中講電影、講河流、講時間,寫我們在別人的故事中跑龍套,淡淡透露對人生的感思,希望大家支持。

蔡:〈河畔那場電影〉這首我會投它。複審時再看一遍,我覺得這首寫得很好。

騷:〈河畔那場電影〉和〈移情的青春史〉一樣都是在講一種青春的情懷,不過這首更真實一點,可能沒有那種一定要得獎的野心,讀起來反而更貼近。

〈遠方的默片〉

騷:〈遠方的默片〉這首詩其實是一首時事的詩,寫的是一起擱淺郵輪的新聞事件,船東積欠船費,無所適從的移工只能待在船上,從遠方的角度觀察,就像默片,而郵輪擱淺也是高雄常見的景觀,尤其是題目,

我非常喜歡。看得出來作者對這個議題有關注,想為他們發聲,而且細節處理得很好,例如「你抓了隻鴿子,遙遠地觀看」、「船艙裡躺著粉色的鞋,女兒穿上它」,讀起來都蠻感傷的,最後的結尾也很好,生鏽的船變成「一朵生鏽的花、不再因靠岸而搖晃」,「你曾遮住鴿子的眼睛」,鴿子是希望和平的象徵,卻被遮住了眼睛,我覺得收尾收得很好,我很喜歡這首詩。

二票作品討論

〈移情的青春史〉

蔡：〈移情的青春史〉寫的是在地高雄,讓在地人特別有感。現在很多詩不太重視聲韻,過去余光中、楊牧等詩人的作品注重韻腳,例如楊牧很多詩會押在中間,但至少看得出來有押韻。這首詩雖然押韻沒有很嚴謹,但其中的韻看得出來,如例飛翔的「翔」,流向的「向」、星光的「光」等,還有「鵲橋」、「解藥」等,都看得出來有押韻,另外一個我欣賞的地方是,作者把每一個段落都控制得很好,詩句的長短也沒有差得很遠,就像余光中老師所說,人的呼吸沒有那麼長,句子如果寫得太長,朗誦的時候根本沒有辦法一口氣讀完,但這首在段落及詩句都控制得不錯,這是我選它的原因。

騷：把地景寫進詩裡,在地方文學獎很常見,在這次也有多首這樣的作品,而這首和其他比較起來是比較突出的,在〈移情的青春史〉裡,有看到過去的高雄和現在的高雄。就是最後的「遠方,才有真相……」,有些美中不足,我覺得結尾不僅沒有答案,而且一些詩的意境因此散掉了,不然這首詩其實寫得蠻好的,把許多高雄元素都寫了進去。

沈：騷夏已講得非常完整，這是一首地景詩，把高雄的形象都寫了進去，尤其是最後一段，雖然作者心中似乎有些疑惑，但鋪陳的還算是正面的前景。這首詩在排列上有一致性，段落很清楚，文字也蠻有詩的意象，遣詞用字也都安排得蠻好。

育：〈移情的青春史〉作者的文字老練，題材內容完全應和高雄文學獎，目的性很強，但失之於不夠新鮮。

陳：這首詩的優點之前老師們已說過，我說一說我不選它的原因，它的一些語言還是太過武斷。例如「步道彷彿連心的靜脈」、「真愛等待光榮退伍，光榮卻害怕真愛移情」，唸起來很順，這指的是臺灣過去所謂的「兵變」，但這樣的表達侷限於時空，可能不是很充足。還有第三節「我只有不斷沉沒，成為碼頭、成為煙花／盛放的餘燼，而香味卻是甦醒的解藥……」好像從煙花連結到氣味，也可以，但為什麼是「香味」？似乎沒那麼精準，接下來「等待救贖的餓，被瑞豐的走道／拉成一首可以裹腹的詩」，這裡變成了「餓」的概念，又有一點怪，把詩這種抽象的詞語放在這裡，好像也不是很好。它的優點我承認，但我從另一面提出一點思考。

蔡：我補充一下，詩中所寫「成為碼頭」、「成為煙花」，高雄的國慶的煙花就是在碼頭施放，而「真愛等待光榮退伍」其實有雙層意義，一個是指之前所講的兵變，另一個指的是高雄的真愛與光榮碼頭，作者在後面還用了「我不再是安靜的橋墩，不是你的溪水／而是荒廢的水拹仔，相思不再成災」，意象都有連貫，而且連結了許多地景，在地人讀起來很有感覺。

〈我的家〉

陳：這首詩很清朗，連平常不太讀詩的人都可以感受其中萃取的人生情節。詩題是「我的家」，但事實上寫的是一個破碎的家庭，這裡就有了反差的張力，另一個反差張力是「我從爸床下偷走婚紗照，藏進書桌抽屜裡／月光下，爸溫柔地望著媽；媽甜蜜地笑著，在夢裡」，對照如今有不言的滄桑感，作者的語彙是自我充足的，不需要靠讀者另外設想；一般倫理親情並不好寫，容易落俗，不過這的確是社會現象，作者以簡筆處理，而且處理得很好，雖然現代主義興起後講究技法，但有時必須承認，沒有技法的技法其實是高明的技法，這首詩我是從這個角度勾選它。

育：比較其它入圍作品，這首詩的文字特別乾淨，筆法秀氣，用秀氣的筆法寫細緻的情感，乾乾淨淨，是合適的；作者表達感傷之情沒有鬼哭神嚎，反而非常的含蓄、壓抑，這是優點。

沈：這首詩經過義芝、育虹的說明，我更了解它了。這首詩寫破碎的家庭，當初沒有選是因為它用的文字語言沒那麼精確，平白的敘述有點太散文化，不過現在讀來倒覺得文字算是乾淨，沒有用太多多餘的語言就講了一個故事。

蔡：本來要選，它的確是用很簡單的語造成反諷，但我覺得這首詩只要讀過一遍，整個詩意就盡了，過去讀古典詩就知道，清淡之中保有詩意是最難的，這首詩雖有詩意，但它的語言似乎太過淺白，沒有餘韻可以反芻。

騷：這首詩讓我想起亮孩的《詩控城市》詩集裡的〈婚紗照〉，詩的內容：「被框住的你們／幸福嗎？」，在讀〈我的家〉這首詩就好像在讀〈婚

紗照〉的續集，讀起來很有感，如果之後這首詩有進入最後決選，我會選它。

〈黑膠唱片〉

育：這篇是比較少在地方文學獎看見的題材，具有時代感，臺灣在某個時期年輕人確實都聽熱門音樂、買黑膠唱片。詩中提到約翰‧藍儂的故事，並多處以他的歌做襯托，「我相信著昨日……」就出自披頭四名曲〈Yesterday〉。披頭四當年以行動反對越戰，鼓吹反戰思想，如今我們再度面對戰爭的危險；所以這首作品不僅回顧了一個時代，也提醒我們歷史正在重演。

陳：這首詩的語法表達和前一首不同，它比較繁複，第一次讀的時候，如果沒有仔細思考詩中運用的一些約翰‧藍儂的典故，讀起來就沒有那麼清晰，雖然不清晰，仍具有感染力，約翰‧藍儂、黑膠等，雖然過去了，但作者藉著悼念那個年代、悼念約翰‧藍儂，而懷想那個理想還在的年代，而今不言可喻，那個年代反戰，即使現在戰爭也沒有過去，作者用了一些浪漫主義的句子，例如「利物浦的眾民在高喊，崛起的工人階級／利物浦的百姓在歡呼，相擁的少男少女」，到最後「一代巨星的殞落」，有些情節雖然需要思考，但一旦進入了作者的語境，還是可以連結到現實人生滄桑感慨。

沈：這首我並沒有選，但我聽了義芝所講的十分有感，披頭四、約翰‧藍儂確實是與我們的青春年代相伴，講到利物浦就會想到披頭四，作者在作品中用了一些披頭四的歌詞，當初沒有選，是因為詩中一直在吶喊，雖然這也是披頭四的表現特色，但以一首詩而言，感覺文字比較淺白一點，這種吶喊式的，我比較不會選，但這首確實也是一首不錯的詩。

蔡：我也是那個時代的人，這首詩的內容我可以理解，披頭四是出自利

物浦，為什麼寫到曼哈頓上西城七十二街？因為七十二街穿過中央公園，約翰·藍儂的骨灰就撒在中央公園。我比較有疑問的是，這首詩就是在寫披頭四，主題並不在黑膠唱片，所以我對命題比較有疑問，黑膠並不等於披頭四，另外有些就像花末說的，感情太直接了，例如後面「一代巨星的殞落」，太像新聞標題，反而不像詩了。

決審投票

陳：經過充分討論後，接下來進行第三輪投票，各評審針對十一首作品，予以第一名六分、第二名五分、第三名四分……，依此類推遞減給分，最後依總積分高低決定名次。

評選結果：

作品	陳義芝	沈花末	陳育虹	蔡振念	騷夏	總得分	序位	獎項
移情的青春史	2	6	1	3	3	15	3	佳作
我的家	5	1	5	1	5	17	1	優選獎
黑膠唱片	6	1	4	2	1	14	4	佳作
地鍋雞	1	1	1	6	1	10		
路過吳濁流故宅	1	3	1	1	1	7		
思鄉	1	1	1	1	4	8		
命名之雨	4	1	3	1	1	10		
漁港日記—兼致梓官的父親	1	5	1	1	1	9		
乾眼淚	1	1	1	5	1	9		
河畔那場電影	3	2	6	4	2	17	1	高雄獎
遠方的默片	1	4	2	1	6	14	4	

新詩組 • 會議紀錄

據總積分結果，委員討論決議，〈我的家〉與〈河畔那場電影〉同為十七分，經舉手方式表決，〈我的家〉獲得騷夏及陳義芝兩票、〈河畔那場電影〉獲得陳育虹、蔡振念、沈花末三票，〈河畔那場電影〉獲選高雄獎，〈我的家〉為優選獎；〈移情的青春史〉為佳作；〈黑膠唱片〉與〈遠方的默片〉同為十四分，再經舉手方式表決，〈黑膠唱片〉獲陳義芝、沈花末、陳育虹三票、〈遠方的默片〉獲騷夏及蔡振念兩票，〈黑膠唱片〉獲選為佳作。

2024 打狗鳳邑文學獎新詩組獲獎名次：
高雄獎：〈河畔那場電影〉
優選獎：〈我的家〉
佳　作：〈移情的青春史〉
佳　作：〈黑膠唱片〉

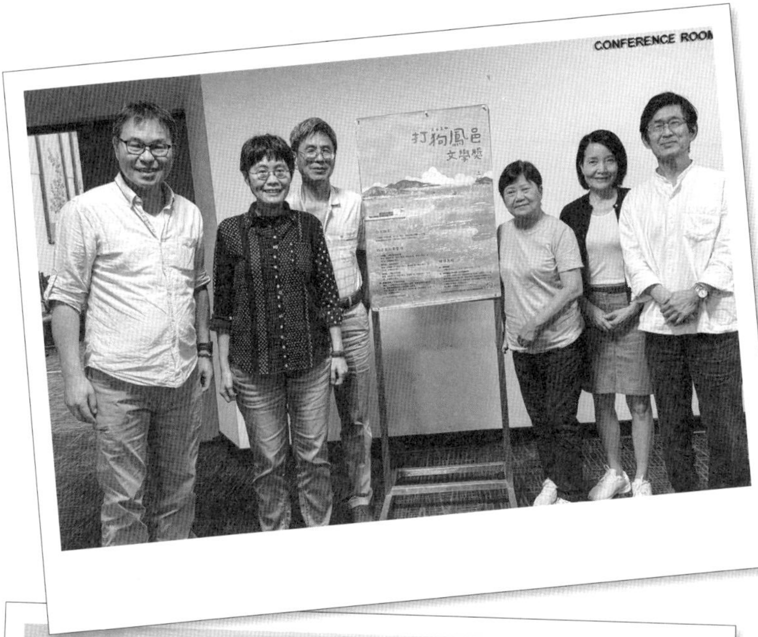
CONFERENCE ROOM
打狗鳳邑
文學獎

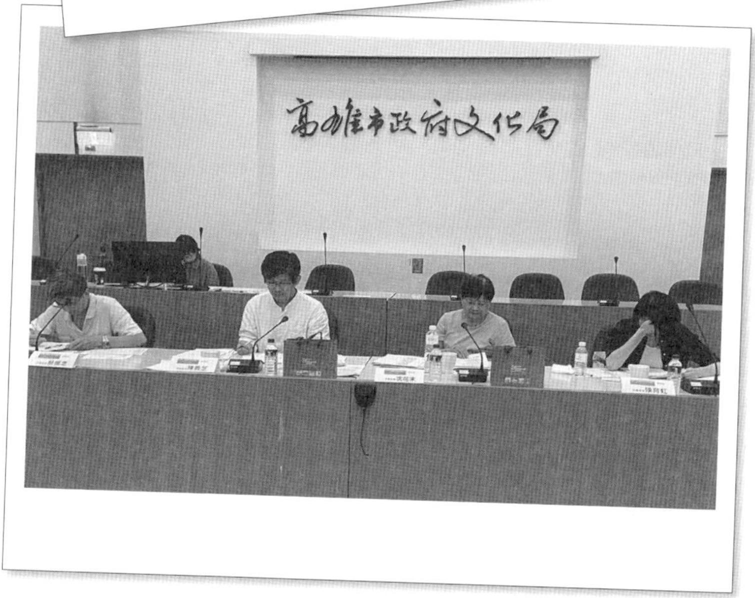
高雄市政府文化局

臺語新詩組

高雄獎

得獎人／雅子

簡　　歷／本名簡雅惠。出世佇厚雨水的故鄉宜蘭，啉大甲溪水大漢，曝南部的日頭讀冊，嫁予大肚山頂的好男兒。2010 年著病開始坐輪椅，加上藥物的影響，規年週天罕得出門。愛看冊、寫文章、寫曲作歌，也愛動手做手工藝。著獎記錄：打狗鳳邑文學獎、臺中文學獎、玉山文學獎、礦溪文學獎、教育部閩客語文學獎。出版品：《漂浪日記》、《讀心樹》。

就算身體各樣，靈魂猶原自在，紩文字做翼股，飛出輪椅束縛的世界。

得獎感言／病，致使我失去氣力，無法度家己倚起來；也無法度自理基本的生活。這十幾年來，翁婿無分日暝陪跮身軀邊，抱起抱落，細膩照顧。種佇青春的緣份無予病痛拍敗，二個人的生命若枷車藤二股捆牢牢，縛絚絚。這首詩，是我對翁婿的虧欠俗感謝。感謝伊的保護伊的疼惜，更加感謝伊看我的眼神攏毋捌改變，就算是初初濟濟的美國仙丹治療予我胖到 8、90 公斤，規个人變形伊嘛全款。較早的人講翁仔某是相欠債，我笑講伊毋知是欠我偌濟？無法度閣親像過去同齊出去鬥相看花看蝶仔，二个人踮厝內恬恬仔過日，鹹酸苦泔也心甘情願。佳哉這馬後生大漢矣，俗新婦攏會使鬥相共。

多謝評審老師予我的鼓勵，我欲共伊送予我這世人上大的獎──我的翁婿林岳勳先生。

慢板，咱的歌 ——
寫予翁婿的歌詩

臺語新詩組・高雄獎／雅　子

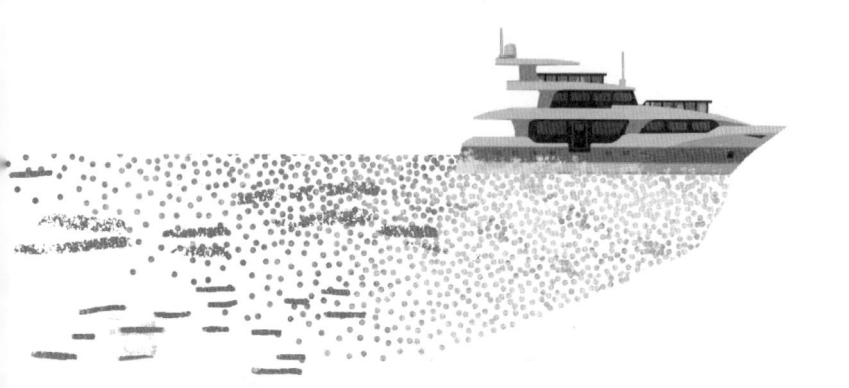

厝角鳥仔佮白頭鵠仔徛懸低音

一聲長──，一聲短，拍開地球轉踅的曲盤

你好禮仔起床，輕手的跤跡印出三个 P[1]

尾音是比迵過 kha-tián[2] 的早光閣較柔軟的，你的形影

我沙微的眼神，看焐過蠓罩的日花仔魚浮佇被面閃爍

一尾一尾，伴浴間潺潺的水聲，泅入你馴馴透流的情意

慢板是咱慣勢的板嘹，自彼時到今

你寬仔是掀開抾裯相被的 lè-sìr[3]，猶原是彼一日掀開紗仔巾的手勢

相相刻踮心肝穎的面模，逐工翻新，也變舊

牽我的手，節力仔揉，將我對長長的暝摸起來

徙動我這雙昨暝又閣佇夢中走揣蝴蝶的跤腿

由在窗外蟬仔 tsip-tsip 拍響板，拍出咱綴袂著的輕快

你燒烙的手抄，安搭我幽幽仔失落的痛疼

伸手，予你褪掉半暝清汗沐澹的睏衫

向腰，聽候你一空一空共尻脊後的鉤仔相鬥

查某人上親密的彼塊布，你已經熟手十外冬矣

盤過閉思的山崙，恬恬感受你指頭仔捆過的溫度

臺語新詩組 ● 高雄獎／慢板，咱的歌──寫予翁婿的歌詩

我知影你並袂致意胸前早就退色的玫瑰

彼條少女的祈禱[4]，這馬手也展袂開趕袂赴彈袂起

記持若掰過喙頓，有時也會開出紅牙的心花

箍過你的頷頸，捥起我的腰身

繏著的手骨有時冗有時絚，因為驚我疼也驚我跋倒

跤頭趺弓咧，出力將我對床墊挺起來

騰騰徛踮你的面頭前，潛縫共你唚一下

這愛人四常的畫面卻是咱美麗的煙火，佇彼瞬間

欶一口氣，兩粒透明的心用搭呰的速度

一，二，一，二，開始咱慢板的舞步

伐倒跤，勼正跤，親像舊厝彼座老爺鐘的銅墜仔，搖搖幌幌

一對相攬的阿不倒仔，幌對囥踮床邊的輪椅

你拍開每一个毛管空繃絚每一條神經，斟酌著我有重敧片無？

顛倒是我，旋藤的日仔久來，彼款躊躇佮驚惶攏已經漚作肥

覆佇你的胸坎開花，扞踮你的肩胛頭展葉

也詼笑家己，漸漸疏櫳的頭鬃較袂有拗鬱的青苔

日子綴徙位的跤步轉踅,正箍,倒箍

我走縒的人生有你拋碇,風風雨雨有你遮閘

有時也有烏雲來罩,滲一陣虧欠的雨毛仔

你溫柔的雨撇仔安定拍拍,捽走心頭齷齪的塊埃

歲月的海潮無分暝日,繁華墜落海,青春已經洘流

四季的旋律咱沓沓仔聽,經過遐爾濟冬我堅信

你會繼續牚我,咱的慢板,咱的歌

---

1 P / 義大利文的音樂術語。三个 P 是 pianississimo 的縮寫,表示極弱。
2 kha-tián / 窗簾。源自日語カーテン (kaaten)。
3 lè-sìr / 蕾絲。
4 少女的祈禱 / 波蘭女作曲家 Tekla B darzewska-Baranowska 的作品。

臺語新詩組 ● 高雄獎／慢板，咱的歌────寫予翁婿的歌詩

評審評語／李漢偉

　　這首詩書寫一位音樂素養真懸，卻身體已經衰荏十外冬的婦仁人，伊起床後短短的心路歷程。雖罔時間真短，對鳥隻叫醒「厝角鳥仔佮白頭鵠仔倚懸低音／一聲長，一聲短」開始，到翁婿半揀半攬伊坐好輪椅，佇房間內小小的空間行徙，溢出怹每一日攏足珍惜的性愛。黃昏的年紀及肢體的痛疼，並無減少怹 romantic 情深的相疼。

　　全首有足臺語喲的使用，也有老練的詩的技巧。因為伊是音樂人，咱閱讀者會隨時來感受樂音的圍纍，譬喻「懸低音、曲盤、尾音、水聲、板嘹、拍響板、少女的祈禱、慢板的舞步、四季的旋律」等佮音樂相關的描寫。另外佇內容也真感動人，怹並無餒志，一工的開始就彼此來共享若歌的慢板旋律，佇最後一句遮來點題「我堅信／你會繼續㧡我，咱的慢板，咱的歌」，怹實在真有救贖。

　　這首佇初選就受著三位評審過半的肯定，經過討論，得到尚懸分數來成做今年第一名的高雄獎，咱恭喜伊。

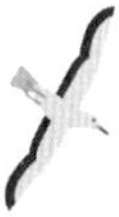

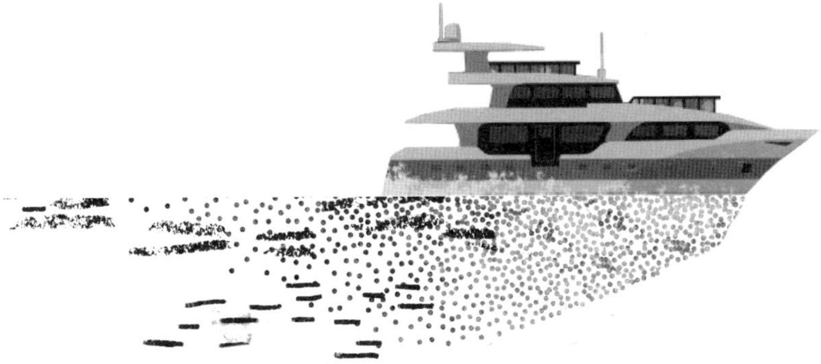

臺語新詩組

優選獎

得 獎 人／**蔡秋雲**

簡　　歷／筆名季芸，臺南人。捌得著 2022 年臺中文學獎臺語詩優選、2023 年打狗鳳邑文學獎臺語新詩高雄獎、2023 年桃城文學獎台語現代詩優選、2024 年打狗鳳邑文學獎臺語新詩優選獎，《台客詩刊》、《臺江臺語文學》、《海翁台語文學》。

得獎感言／無意中佇中央廣播電台詩情也綿綿節目蘇明淵老師的專訪聽著《善良的歹人》這塊歌佮創作的原由，予我想著較早一个長期遭受家庭暴力的厝邊起致寫這首詩。非常感謝評審的肯定佮鼓勵，會當閣一擺著獎有影真歡喜。

臺語新詩組 • 優選獎／贖身

贖身

臺語新詩組・優選獎／蔡秋雲

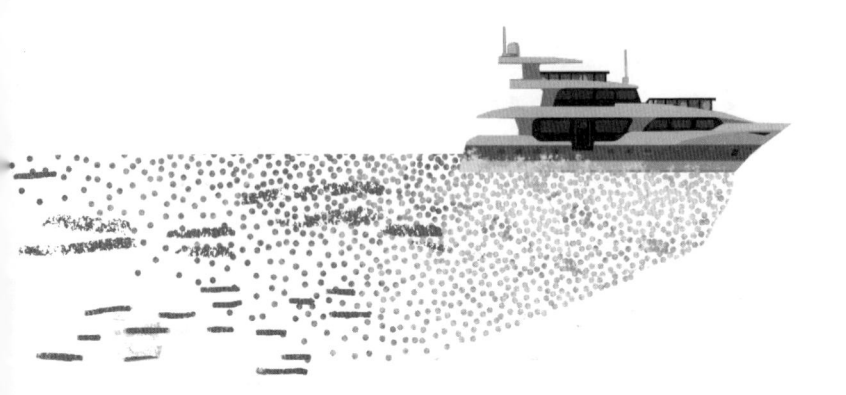

紅地毯的彼頭

是一條啥物款的路？

奢颶的桌聲，送走

食飯坩中央的公主命

雙喜的紅紙，敢是當掉人生的簽名？

青春落鼎

人情世事食重鹹

日子，煞愈煤愈冸

幸福像一陣煙，鼎蓋一掀隨無看見影

命運出菜單，一盤比一盤較歹扽

筊，像臭焦的火薰

淡開滿天的烏雲，共日頭光的笑容崁布袋

酒是魔神仔的符仔水

人牽毋行，鬼牽溜溜行

拍拚的雙手變成利劍劍的刀

一刀一刀，佇信任的感情線頂行鋼索

志氣著賊偷,拳頭拇捏(tēnn)綑的

是一个一个叫袂精神的惡夢

結實的肩胛頭,原來

毋是靠山,是惡魔的背影

烏青激血的三頓,目屎做飯吞

散亂的頭毛,失魂的目睭

揣無一絲安搭的燒烙

滴血的心肝起畏寒

大空細裂的傷痕,蝺佇壁角

呸呸掣

山盟海誓沉落海底化做無情的風雨

湳塗攪沙的路,敢會堪得

一擺閣一擺雄心的跮(thún)踏

吞忍的尻川後,是萬底深坑的地獄

風雨過篩,敢篩會出希望的虹?

暗暝的長巷,敢等會著路尾彼逝拍殕仔光?

情份的手摺簿仔有出無入領甲貼底

頓蹬佇愛佮恨交纏的雙叉路口

膽膽的勇氣窮（khîng）出心疼的裁決

迒過漉糊糜仔路，踅過青紅燈的掛礙

閣簽一擺名，贖回

一逝薄縭絲的尊嚴

臺語新詩組 • 優選獎／贖身

評審評語／魏淑貞

　　從婚禮到離婚，短短三十八行的短詩，說盡一位女子，踏入婚姻的傷痛遭遇，直白裸露的形容，看得人怵目驚心。

　　文字表達不一定是個人真實經驗，但這首短詩的敘述極其逼真，從婚禮一開始就帶著忐忑不安，懷疑在「雙喜的紅紙，敢是當掉人生的簽名」。

　　或許是這樣對婚姻的懷疑，招來厄運，步入家庭之後，「幸福像一陣煙」、「一刀一刀，佇信任的感情線頂行鋼索」，終究步入了真正的惡夢。

　　家裡男人的惡行相向，是最讓人不忍及心痛的畫面，「烏青激血的三頓」、「大空細裂的傷痕」，「結實的肩胛頭，原來 毋是靠山，是惡魔的背影」。

　　毅然決定扭轉命運，走出惡夢，不再吞忍。「閣簽一擺名，贖回 一逝薄縭絲的尊嚴」。

　　詩中對婚姻痛苦的逼真傳達，及對家中男性暴力的生動描述，讓這首短詩讀來讓人呼吸困難，但也是其文字最有力道之處。

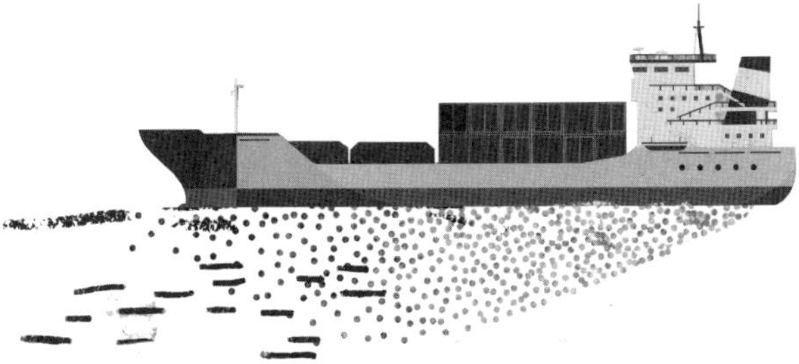

臺語新詩組

佳作

得獎人╱**儲玉玲**

簡　　歷╱2020 年，雄雄想著用台語讀家己創作的中文故事了後，睏幾若十冬的「台語魂」自按呢醒過來。佮阮小妹一儲嘉慧做伙創作的台文繪本有《熱天的時陣》、《咱的日子》、《我的朋友蹛佇隔壁庄》、《烏 --ê》。

得獎感言╱感謝評審的肯定佮鼓勵，嘛感謝阿公、阿媽、爸爸、媽媽賜予阮的台語的底蒂猶原在，予我會得通那學台文那以母語創作繪本，寫簡單、純真的故事，嘛通共佇心肝窟仔藏水沫浮出來喘氣的時想欲講的話交予詩。我想欲繼續寫詩。

261

臺語新詩組 • 佳作／盡磅

盡磅

臺語新詩組 • 佳作／儲玉玲

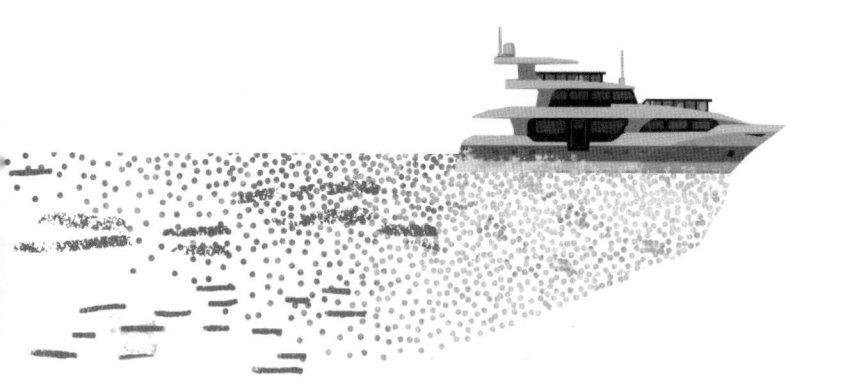

天拄拆箬　我

坐踮 mn̂g 床邊

目睭猶閣 teh 眠夢

雙跤沉佇淺拖仔

想著

又閣欲餾的一工

袂輸一支 teh 欲無水的原子筆

逐改攏想講

今仔日無定是寫上尾改

共攑 khái 皂皂咧

（猶閣會當寫）

我那寫那感覺著

原子筆的韌命　不而過

隨閣想講

毋知當時才會盡

共原子筆的筆心抽出來看覓　發見

筆心內底的墨水

已經欲盡磅

Tshun 一橫烏烏的跡

差不多像

原子筆畫一 ueh 按呢爾爾

閣會當寫偌久　是

無的確 ê 代誌

那寫 tō 那出力

筆畫愈來愈淺　字嘛會愈來愈看無

終其尾　一字都

寫袂出來

窗仔 tsîng 的光

Huánn-huánn

我目睭微微

淺拖仔拖咧

塗跤的痕跡無新無舊　恬恬

一工餾過一工

毋知當時才會盡

評審評語╱呂美親

「死亡」是逐人攏著面對 ê 課題,真濟人 tsiânn 禁忌,mā 袂少人看真開。毋知伊當時會來,所致 tsiânn 濟文章叫逐家著把握眼時前。文學作品 mā 真濟是以死亡做題材,咱所看著 ê 較濟是描寫面對家族至親 ê 離開,彼款毋甘、艱苦,心肝擘腹,定定藉詩文來敨放。總是,去較罕得看著 teh 等待隨時臨到、煞是無通叫伊緊到 ê 彼款「等死等袂著」,koh 也無看著任何希望 ê 心理描寫。

〈盡磅〉ê 頭段用「天拄拆箬」來表現應該迎接有光 kah 希望 ê 性命,煞因為身體無法度自由(檢采是病、老)ê 無望。中間二段用原子筆 ê 筆水比喻性命 ê 氣力無賰偌濟,用筆心來確認性命猶有一絲仔意志,總是袂得通去實行 ê 心境。最後猶是用光來焐,毋過全款是無法度 koh 抱希望 mā 無法度就此了絕 ê 失落。這首詩結構完整,詩人用簡單 ê 語詞字句,鬥出行 tȯh 真慢、拖 leh 活 ê 節奏,來表現接近性命 ê「盡磅」狀態,koh 也若像 4 葩會當直直重覆彼款,純然展示性命已經行到最後,干焦是等待「盡磅」彼時重重 (tîng-tîng) ê 無奈。這款近看家己靈魂最後 ê「出力」、「浮輕」kah「無望」ê 詩作,予人深深感慨。

臺語新詩組

佳作

得獎人／**張宗正**

簡　　歷／佇屏東萬丹鄉生長大漢,臺灣南北箍一大輾,最後寄跤高雄。
報社退休,相信「流目屎撒種子者,欲出歡喜的聲收割」。

得獎感言／接著文化局通知彼工,拄拄仔好是阿母的生日,主辦單位真勢(gâu)揀日子,想起來嘛是有夠趣味!
練習台語文學,是我每一年的工課,講臺語、讀臺灣歷史、學寫臺語文字,享受母語的韻律佮深度,生活加誠豐富,日子也加足心適。
感謝評審老師的肯定佮鼓勵。

臺語新詩組 • 佳作／母語

母語

臺語新詩組 • 佳作／張宗正

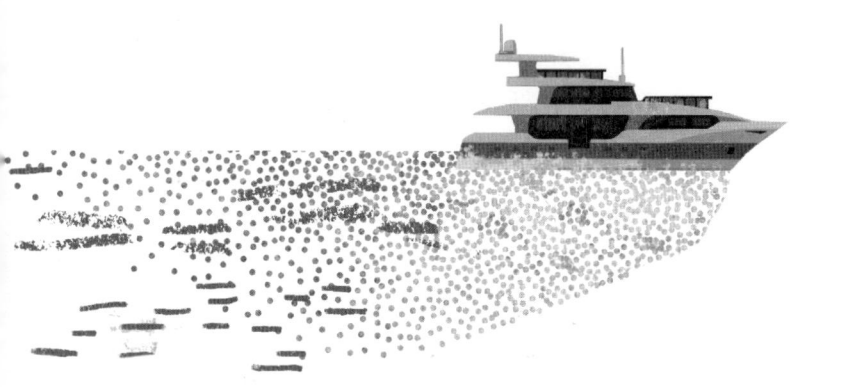

我對懸山轉來

謙卑跪落平洋　suh 一喙

沃落土地的奶水

親像拄拄仔出世的嬰仔

寬寬仔等待春風

珍惜學爬行走的跤跡

天　勻勻仔抹一層 khóng 藍

地　沓沓仔穿一領青翠

我　規身軀金滑金滑紅記記

喙脣留著母親白色的奶汁

充滿旋律、詩句、芳味

佮日頭光做伙落喉

ân-ân 拑（khînn）牢的心願

毋是遙遠的虹

毋是有刺的玫瑰

你心神的溫暖　是我

喙舌的甘甜　是我

記持　是我

思念　嘛是我

臺語新詩組 ● 佳作／母語

你若是欲離鄉拍拚

會記得紮著歌謠　紮著我

滿滿的祝福

予火紅的意志　開闊

你頭前的路程　攑懸

起初的信仰宣講誓言

尊嚴做家己

假使路尾我雙跤無力

面皮攝襇　喙頓流糍

無閣紅嫷鮮沢

向望佇你的心目中

我猶原是值得誇口的冕旒

戴佇智慧的頭殼頂

躼過春夏秋冬

凡勢　我無應該老去

著閣出力釘根湠枝發新穎

開花結果　成做嬌氣的景緻

留一嘴文文仔笑的幸福

聽眾人鬥陣吟唱歡喜呵咾

紲接鄉土傳奇故事

評審評語／李長青

　　這首詩以情意與情義取勝，在本屆臺語詩組的作品中，以臺語母語書寫一首題為「母語」的母語詩，在先天上，此詩也就有了一層基本的情感基礎。

　　情意指的是，對於母語能夠繾之綣之，戀戀不捨母語的舌頭，母語的音節，母語的聲情；而情義所指的，乃是天地之間，吾人自有生活的尊嚴與堅持，並且以此惕勵自己。

　　是以，此詩儘管也有著些許格式上制式化的地方，以及分行斷句處的某些不夠流暢，仍能以情意與情義取勝，脫穎而出。

臺語新詩組 • 評審總評

臺語新詩組總評／林央敏

本屆（2024年度）打狗鳳邑文學獎的臺語詩組，於八月十三日上午在高雄文化中心的文化局會議室進行決審會議，由李長青、李漢偉、呂美親、魏淑貞和林央敏（兼會議主席）等五位評審委員，經二個多小時的討論後，終於評定出四篇作品獲此殊榮。

本屆的臺語詩組開始取消主題限制，總共收到七十二件應徵作品，扣除不符資格者後，計有七十一件列入複審，先由上述五位評審各自進行審閱，並分別圈選五件作品提交決審會議，統計結果共有十九件，其中獲三票（即同時獲三人圈選）的一件、獲二票的四件，只獲一票的十四件。得票較多的前五件優先入圍決審，這已超出獲獎作品所需的四件，但為免遺珠，也為了兼顧有些只獲一票的作品也許是個別評委心目中的前列佳作，因此評委們仍就這些只獲一票的作品加以一一檢視和討論，某篇有人附議便納入參與決審，最後新增四篇共九件入圍。接著再就優先入圍的前五件作品深加討論其優缺點後，開始進行投票，每位評委分別提交個人評定的第一到第九名後，依序數加總的結果，有兩件同分並列第二，又有兩件同分並列第四，由於等同第二名的「優選獎」只能一位，然後並列「佳作」的只能二位，必須再就同分的兩組分別進行第二輪投票，才明確分出第二到第五名，其中第五名就只能遺憾成為落選頭了。

以上簡述評審過程，詳細可參閱評審會議的扼要記錄。接下來，謹就四篇得獎作品略抒筆者的短評：

1.〈慢板,咱的歌——寫予翁婿的歌詩〉,獲高雄獎,也就是第一名。這首詩在寫夫妻情深及兩人相處的某些狀態,特別是以夫妻的性愛來深刻表現其中的甜美與和諧,這部分是這首詩的最重要情節。臺灣人,也許長久礙於傳統文化及保守禮教的薰陶,對於男女情愛,人們(或作家)往往羞於面對和公開表述,即使以正面的態度、優美的描寫來表現性愛的作品也很少,筆者也許受到莎士比亞、福樓拜、艾略特等等西方文學的影響,認為文學作品並不須避諱此一人類的重要生活內容,曾於十萬字的拙作《胭脂淚》一首中以數百行的文段直接描寫男女主角的性愛過程,有此寫作經驗後,看到這首〈慢板,咱的歌〉的文句段落時,特別讚賞,因為作者不只懂得男女性愛之正面意涵,也有能力創造很多譬喻,包括隱喻、裝飾性的明喻,乃至借代、象徵等技巧所塑造出來的美麗意象,將男女交媾寫得很美。此詩除了寫性愛之外,也簡要的表現敘事者及其丈夫的相處互動,看來似乎「她」的翁婿出力、付出更多。詩句中,也用了一些音樂術語或用形容音樂的字彙來描寫也很恰當和貼切。總之整首詩寫得很優美,硬要吹毛求疵的話,末段用「烏雲來罩」、「虧欠的雨毛仔」來譬喻生活中的挫折或不愉快,以及用「溫柔的雨撇仔」來喻指翁婿的忍耐或溫純性格,稍嫌陳腐和比較不那麼貼切。

2.〈贖身〉,獲優選獎,也就是第二名。寫一個女子的結婚到離婚,本是期待兩人結合的歡喜,結果是嫁個嗜酒好賭的丈夫,且劣習不改,使夫妻間失去信任,更糟的是丈夫脾氣壞,常有家暴,妻子吞淚忍耐,人生有如陷在地獄中,兩人終於緣盡,走向分離,簽下離婚書,猶如贖身,才重新獲得尊嚴。這首詩寫到的每個事

臺語新詩組 • 評審總評

件都採用借代式的換喻來形容事物的情態,顯得文句優美。唯一的缺點是製造形象語言太密集一些,容易讓一般讀者覺得不知所云,幸好意象的指涉還算清楚,不會過度隱晦。

3.〈盡磅〉,獲佳作之一。這首詩的主題內容,可以說它是在描述寫稿、處理日常作業,也可以看做是以寫稿子來暗比人生或生活,可謂日夜佮傯,到了精力用盡,到最後似乎覺得這樣重複的日子只能無奈的得過且過下去。詩裡的原子筆實乃喻指人身或自己的生命。

4.〈母語〉,也是佳作之一。這首詩以母語當題材,讓「母語」擬人化來講述母語與「母語之主」(人)的關係與重要性,結語是人們應該愛惜母語,使母語永遠青春且生生不息。

筆者這篇礙於篇幅已超出文化局的要求甚多,只能綜合簡述各篇得獎作品的要旨,針對各篇的比較詳細的評審意見,請參閱另外四位評委的單篇解析。

最後,祝賀各位得獎者,同時筆者更期待有志於臺語文學、臺語詩創作的人,平時不管有沒有文學獎的徵文活動,都能繼續臺語寫作。其次我想告知,由於文學也是一種藝術,作品的好壞優劣除了許多主觀和客觀的因素之外,不同評審者對同一作品的看法也常有見仁見智的現象,因此得獎與否,也會有運氣成分所然。本屆入圍的作品中有些其實難分軒輊,但名次有限,有時只能向隅,比如筆者幾經考慮而最為看重的那篇描寫撿骨入塔的〈懺悔的覺悟——蜈蚣山撿金〉這首詩雖然首輪就已入圍,可惜末尾竟「被落選」了,希望(所有)落選者不要氣餒!

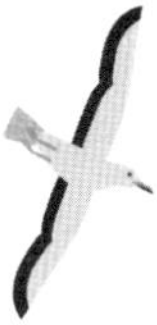

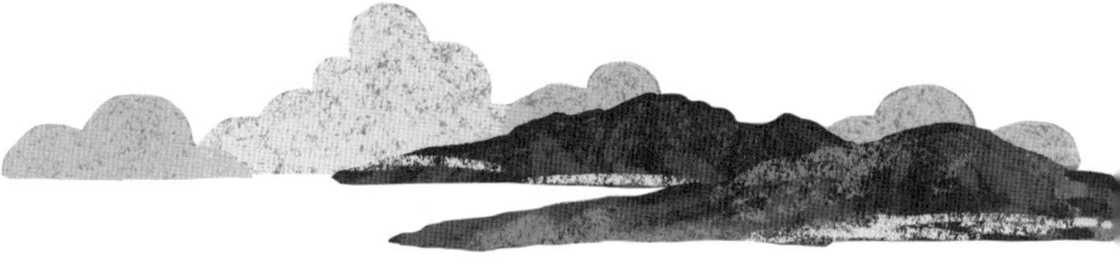

臺語新詩組決審會議

時間 2024 年 8 月 13 日（二）上午 10 時 30 分
地點 高雄市政府文化局第二會議室
委員 呂美親、李漢偉、李長青、林央敏、魏淑貞（依姓氏筆畫序）
列席 高雄市政府文化局・毛麗嵐、陳昱瑄
　　　　我己文創・田運良、林瑩華
記錄 吳蕙菁

評審委員們一致推選林央敏委員擔任本次評審會議主席。

主席林央敏（以下簡稱林）：先請各委員講述一下評審標準。

呂美親（以下簡稱呂）：這屆的作品的彼个題材佮寫作的視角有足大足大的無全，譬如講我家己有選的是這个〈贖身〉、〈懺悔的覺悟〉，其他的老師嘛有選著，我有選的〈波赫士的視界〉抑是〈心的量詞〉，特別選遮的是因為題材無全、視角無全，而且這个現代詩的奇巧已經有足濟超越，所以不管是題材方面有較多元、奇巧，有足大足大的進步，這是我感覺歡喜的所在，因為過去幾屆來講，寫歷史的，抑是寫予人的這足濟，較沉重的物件，這屆當然猶閣有遮的物件，毋過相對來講比例有較降低，已經有足濟無全，真正有寫詩會當寫萬物的這个角度按呢，所以我感覺足歡喜的。

魏淑貞（以下簡稱魏）：這屆的件數較濟，我感覺題材是足豐富，猶毋過文字的表達，定定感覺講若像袂穩，看到尾仔可能結語有一寡形容，感覺有落差，所以無感覺講真好，有點可惜，伊用的字、抑是講結語

的形容無夠好，我選的希望會當跳出以前的印象，比如講，攏咧講彼个歷史事件、歷史景點、歷史建築。比如講我選的彼个〈與神訣別書〉伊看的物件是較遠較闊，雖然無遐爾好，毋過算一个新的寫法、題材較無仝，另外譬如講〈筍乾〉，用臺文去寫臺灣上傳統的物件、食材乎，我感覺嘛足特別。因為這馬讀臺文的人閣無真濟，較希望用字莫傷冷僻、莫傷深，予逐家會當較想欲讀，臺文的發展可能會較順利，較開闊。

林：這回的作品袂少，普遍來講參差較濟啦，佇我印象中感覺這屆平均比歷屆無較好，較湳，比過去較穩就著，當然嘛是有一寡好的，落差足大；我會就個的題材佮個的修辭能力、描寫能力，佮彼个詩質看伊的好穩，尤其題材的部份講用歷史人物、歷史性的，若無足特別的時陣，若兩篇有一篇是較單純的創作、一篇是用歷史人物，攏真好，若是兩篇欲揀一篇，我會揀彼个毋是歷史的，因為歷史人物會使看的太濟矣，這是我的看法、我評選的標準是按呢。

李漢偉（以下簡稱偉）：我評審的原則大概是分做兩部分，佇形式上來講臺語詩，是愛有臺語喲的，詩質愛有夠，其實咱這屆稿件有足濟攏是散文化的，字句攏足長，詩的感覺卡少。另外是對內容來講，愛會感動人的，詩若袂感動人價值減少。我期待真情實感，有的筆調誠好，但是看起來毋是家己的感情，會當看出虛假的部分。以上是做我判斷選擇的標準。

李長青（以下簡稱青）：我的看法是講，每一首詩咱看到尾仔就詩論詩。每一首詩欲成做文字的藝術品，最後嘛是愛看伊的技巧，敢有到彼个藝術標準。頭前老師講的攏著，我會閣加一个，這首詩形式佮內容以外，是毋是有達著咱對一个藝術作品的要求。

複審結果

　　本屆臺語新詩組總共收件七十二件,扣除了重複投稿不合格件數,總共是七十一件。經複審結果有十九件作品進入決審。

作品	李漢偉	林央敏	李長青	魏淑貞	呂美親	合計
慢板,咱的歌——寫予翁婿的歌詩	○	○	○			3
行入二二八公園		○	○			2
贖身	○				○	2
懺悔的覺悟——蜈蚣山撿金		○			○	2
打狗英國領事館戀情		○	○			2
工人佮漁婦	○					1
駁二驛頭:舊打狗驛				○		1
無影	○					1
阿媽的畢業典禮				○		1
安樂			○			1
三德里(六班長)11.14 紀念公園			○			1
與神訣別書				○		1
陸橋跤的飯擔仔—記念莊朱玉女阿媽		○				1
母語	○					1
登山街 60 巷 ê 記持			○			1
筍乾			○			1
波赫士的視界					○	1
盡磅					○	1
心的量詞—獻予貓仔					○	1

一票作品討論

〈工人佮漁婦〉

偉：在地化誠清楚，彼兩仙：查埔的是工人，查某的是漁婦。這首詩有向望，伊內底有具體的描寫佮抽象的意象。伊用足濟反襯佮對比。我選這首詩是講在地化，當然寫高雄的嘛閣有，若準講逐家無意愛，我放棄。

〈駁二驛頭：舊打狗驛〉

魏：駁二是高雄這馬予逐家真注意，改變真大的所在，用一个 oo-jí-sáng 的角度去講伊看著的改變，佮伊厝裡關係的無全，感覺不止仔趣味，伊有一寡用字，我感覺詩的彼款味，有可能較無夠啦，我無堅持。

呂：傷華語化矣。

偉：華語詞太濟，像「人來人往」、「泛黃的」。

〈無影〉

偉：三代情，寫出伊的老爸、伊佮伊的囝。老爸對伊的教示內底有足濟「欲語還休」的美好。「無影」是一个否定詞，反常合道，實在是「有影」，最後點題，讀冊是有影足重要的。讀冊是貫穿這首詩足重要的一个意涵，嘛是我對這首詩發現的美好，所以我有選伊。

〈阿媽的畢業典禮〉

魏：逐家對長輩的死亡攏足悲哀、足悲傷，這首詩有較濟正面、較風趣的彼个角度，是阿媽過身用畢業典禮來形容，可能逐家感覺較無遐爾有詩的味！散文和詩較成濫做伙，我看伊的內容，所以佇字彼部份我沒

有太計較,逐家可能是對文學抑是講對詩的要求較懸,我感覺會當予逐家另外一種角度,對長輩的死亡、離去是一種祝福,一種歡喜的,無遐爾悲哀的彼款感受,這是我選的理由。

林:這較散文,應該是逐家攏有感覺。其實文句散句嘛是有可能會構成詩,中文詩足濟這現象的,不過散文構成詩的情形,造成彼詩質較缺。

〈安樂〉

青:這篇我會當放棄無要緊。我感覺對臺語的文學、對詩來講,咱這嘛的題材,應該愛愈拍愈闊才著,這是一个予咱臺語文學會當愈來愈深刻的效益之一,這首詩這个部份做了袂穩,但是這首詩其實伊有真濟欠點,所以我無堅持。

〈三德里(六班長)11.14紀念公園〉

青:這篇我感覺咱需要共鼓勵。這首詩伊本身誠特殊,歷史上伊是一个齊聚冤魂,地方上足濟人慘死的冤案,按呢的時空背景,伊這个背景本身是誠特殊乎,閣來就是就詩論詩看,這首詩一直用伊的內容佮彼个詩句,去佝伊這个題目,共這个題目做一寡發揮,而且佇伊的註解內底,伊有小可仔交代講這个清庄的代誌,當然伊交代甲足簡單的啦,無夠詳細,我感覺淡薄仔無彩,若這个所在交代較詳細,甚至共一寡歷史的文獻資料,抾重點共交代出來,我相信會當說服感動愈濟讀這首詩的人。

咱這个文學獎是無限制主題,你欲寫各種題材攏會當,但是這首詩我並毋是因為伊有在地抑是高雄這个元素,我就來選伊,是按呢的原因以外,伊佇臺語詩佮文學佮藝術的照顧佮要求方面,我嘛感覺做了袂穩,所以我個人是真推薦這首詩,請逐家鬥牽成。

偉：這首詩舊年已經出現矣，舊年是干焦我選，結果無得著其他評審的採納。仝一首詩重複投稿，我今年就主張放棄。

呂：舊年我無投有講過仝款的原因，伊這是日本時代的事件，猶毋過若是欲就詩論詩，這個題目就是足奇怪，「三德里（六班長）11.14 紀念公園」是欲寫啥物？完全攏無聚焦，若準講是欲寫歷史，詩的節奏嘛無予我看著歷史予人感覺艱苦，所以毋是頭拄仔漢偉老師講的問題，我感覺嘛有可能去年遺珠之憾，咱共抾轉來，閣重新去予伊平衡。

毋過我對這首詩，第一，曷若是我頭拄仔講的，題目你到底是欲以公園的角度去寫，設立的意義，抑是欲寫歷史？若是欲寫歷史，題目按呢就毋著，第二就是這个「一彈再彈」、「大不了是空喙的伴奏」這足濟華語化的物件，猶閣有頭拄仔長青老師嘛有講著這个伊的註解寫柯里長，你到底是欲寫柯里長抑是按怎？伊規个足失焦的啦，所以選一項物件來好好仔寫，我想是按呢。

林：有一寡文句我是感覺有改過啦。我原底是拍算欲附議，附議了後我原仔袂投伊，我是看這缺點佮其他的比，無法度，佇我的分數內底伊原仔算較懸，但是我無選伊，你有堅持無？堅持欲予入來。

〈與神訣別書〉

魏：我感覺伊的主題，較看國際的時事去寫詩，我家己感覺不止仔袂穤，毋過毋知影其他的委員感覺有啥物無好的點。

林：我有特別註明講伊是華語，華語氣足嚴重，甚至比其他篇的閣較嚴重。感覺這首伊用華語寫的，寫過去了後伊才翻譯，閣無正經翻譯。有人欲附議無？無。

〈陸橋跤的飯擔仔——紀念莊朱玉女阿媽〉

林：伊攏咧照顧遐的散赤人，毋是干焦表達伊的愛心，嘛寫一个小人物的故事，這語言袂講真深，普通閣有詩意，文字真適當。有一寡臺灣人、華人講佔便宜，毋是散赤人嘛來食，這就是共社會失去道德、失去廉恥的這種現象表達出來。「雨水雄狂來沃澹，袂赴穿雨幪的目箍」這个話，可能形容這个女主角的阿媽，嘛有可能是別人咧流目屎，這个時陣雨水佮目屎其實是結做伙的，用按呢形容乎，無講足直接的，就共目屎的意象共表達出來，所以伊最後一段伊希望講咱一般百姓，咱臺灣人的道德會當閣再興起來，品德佮希望人會當改善，希望有人願意附議。

偉：其實這位阿嬤若親像臺東彼个陳樹菊，高雄市民能講「耳熟能詳」，佇報紙刊足久啊，若毋知就會感覺足感動的。足熟的題材，報紙久久攏刊了矣，欲成做一个作品，用詩來寫出伊的美好，是必須有突破性的表現。

呂：我贊同漢偉老師的意見，但是有一寡無仝款的想法，雖然是通人知的代誌，但是二二八抑是其他事件嘛是通人知，報紙刊愈濟。雖然逐家攏知影一个平凡的人會當予咱用心去共傳頌，這我是鼓勵，我感覺伊的奇巧無濟，毋過詩歌若準講會當按呢歌頌抑是講咱欲記持的人，咱會當用淺白的話語按呢共伊唸讀出來，我感覺這嘛是一種意義，所以我附議。

〈母語〉

偉：伊用「母語」做「我」，「你」是整個臺灣的普羅大眾，詩開始對我（母語）來產生，了後「我」和「你」落去對比來寫，我感覺比其他的較創新。伊佮臺灣普遍喲推廣母語是足特別。

呂：我感覺這首寫了誠好，一个考慮是臺語詩就是用母語寫作，這个主題用母語，當然寫詩用啥物主題攏會使，真有創意，只是我會想講用母語寫其他的題材，毋免共母語專工做一个題材，毋過伊寫了袂穩。

林：附議。

〈登山街 60 巷 ê 記持〉

魏：我比較重視歷史的物件，感覺伊寫的內容可能是逐家會有趣味的，抑是阿公彼个時代有一寡人來到這个所在的一寡歷史。毋過我選的敢若攏較無臺文氣味，所以聽逐家意見，無堅持。

呂：我無欲附議。咱有限制四十逝，所以這首詩想欲予伊四十逝內底，一逝就有夠長，其實若是這種記持的書寫乎，伊寫遐長其實已經傷散文，準講伊欲合四十逝，會使閣精簡，共彼个情感閣精煉化，所以對我來講這首詩普普，無夠精煉，閣來就是華語化的問題。

林：嘿啦，華語化。毋是講伊句頭長爾爾，若古早詩，有的詩你嘛會當莫一逝一逝排，你會當全部攏像散文按呢排，所以毋是彼因為一句一句，句頭的問題爾爾。

〈筍乾〉

魏：伊用筍乾這个物件去做足濟形容，這是一个突破，一種無仝的寫法，因為足濟物件文字的表達攏差不多，對我來講無啥物吸引力，這篇我感覺有較無仝、較特別。

呂：題材本身袂穩，若是會當共擴寫做小品，凡勢會當閣較好。

林：伊若莫用這个方式共寫做詩，共寫小品的散文，應該會當寫足好。

〈波赫士的視界〉

呂：伊咧寫波赫士的視界，其實嘛反省作者對文學的這個想像的視界，所以這個書寫題材⋯⋯我想這个作者應該是足少年的，因為伊無歷史的包袱，所以純就伊的感受去寫這个，所以我有投伊。

林：〈波赫士的視界〉這首真正是寫甲足好的，伊最後彼句足重要的，從來毋是為著欲去逐別人，這就是文學的利用。作品咧反應藝術社會佮人文，遮的現象。因為你家己原仔無堅持，我原仔無附議。

〈盡磅〉

呂：這首詩是咧寫一个人死前的心情，因為攏無法度創啥，一工等過一工，人生的盡磅，死袂去的彼个感想，比如講「像彼無水的原子筆　毋知當時才會盡」其實伊毋是咧寫毋知當時才會盡，其實伊足想欲盡的，共這原子筆筆心抽出來發現，其實內底的水嘛盡磅矣、寫袂出來矣，其實可能猶未盡磅，一工過一工，毋知當時會盡，這攏是盡磅，但是到底欲盡磅抑是無愛盡，我感覺用一首足短的感覺，結構是一个完整的，而且有束格佇一个時間點、一个空間，所以我感覺這首詩足好的。

偉：〈盡磅〉是小品，但是足完整的，我無選伊的是感覺算小品。若你講的共一个觀點，欲斷水閣猶未，死袂去，這个意象佮伊的性命連結，足好。

青：附議。

魏：附議。

〈心的量詞—獻予貓仔〉

呂：我感覺足有創意，對臺語有新的想像，內底是寫量詞，所以有足濟無仝款的量詞囥做一首詩，感覺足古錐的，所以我予伊分數。

兩票以上作品討論

〈慢板，咱的歌──寫予翁婿的歌詩〉

偉：這首份量有夠，閣無啥物缺點，佇我心目中是第一名。主角是一位音樂素養真懸的婦仁人，音樂對頭到尾串連，閣有足「浪漫黃昏戀」的性愛表現。

林：就是上尾仔譬喻小可仔無適當，無夠嬌氣。

青：佇這十幾个作品內底相對欠點上少，其他的作品其實多多少少攏有一寡不管是文字，抑是用法，抑是華語化，抑是等等的問題。

呂：伊是一個好的作品，但是嘛有小可仔的華語化，比如講第三逝「你好禮仔起床，輕手的跤跡印出三个 P」這个輕手我就看無啥有⋯⋯，不過伊是有感動我的，包括彼个性愛的描寫是足大的突破。

林：主要是伊寫性愛乎，所以講這印象誠深，伊的表現方式。

〈行入二二八公園〉

林：雖然是講行入二二八，就是臺北新公園啦。主要描寫這公園的景致，內底的膨鼠佮鳥仔。膨鼠是第一主角，也有粉鳥，小品詩會當共一寡動作共描寫出來，來講這个代誌，這是較困難一寡，這个作者觀察這

285

个粉鳥佮膨鼠真幼，這真幼路來共寫。伊第二頁第三段，伊講「膨鼠佇翕相機快門頂面鬼鬼祟祟」寫真活。

伊的焦點囥佇粉鳥，用這个和平、飛天，佮臺灣的堅持，來譬喻一个物件，上尾仔第三句意思較怪，「飛過臺灣歷史博物館天頂的粉鳥」飛到轉來……飛向二二八，這个文法是較明顯的缺點。

青：雖然有選，但是伊欠點誠濟。切入的視角非常特殊，有伊特殊佮嬌氣的所在，但是欠點袂少，比如講第三段這三五个囡仔遮乎，字就毋著矣，閣來第四段乎「露出」我較毋知影臺語有按呢的用法，猶閣有「身軀跤兩三下」這嘛是，閣來膨鼠這段我感覺伊較用力，雖然伊有撙節，但是我感覺伊用了力頭傷過。當然這臺語的語法，欲用較口語的，抑是寫較古典的，這是寫作者的自由，我感覺講讀起來，除了我感覺伊的切入視角較特殊以外，其實這首詩欠點原仔袂少按呢，這是我的意見。

偉：伊欲入圍到第四名可能較有問題，雖然講啄龜、眈龜是無仝的，但是其實嘛差不多相仝。這个人行入二二八公園來看著膨鼠，最後是粉鳥仔的描寫，二二八的意象、臺灣歷史館的臺灣歷史，佮自然景觀描寫並無足相關，是我無選伊的原因。

〈贖身〉

偉：這首讀起來是足輾轉，「滴塗攪沙的路，敢會堪得」表現出人生的無奈，本來好翁是足大的向望，結果變穤翁，最後離婚得著贖身得著救贖。嘛親像象徵出臺灣佮臺灣女性的覺醒。

呂：家暴是一个現代的議題，但是伊是久長存在的物件，像這兩句就是足四常但是佮逐家咧講的，目屎做飯吞囥佇詩內底。贖身就是查某人的運命，就是你欲共家己贖轉來，本來是幸福的，頭前若像鋪幸福、足

濟向望,但是足濟悲劇,到最後是伊有勇氣「閣簽一擺名,贖回一逝薄縭絲的尊嚴」伊可能是一個舊時代的女性,但是彼個勇氣有展現出來,共這個過程寫佇詩內底,伊無一定有押韻,但是伊有伊的節奏,所以我揀這首詩。

林:離婚成矣,所以才有贖身。伊咧寫遮的物件,攏用譬喻的方式來表現,這是作者真勢的所在,只是用甲過頭,用咧逐句猶是逐段攏總用這個方式乎,缺點就是講伊彼總譬喻句啦,譬喻的句太密太濟,濟甲這煞變做缺點。

呂:毋過我感覺這是足成熟。

林:借代加起來的,有一寡奇巧,我是感覺用甲傷過,所以我無選。

〈懺悔的覺悟——蜈蚣山撿金〉

呂:去抾金佮老爸悔改予人會感動,其實我有偷偷仔流一滴目屎,因為彼個懺悔是真正出自內心的,後悔彼個時陣背骨的我,就是一個足簡單的物件予我有一個足純真的感動,猶無伊其實嘛有一寡欠點。

呂:著,猶閣有一寡用字毋是教育部的,「你」伊用「汝」,抾金的抾應該毋是這個抾啦,等等……伊是一個純真的真情予人感動。

林:我是無遐爾計較,伊咧寫抾骨我是感覺真媠啦,而且情節,詩會當寫有情節是足困難寫的,文句閣表現媠,足深刻。原底我認為伊有一個大缺點,小可仔無結尾,但是閣詳細共看起來,其實伊彼結尾,後壁第二頁上尾仔一段「汝捌問我『當時欲嫁?』我真後悔彼陣背骨的我回汝:『慢慢仔等,汝死了後才有可能』」其實頭前彼句話,第三段彼句話:「爸爸我𤆬汝孫來看你矣」這其實就咧呼應我講無結尾的所

在，頭前後壁有呼應，所以這結構，安排甲誠幼誠嬌氣，所以我選伊。

〈打狗英國領事館戀情〉

青：肯定伊的表現手法，佮咱一般臺語表現方式，有較無仝的所在，想講借這个機會肯定這个表現手法。

林：這篇的表現手法是真特別，譬喻傷捷，捷甲彼文句已經咧弄椏仔花，華語講叫做賣弄造作，其實若莫按呢共彼个意象小放較冗一絲仔，其實會閣較好，足濟所在我攏記錄「造作」。

偉：六段落特別（ ）佇頭前寫一句話，看無伊的意涵，親像「時光森林」「心的傷逝」等華語詞？

林：這就弄足濟椏仔花，這做法是無好的。

呂：伊就是想欲寫一个短劇，但是寫了無好，所以我無選伊，咱會使投票矣。

決審投票

林：總共九篇，請按照順序排一到九，分數愈低著名就愈懸。

經過充分討論後，接下來進行下一輪投票，各評審針對九首作品，予以第一名一分、第二名二分、第三名三分……，依此類推遞增給分，最後依總積分決定名次。

評選結果：

作品	李漢偉	林央敏	李長青	魏淑貞	呂美親	總得分	序位	獎項
慢板，咱的歌——寫予翁婿的歌詩	1	4	1	7	3	16	1	高雄獎
行入二二八公園	6	2	5	8	9	30	6	
贖身	2	7	4	3	1	17	2	優選獎
懺悔的覺悟——蜈蚣山撿金	5	1	8	4	5	23	4	
打狗英國領事館戀情	9	6	6	5	8	34	9	
三德里(六班長)11.14紀念公園	7	9	3	6	7	32	7	
陸橋跤的飯擔仔——記念莊朱玉女阿媽	8	3	9	9	4	33	8	
母語	3	5	7	2	6	23	4	佳作
盡磅	4	8	2	1	2	17	2	佳作

〈慢板，咱的歌——寫予翁婿的歌詩〉積分最高，獲得高雄獎，但排序2和4積分相同各有兩首，委員們再次投票決定名次。

作品	李漢偉	林央敏	李長青	魏淑貞	呂美親	總得分	序位	獎項
贖身	1	1	2	2	1	7	1	優選獎
盡磅	2	2	1	1	2	8	2	佳作

作品	李漢偉	林央敏	李長青	魏淑貞	呂美親	總得分	序位	獎項
懺悔的覺悟——蜈蚣山撿金	2	1	1	2	2	8	2	
母語	1	2	2	1	1	7	1	佳作

臺語新詩組 • 會議紀錄

　　經兩輪投票後，依總得分決定，〈贖身〉為優選獎，〈盡磅〉、〈母語〉為佳作。

2024打狗鳳邑文學獎臺語新詩組獲獎名次：
高雄獎：〈慢板，咱的歌——寫予翁婿的歌詩〉
優選獎：〈贖身〉
佳　作：〈盡磅〉
佳　作：〈母語〉

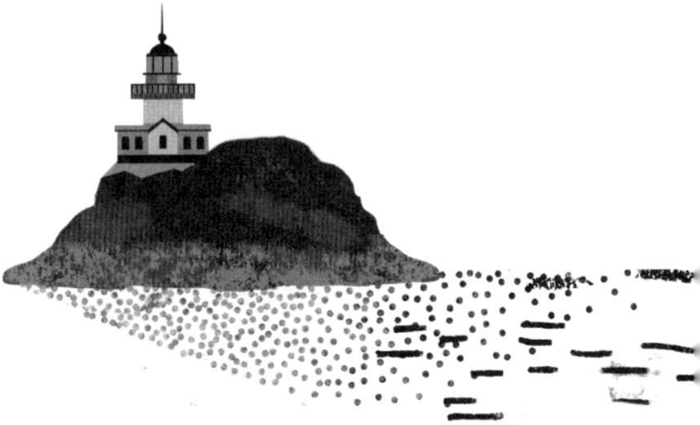

2024打狗鳳邑文學獎　徵文簡章

壹、活動宗旨：鼓勵文學創作風氣，發掘優秀作品，創造豐沛文學寫作環境。

貳、指導單位：高雄市政府
　　主辦單位：高雄市政府文化局

參、徵文對象：
　　不限國籍，不限主題，惟小說、散文、新詩組需以正體中文（繁體）書寫，臺語新詩組以全漢字、全羅馬字、漢羅合用書寫均可。

肆、徵選類別及獎項：
　　一、小說組　6000至20000字
　　　　獎項：高雄獎1名獎金20萬元及獎座，優選獎1名獎金12萬元及獎座，佳作2名各獲獎金8萬元及獎座。
　　二、散文組　4000字以下
　　　　獎項：高雄獎1名獎金12萬元及獎座，優選獎1名獎金8萬元及獎座，佳作2名各獲獎金6萬元及獎座。
　　三、新詩組　行數40行以內
　　　　獎項：高雄獎1名獎金8萬元及獎座，優選獎1名獎金6萬元及獎座，佳作2名各獲獎金4萬元及獎座。
　　四、臺語新詩組　行數40行以內（臺語，同臺灣文學館臺灣文學獎之臺語、臺南文學獎之福系臺語、臺灣閩客語文學獎之臺灣閩南語用語）
　　　　獎項：高雄獎1名獎金8萬元及獎座，優選獎1名獎金6萬元及獎座，佳作2名各獲獎金4萬元及獎座。

伍、收件方式
　　一、收件日期：113年4月16日（二）起至113年6月21日（五）止。
　　二、紙本和線上報名擇一方式投稿參賽：
　　（一）紙本報名
　　1. 應繳資料：
　　　（1）報名表1份。
　　　（2）投稿作品1式6份。請以電腦繕打於直式A4紙張，作品題目列於第1頁最前端，不需另印封面。標題採新細明體16號字，內文採新細明體14號字，文字橫排方式，可雙面列印，1頁以上請編列頁碼，左上角以釘書針裝訂。
　　2. 一律採掛號郵寄報名，以郵戳為憑。收件資訊如下：
　　　（1）收件地址：高雄市802苓雅區五福一路67號
　　　（2）收件單位：高雄市政府文化局文化發展中心
　　　（3）信封上請註明投稿「2024打狗鳳邑文學獎」及參賽文類
　　（二）線上報名
　　投稿網址將於113年4月15日（一）公布。

陸、評審方式
　　一、原則分初審、複審、決審三個階段。初審由主辦單位作資格審查，複審及決審則由主辦單位聘請專家學者、作家等組成評審小組進行評審工作。
　　二、參賽作品若未達水準，得由評審小組議決獎項從缺。
　　三、得獎名單預定於113年10月公布（除得獎者專人通知外，餘不另行個別通知）。

柒、投稿須知
　一、參賽作品及資料請自留底稿，恕不退稿，報名後作品不得要求刪修或置換。
　二、參賽作品請以電腦繕打於直式 A4 格式，作品題目列於第 1 頁最前端，不需另加封面。標題採新細明體 16 號字，內文採新細明體 14 號字，文字橫排方式，1 頁以上請編列頁碼。字數不符規定或字跡不清者，不予評審。
　三、同一作者得同時參加各類徵文，惟每類作品以一件為限。紙本投稿請分別封裝掛號郵寄，並於信件封面註明參賽文類。
　四、參賽作品上不得標註姓名、筆名或印製任何可資辨識作者身分之記號、符號、圖像或文字。
　五、參賽作品限未曾出版、未曾獲獎、未曾獲獎補助、未曾在任何報章雜誌、虛擬媒體（包括網站、部落格、社群媒體、BBS 等網路媒體）發表或公開展示者；不得為翻譯或改寫作品；本次投稿後至得獎名單公布之前，不得重複投稿其他文學獎及媒體刊物。違反上述規定者，取消參賽資格；已得獎者，取消其得獎資格並追回獎金及已頒授之獎項，主辦單位並得對違反人求償作品集銷毀及修正印製之費用。
　六、抄襲或者侵害他人著作權之作品，取消參賽資格；已得獎者，除取消得獎資格、追回獎金及獎座（牌），並公布違規情形事實及發函通知各縣市文化局。主辦單位並得對違反人求償作品集銷毀及修正印製之費用，且一切法律責任由違反人自行負責。
　七、得獎作品之作者享有著作人格權及著作財產權，於該著作財產權存續期間，授權主辦單位得以任何方式利用、保存或轉授權他人利用該著作。出版權（含電子書）則為作者與主辦單位共有，主辦單位為推廣、行銷、上市流通之用，有發表、印製及公開傳輸權利，不另支稿酬或版稅。

八、獎金支付時,須依稅法相關規定代扣所得稅;如以國際匯款方式支付,相關手續費用由獎金中扣除。

九、主辦單位及執行單位同仁不得參加徵文。

十、報名簡章及報名表請至網站下載:
高雄市政府文化局 https://khcc.kcg.gov.tw/
打狗鳳邑文學獎 https://tfliterature.kcg.gov.tw/
洽詢電話:高雄市政府文化局(07)222-5136 分機 8317
E-mail:dgfywxj@gmail.com

捌、本辦法如有未盡事宜,主辦單位得隨時修訂並公布。

2024 打狗鳳邑文學獎得獎作品集

作　　者	陳　靜、陳麗珠、蔡昱萱、許又方、賴俊儒、戴宇恆、 黃　婕、賴盈瑋、游書珣、黃暐恬、錢子雋、雅　子、 蔡秋雲、儲玉玲、張宗正
發 行 人	王文翠
企劃監督	簡美玲、簡嘉論、盧致禎、陳美英
企劃行政	林美秀、毛麗嵐、陳麗紋、張文聰、陳昱瑄、林莉瑄、 宋鵬飛、施雅芳
出　　版	高雄市政府文化局
地　　址	802 高雄市苓雅區五福一路 67 號
電　　話	07-2225136
傳　　真	07-2288814
編輯製作	我己文創有限公司
總 編 輯	田運良
執行編輯	林瑩華
美術設計	黃于倫
地　　址	231 新北市新店區安祥路 153 號 3 樓
總 經 銷	紅螞蟻圖書有限公司
地　　址	臺北市內湖區舊宗路二段 121 巷 19 號
電　　話	02-27953656
傳　　真	02-27954100
網　　址	www.e-redant.com
出版日期	2024 年 11 月
定　　價	280 元
ISBN	978-626-7267-34-9
GPN	1011301414

版權所有・翻印必究 Printed in Taiwan

國家圖書館出版品預行編目 (CIP) 資料

打狗鳳邑文學獎得獎作品集. 2024/ 陳靜, 陳麗珠, 蔡昱萱, 許又方, 賴俊儒, 戴宇恆, 黃婕, 賴盈瑋, 游書珣, 黃暐恬, 錢子雋, 雅子, 蔡秋雲, 儲玉玲, 張宗正作. --
高雄市：高雄市政府文化局, 2024.11
　面；　公分
ISBN 978-626-7267-34-9 (平裝)

863.3　　　　　　　　　113016110